PARÍS ÉREM NOSALTRES

Aquesta obra ha obtingut el Premi de les Lletres Catalanes Ramon Llull 2023, concedit pel següent jurat: Carles Casajuana, Pere Gimferrer, Isona Passola, Núria Pradas, Gerard Quintana, Carme Riera i Emili Rosales.

ANDREU CLARET

PARÍS ÉREM NOSALTRES

Premi Ramon Llull 2023

Columna

COL·LECCIÓ CLÀSSICA
PRIMERA EDICIÓ: MARÇ DEL 2023

AV. DIAGONAL, 662-664 - 08034 BARCELONA
ISBN: 978-84-664-3023-4
DIPÒSIT LEGAL: B. 1.742-2023
FOTOCOMPOSICIÓ: AURA DIGIT
IMPRÈS A CATALUNYA - *PRINTED IN CATALONIA*

www.columnaedicions.cat

Certificat PEFC
Aquest llibre procedeix de boscos gestionats de forma sostenible i fonts controlades
PEFC/14-38-00305
www.pefc.es

Al Joan, que no vam saber estimar.

Era apocalíptic. Però us diré una cosa. Era exaltant. Jo era jove i tot allò era una aventura.

MERCÈ RODOREDA

J'ai appris très tôt à me méfier des survivants et de leurs témoignages.

FRANÇOIS MASPERO

L'exili polític és un clima mòrbid.

JOSEP CARNER

Escribir sobre mi padre me ha dado una gran paz interior.

FERNANDO MARÍAS

Tinc la impressió d'haver viscut mil anys.

ANDREU CLARET CASADESÚS

Acs

A les acaballes d'un dia d'agost xafogós i que amenaçava tempesta, mentre la mare m'acaronava, amoïnada per un part que es mostrava esquiu, els esdeveniments es van precipitar.

El meu cos diminut va començar a patir fuetades aquoses, com si tot estigués a punt d'anar-se'n en orris. Per capejar el temporal, em vaig arraulir tot el que vaig poder i vaig aguditzar l'oïda per esbrinar què diantres passava. Sentia un rebombori de veus que no em resultaven familiars, entre les quals una s'imposava amb autoritat. No era la veu afectuosa de la mare ni el tro del pare, que sempre em despertava a hores intempestives com si volgués fer-se perdonar el temps que passava fora de casa. Era la veu massissa d'una dona que intentava posar ordre en la cridòria de brams i xiscles que omplien l'habitació.

Al mig d'aquell guirigall, em va semblar que algú deixava caure un estri metàl·lic dins d'un atuell de ceràmica, un que la mare utilitzava per rentar les peces de roba més delicades (que era de ceràmica, ho vaig saber més tard).

—Les forceps! Passez-moi les forceps! —vaig sentir que ordenava la que manava aquell batalló de dones atrafegades. En francès, perquè tot això succeïa a Acs, un poblet d'Occitània a tocar d'Andorra on els pares havien anat a viure un amor d'amistançats lluny de l'avi matern, que maleïa l'home que els havia robat la filla. El considerava massa gran per a una noia tan jove, mal separat de la seva primera dona, ficat en aventures incertes i presoner dels seus somnis quixotescos.

S'havien conegut durant els primers anys de l'exili, quan ella encara no tenia vint anys i ell gairebé li doblava l'edat. Ella era la filla del masover que s'havia enamorat de l'amo, una jove de pell blanca, gairebé pàl·lida, d'ulls negres i desvetllats, cabellera rinxolada, cames llargues i cos turgent, i un riure esclatant que desfonava la foscor d'un país ocupat pels alemanys amb una escletxa de llum, innocència i joia. Exhibia una joventut insolent pels prats de la masia que tenia el pare, i parava la taula per a la família i per a alguns intel·lectuals famolencs que solien fer-se presents, atrets per la manduca. Amb una amiga, omplien els vespres d'una nostàlgia entristidora, cantant cançons populars catalanes al voltant d'un foc reparador.

Ell era un home bru, sec com els ceps de les vinyes de Súria, amb una cara cisellada pels vents del nord, un bigotet sempre ben retallat, ulls de carbó i un cabell negre i repentinat on les atrocitats de la guerra i el primer exili havien tacat de blanc alguns primers pèls. A l'estiu, duia sempre camises blanques esclatants i arremangades que ressaltaven la seva virilitat, pantalons amb la ratlla ben planxada i cordats per damunt del melic per enaltir la seva figura. Quan el temps empitjorava, calçava unes polaines que eren l'única peça de vestir que li quedava dels temps de la Guerra Civil.

Fòrceps. Aquesta paraula estrambòtica ja l'havia sentit, uns dies abans, mentre la mare parlava amb una de les seves amigues. Recordo com ella li deia no, dona, no et preocupis, que el tindràs com totes els hem tingut. El que no sabia l'amiga era que el meu cap no era un caparró sinó un caparràs. Per tant, que d'aquella panxa no en sortiria si no era amb l'ajut de Déu i dels ferros.

Tot i no entendre ben bé què passava, vaig intuir que no era res de bo. Ni per a mi ni per a la mare. Tampoc per al pare, que va arribar quan les misses estaven a punt de ser dites (tenia identificat el soroll del cotxe que espargia la grava del jardí, de tan sobtadament com frenava).

En comprovar que el líquid que havia estat el meu aire durant tantes setmanes es perdia ves a saber per on, vaig pensar que moriria abans de néixer. Ofegat. Em vaig preparar per al pitjor. Vaig tancar els punys com si fos un nen gran, vaig aclucar els ulls amb força i vaig afinar encara més l'oïda, esperant una oportunitat que em permetés sortir viu d'aquell tràngol. Em va venir al cap la paraula *resistir* que tant havia sentit a casa durant les llargues sobretaules dels més grans. Tots vivien entre l'esperança d'una vida nova i la frustració d'un exili que anava per llarg. Maleïen que Franco hagués guanyat, i jo no entenia com podia ser, si deien que era amic del qui acabava de perdre una guerra que havia devastat Europa.

Dit i fet. Com que *resistir* era la paraula més sovintejada, la que semblava donar sentit a la vida dels qui m'envoltaven, la vaig fer meva.

En notar el fred del metall damunt d'una orella, i després damunt de l'altra, vaig pensar que no me'n sortiria. Quin tacte més desagradable per a un nen que sempre havia gaudit de l'escalf de la mare! En adonar-me que aquells cullerots metàl·lics em tenallaven el cap, vaig témer que fos el final. No és que jo fos hipocondríac, que encara no ho era, però havia sentit les amigues de la mare explicant històries sinistres sobre la closca dels nadons, allà on encara no està del tot soldada i s'hi podien veure, deien, les palpitacions del cervell.

Fora, s'havia fet una quietud escruixidora, com si les dones que hi havia al voltant del llit s'estiguessin conjurant. Ni tan sols el pare deia res, i això sí que era mal senyal, perquè ell sempre es vantava d'haver fet de llevadora durant la guerra. Vaig prémer la mandíbula, que ja tenia ben formada.

—Il est complètement de traviole —va dir la llevadora mirant el pare amb desassossec, com si dubtés. A més de tenir la testa massa grossa, jo m'havia posat de costat.

—Allez-hi! —va respondre ell mentre li agafava les mans a la mare.

No sé si sentir-lo tan determinat em va acabar d'acollonir o em va donar ànims. El meu cap estava a punt d'esberlar-se com una síndria i el coll se m'allargava com una d'aquelles botifarres que feia l'àvia, mentre l'utensili maleït girava, intentant que el meu cos recuperés la posició que mai no havia d'haver abandonat. La dona que dirigia l'operació tibava amb tanta intensitat que jo patia per la meva closca. Aleshores va ser quan la mare va deixar anar un alarit de bèstia ferida i vaig comprendre que el meu suplici no era res comparat amb el seu. Amb els peus vaig empènyer tot el que vaig poder i vaig col·locar els braços com si fos l'home bala que s'havia exhibit a la festa major del poble, aquell estiu.

Així és com vaig néixer. Atrotinat, però feliç d'haver acabat amb el turment de la mare i encuriosit de poder veure'ls a tots dos.

La mare me la imaginava, però el pare no tant. Em va sorprendre que fos tan moreno, prim com un secall, i que les llàgrimes li amaressin les pupil·les. Tenia els cabells esvalotats, els ulls li espurnejaven i la seva presència sobresortia, en aquella habitació poblada de dones exhaustes però satisfetes.

Era el 26 d'agost de 1946. La guerra europea s'havia acabat. Feia unes poques setmanes que a l'atol de Bikini havia esclatat un artefacte nuclear, i aquell illot socarrimat havia donat el nom a una peça de roba que una dona s'havia posat per primera vegada i que havia provocat una commoció planetària. O sigui que jo treia el cap en un món que es debatia entre el Nucli del Dimoni i la llibertat.

Al cinema del casino d'Acs feien *Espoir, sierra de Teruel*, d'André Malraux.

El meu primer plor va quedar esmorteït per la tempesta bíblica que va descarregar mentre la llevadora tallava el cordó ensangonat que encara m'unia a la mare. Ho vaig interpretar com una celebració, i algú va obrir la finestra per foragitar els mals averanys que s'havien apoderat de la cambra. Aleshores, el pare em va agafar, em va alçar ben amunt i em va dipositar sobre el pit de la mare. Ho vaig agrair. De tant que m'havia enlairat se m'havia parat el cor, i necessitava sentir els batecs que havia compartit durant mesos per convèncer-me que la vida havia triomfat.

Quan la mare encara no s'havia recuperat del tot, el pare li va demanar a la llevadora a quina hora tancava la *poste*.

—Dans une demie heure, monsieur —va contestar ella, mentre llençava un garbuix de pellofes sanguinolentes dins d'un cubell i es posava a netejar els fòrceps amb aigua ensabonada.

El pare va marxar cap a correus amb el foc a la cua. Per la finestra vaig veure com s'allunyava sota la pluja, corrent com un posseït, sense agafar el paraigua ni calar-se cap barret. Vaig pensar que els avis potser tenien raó quan es queixaven que la seva filla s'hagués encapritxat d'un home tan extravagant.

Que n'era, d'estrany, que s'absentés amb aquelles presses quan ningú no s'havia recobrat de l'ensurt!

Al cap d'una estona, mentre jo m'acostumava a respirar l'aire dels adults, va tornar. Havia parat de ploure i els carrers fumejaven de la calor que els havia colpejat durant tot el dia. L'Arieja baixava carregat d'aigües pirinenques i els xalets del voltant lluïen jardins endreçats, acolorits per les flors i xopats d'aquella pluja redemptora.

Semblava feliç. Venia d'enviar un telegrama a Pau Casals, el mestre del violoncel, que s'havia reclòs a Prada de Conflent per protestar contra aquella injustícia insuportable que feia de Franco un guanyador.

Nous avons un garçon. Amitiés. Claret, li havia escrit.

Tenim un nen.

Va entrar a casa taral·larejant una cançó de Tino Rossi. Duia una rosa vermella al trau de la solapa. Era el color preferit de la mare.

Au, home, va!

Una fractura del coll del fèmur era un mal senyal per a un home de la seva edat, però nosaltres crèiem que l'advertència no valia per a ell. Estàvem convençuts que el nostre pare era diferent, invulnerable. Tot i els seus noranta-sis anys, no concebíem que pogués morir a causa d'una caiguda tan trivial. El vèiem com el supervivent d'un segle que havia produït éssers excepcionals.

A més a més, si la sort sempre l'havia acompanyat, com era que l'abandonava quan més la necessitava?

Quan ens van dir que tenia infecció de ronyons, vam pensar que se'n sortiria, i quan el metge va comunicar-nos que començaven a fallar-li altres òrgans, encara vam seguir creient en un miracle.

Tots recordàvem aquella peritonitis oberta que havia tingut durant la Guerra Civil i que l'hauria condemnat a una mort segura si no hagués estat per la monja que li va treure el pus de la panxa durant prop de cent dies. Ens ho havia explicat mil vegades, per realçar la seva naturalesa indestructible i per matisar l'anticlericalisme abrandat que havia exhibit de jove i que l'avergonyia. Ho feia ensenyant-nos el forat mal apedaçat que li havia quedat a l'engonal, de tant que la religiosa havia burxat per salvar-li la vida.

No és que jo em resistís a creure en la possibilitat de la seva desaparició física; el que em costava d'assumir era la pèrdua de tot el que havia suposat per a mi. Temia que el seu traspàs desballestés la seguretat que m'havia transmès i que la seva absència fes trontollar algunes de les certeses sobre les quals havia bastit la meva existència.

La mare, una exhalació d'aquella jove desvetllada i alegre que havia estat, s'absentava de la clínica un parell d'hores al dia. Anava a casa caminant, abatuda i encorbada, arrossegant els peus, capficada en els records d'una vida de ventafocs i aclaparada per preguntes que no tenien resposta. Feia temps que havia decidit deixar-se morir de mort volguda quan ell ja no hi fos. Així va succeir, al cap d'uns mesos.

El pare ho havia estat tot per a ella.

L'amant amb qui havia compartit l'eufòria pels temps nous que bufaven a França, després del desvari nazi, l'home amb qui havia conegut París, la ciutat dels seus somnis, el promotor exaltat de mil iniciatives que l'havien embarcat en una vida temerària, l'exiliat republicà que havia tornat a la Barcelona de Franco per alliberar-la d'una nevada bíblica. En aquest viatge, ella sempre li havia fet costat. Mai no havia perdonat els qui el criticaven pels seus excessos o els qui l'envejaven pels seus èxits.

Havia menyspreat els qui no admetien la seva disposició a col·laborar amb els poderosos, fossin qui fossin, mentre estiguessin disposats a fer realitat les seves quimeres. Sempre havia defensat la manera de ser del seu home, que tant podia provocar admiració com suspicàcies.

Uns dies abans, quan érem amb ell i ja se sentia afeblit, el pare va deixar anar:

—La vida és una partida de billar i s'ha de jugar a moltes bandes.

Ens vam mirar amb la mare sense dir res. Tots dos sabíem que estava fent virtut d'una vida pautada per memorables caramboles.

El dia abans de morir, quan els metges havien abandonat qualsevol esperança, li vaig oferir un glop d'aigua. Em va respondre amb una mirada severa equivalent a un d'aquells gestos enèrgics amb els quals solia rebutjar les coses que l'enutjaven. Era un garbuix d'ossos coberts per una pell pansida, i les mans, que sempre havia dut tan arreglades, ja no eren les seves. Només les pupil·les, tot i estar enclotades en unes cavernes enfosquides, indicaven que la mort encara no havia triomfat definitivament sobre la vida.

—Vols que et mulli els llavis? —vaig preguntar-li, en veure que els tenia musteïts.

—Au, home, va!; deixa'm tranquil, que la llibertat també és salut —va respondre amb una veu entenebrida, recordant-nos la filosofia de tota una existència.

Lliure ho havia estat sempre, fins i tot quan mancava la llibertat. D'on li venia aquesta dèria que sempre el va dur a rebutjar tota imposició, encara que fos la dels seus? Ell l'atribuïa al mestratge d'un home que va conèixer quan encara no tenia deu anys i que devia ser un savi. Jo crec que tot en ell era consubstancial als seus orígens rabassaires, aquells parcers irreductibles que maldaven per escapar de la tutela dels propietaris de la terra.

Va voler ser lliure fins a l'últim moment. Fins a l'endemà, quan ja havia entrat en un estat semicomatós i érem tots al voltant del seu llit, com si volguéssim retenir-lo amb el nostre alè.

—Ja està —va dir a les deu tocades, amb un fil de veu, mirant la mare. Així va morir. Quan ell ho va decidir. Enduent-se un últim record de l'única dona que havia estimat.

Al comiat, vaig recordar Eugeni Xammar, que havia escrit, a les seves memòries, que el pare mai no havia estat un català de sèrie. L'elogi m'avergonyia un xic, perquè jo m'entestava a concebre tots els éssers com a iguals, però el vaig mencionar perquè sabia que s'hi hauria reconegut. Ell era un home fet a si mateix, sense estudis ni altres atributs que no fossin la intuïció, la tossudesa i l'instint de supervivència, obsessionat per triomfar en tot allò que havia decidit escometre.

Vaig esmentar també la sort que havia tingut. La que exhibia no pas com una gràcia sinó com una virtut que el visitava en moments decisius.

Sempre l'havia acompanyat, i fruïa recordant-ho.

Tornant a casa, em vaig adonar que havia parlat més del personatge que no pas del pare. Mitificant-lo, l'havia deshumanitzat. No havia tingut en compte que la vida de les persones mai no és sense costura. N'havia parlat com a ell li hauria plagut, però havia deixat de banda les seves pors i les seves febleses. Les que ens acompanyen a tots al llarg de la vida.

Turmentat per no haver deixat espai a la condició humana, em vaig posar a escoltar unes cintes que havíem gravat pocs mesos abans de morir. Sentir la seva veu em va reconciliar amb mi mateix. Era el relat fascinant d'una vida viscuda fins al moll de l'os, però en alguns dels seus silencis em va semblar entreveure-hi conflictes amagats, debilitats, incerteses. No coneixia prou bé el meu pare. Ho sabia gairebé tot sobre les gestes que havia protagonitzat, però em faltava entendre què l'havia impulsat a tenir una existència tan agitada i el preu que n'havia pagat.

Vaig agafar el tac de billar que m'havia traspassat pocs dies abans de morir i vaig imaginar-lo guanyant partides a tres bandes pels pobles del Llobregat. Més endavant, vaig trobar una foto on se'l veia concentrat, com si es preparés per fer una carambola impossible, abillat amb el primer vestit que s'havia fet a mida. Aquest era l'home que m'interessava.

El jugador de billar.

PRIMERA PART

1908/1939

Cal Bató

El pare va néixer l'any vuit, a cal Bató, dalt de tot del tossal on s'alça el castell de Súria, a tocar de l'església de Sant Cristòfol i a redós del carrer Major i el portal de Cardona. De ben segur que no devia patir tant com jo per treure el cap en aquest món de Déu, perquè la Batona ja havia parit cinc criatures. Encara afegiria una noia a aquella família nombrosa i dominada pels homes, com la de moltes cases del poble, en aquells temps d'infortunis i vida riscosa.

La Batona era una dida tan apreciada, que fins i tot li duien infants del Raval de Sant Jaume per alletar-los. Havia aconseguit criar els seus fills sense que se li'n morís cap, malgrat les calamarsades que malmetien l'hort i la collita, i les riuades que esventraven de tant en tant la fàbrica on feia feines Joan Claret Torruella, el seu marit. Des que la fil·loxera havia delmat les vinyes, el camp no donava per viure.

Sobretot per als rabassaires.

Era una dona forta i ben plantada, la Batona, filla

d'un Casadesús de Saldes i d'una Junyent de Torroella, dues famílies que havien buscat aixopluc dins les muralles de Súria fugint de les guerres carlines. Malgrat ser una de les poques dones que havia salvat tota la prole, vestia de negre, com si volgués compartir el dol de les altres mares. Potser ho feia per recordar la seva, morta durant el còlera que havia devastat el poble a finals de segle. Tot i ser una nena, havia recorregut cases i masies on hi havia malalts desvalguts. Els administrava làudan, mesclat amb safrà, canyella, clau i vi, que era el remei dels pobres. Per fer-los baixar la febre, els posava emplastres de fang a la planta dels peus, i abans de marxar, espargia galledes d'aigua amb lleixiu per tal de foragitar l'epidèmia.

Tenia onze anys.

El cognom Claret havia tingut molta anomenada als pobles del Mig Cardener abans del còlera, fins al punt que l'avi se'n deia de pare i mare.

Joan Claret, el Bató, era un home de confiança dels Abadal, un dels fabricants més rics, i li agradava creuar el poble amb les regnes ben aferrades, dominant els tres cavalls blancs de la calessa del senyor. Era alt, fornit, negre de tan bru, fort i cepat com un roure, amb un ull de llop, l'angle facial obert, els pòmuls sortints, les celles fosques i poblades com dues ratlles corbes d'arbrissons.

Així és com el va retratar el més celebrat dels poetes suriencs, Salvador Perarnau, un Mestre en Gai Saber.

Era conegut més enllà de Súria per una veu de baix divina amb la qual cantava cants litúrgics a l'església. Hi anava més per fer rebotar el Magníficat entre les voltes del temple que no pas per encomanar la seva ànima a la mare de Déu del Roser. També ho feia per embutxacar-se algun duro de plata. En temps de mala collita, tot ajudava a criar els fills.

Havia actuat a l'Orfeó Català sota la batuta de Millet i el pare sempre afegia, amb un xic de fantasia, que havia acompanyat Alfons XIII durant una visita al Vaticà. Si en va formar part es devia esgarrifar en sentir com el Borbó, després de besar les sandàlies i l'anell de Pius XI, se li oferia per aixecar una nova croada en defensa de la fe perseguida. A cal Bató eren més aviat conservadors, però avorrien les conxorxes entre reis i papes, aplaudides pels propietaris de les terres.

Malgrat que els Claret no eren religiosos, com els Casadesús, estaven orgullosos del parentiu que se'ls atribuïa amb Antoni Maria, el sant. Al pare li agradava recordar que el seu avi, Pere Claret i Claret, estava emparentat amb un bisbe que era confessor íntim de la reina i havia denunciat l'esclavitud dels negres de Cuba. El fascinava que el descendent d'una família modesta de teixidors de cotó de Sallent s'hagués convertit en un dels homes més poderosos de la cort d'Isabel II.

Crec que s'hi emmirallava.

Quan va néixer, Súria sortia d'un malson. Totes les famílies havien enterrat algú a les Cabanasses, lluny del poble, per culpa del còlera, la plaga de la fil·loxera havia anorreat els ceps que s'enfilaven per les costes esquerpes que rodegen la vila i un Cardener enfurismat havia destrossat la carretera que el vorejava. Amb la riuada, algunes de les fàbriques de teixits que n'aprofitaven el cabal havien resultat danyades i molts carruatges havien quedat atrapats al fang.

Si aneu a Súria porteu llanterna, deien. Tot just feia un parell d'anys que l'enllumenat elèctric havia arribat als principals carrers, els esvorancs de la tartanera que duia a Manresa i Cardona eren un infern per als autobusos de l'Hispano-Manresana i ningú no tenia telèfon. Encara no havien començat les obres perquè el ferrocarril arribés de Súria a la capital del Bages, i quan plovia més del compte la vila era un fangar. Fins i tot Alfons XIII havia hagut de calçar botes de goma per visitar els carrers dels ravals després de les inundacions.

Era un poble deixat de la mà de Déu.

Alguns suriencs feien feines a la mina de sal i moltes joves de les famílies més humils treballaven a les fàbriques de teixits. La majoria encara vivien pendents de la terra i el cel. A cal Bató tenien unes oliveres arrelades a les parets d'unes feixes, entremesclades amb restes de vinyes i ametllers. Eren poques, però suficients per fer unes arroves d'oli a la premsa de Can Sivila. Del que quedava d'una antiga vinya, el Bató en treia un vi aspre com aquelles terres, i d'uns camps propers, cereals per omplir mitja dotzena de sacs de farina, els anys de pluja.

Sovint, quan havia acabat de preparar l'esmorzar per a tota la família, la Batona s'endinsava als boscos que poblaven la carretera de les Vilaredes per collir-hi herbes remeieres. Tornava amb timó, flor de saüc, camamilla i sàlvia, que li servien per fer infusions o pegats per als qui agafaven algun mal. També caçava alguna serp blanca, que escorxava i posava a assecar, per ficar-ne un tros al brou. Ajudava a prevenir malalties. Durant els vespres d'hivern, que eren foscos, llargs i gèlids, seia a l'escó amb el seu home, davant la llar de foc. Mentre ella filava llana amb la qual teixia mitjons, bufandes i peücs per a la canalla que alletava, ell feia cullerots, forquilles i mans de morter amb fusta de boix que havia posat a assecar a l'estiu.

El pare era un marrec quan va guanyar les primeres pessetes fent girar les manetes d'una pianola al ball del poble. Als set anys, comprava bosses de caramels a deu cèntims i les venia a dos rals al cinema Cal Sañas, amb l'ajut d'algun germà. Hi va fer uns bons calerons.

La seva mare de seguida es va adonar que era el més inquiet de tots, però també el més eixelebrat. Als nou anys va començar a anar a Cal Fusteret, on la gent gran feia el cafè i jugava al dominó, o al vint-i-u, tot fumant l'últim caliquenyo. El cafè estava situat a la vora del riu, on els esperits solien ser menys sorruts que no pas dalt del poble, potser perquè les noves hi arribaven abans, traginades per les diligències, les tartanes i els primers cotxes. Els dissabtes, després de cobrar, hi baixaven els miners de la colònia de Santa Maria a fer la partida.

Des que hi havia entrat la primera vegada, el pare havia quedat fascinat per la taula de billar. Encara no podia jugar-hi, perquè feia curt, però guipava tot el que podia, per veure com ho enfocaven els grans. En veure'l tan encuriosit, l'amo, Serafí Giró, li deixava netejar les boles de vori amb una camussa abans que rodessin damunt de l'entapissat. Més endavant, li va encarregar una operació més delicada: enguixar el seu tac perquè la bola agafés els efectes volguts.

En poc temps es van fer amics, i compartien els misteris del billar, on l'amo del bar destacava entre tots el qui hi jugaven.

Sempre guanyava, fins i tot cap al tard, quan s'havia d'agafar a la taula per donar-hi la volta, de tan embriagat que anava. També era imbatible als escacs, l'altre joc que li va ensenyar al pare. Era un home jovial, el Serafí, de cabell enredat i ulls que crepitaven. Delerós de la bona vida, els dissabtes organitzava sessions de ballaruga on venien algunes de les joves més formoses del poble. Li agradava mirar com ballaven amb els nois del Raval, i observava els cossos estremir-se quan es tocaven. Pels carnavals, les feia riure vestint-se de Pierrot.

Elles el trobaven inofensiu, perquè la seva existència era la d'un conco que vivia per a les caramboles, els escacs i la ratafia.

Al billar, el pare esperava amb delit el torn del Serafí i s'hi acostava, alçant-se de puntetes, fixant-se en la inclinació del tac i en l'indret on tocava la bola. Es mostrava intrigat pel recorregut aparentment capritxós que agafava la bola després de llepar-ne una i acabar xocant amb l'altra, i de mica en mica va endevinar-ne la trajectòria. Quan tot acabava com el seu amic ho havia previst, li picava l'ullet.

El dia que el Serafí va posar-li un tac entre les mans i li va dir «Au, ara tu» va ser el més feliç de la seva curta vida. Estava a punt de fer nou anys.

—A tres bandes? —va preguntar, provocant les rialles de tots els qui havien aturat la partida per observar aquella criatura amb posat de nen gran, alçat damunt una caixa de sifons per fer la seva primera carambola.

Aquella nit no va poder dormir, de tant que el cap li ballava. Quan va sentir el gall de cal Trist anunciar l'albada, estava repassant una errada imperdonable que havia comès. Frisava perquè arribés la tarda i poder tornar al cafè. Posaria les boles com estaven abans d'equivocar-se, agafaria el tac amb més soltesa, sense que el braç se li engarrotés, i els mostraria de què era capaç.

De tant fer campana, els estudis se'n ressentien.

—Per què et saltes l'escola, Andreuet? —li va preguntar la Batona un dia, mentre el seu marit havia anat a donar les restes del dinar a la truja. El capellà, que també era el mestre, se li havia queixat.

—No és bo que el nen vagi tant al cafè del Fusteret, on tot és fum i paraules gruixudes que una criatura no ha d'escoltar —li havia dit.

—Tens l'escola davant de casa, fill —va dir-li la mare, exasperada, assenyalant el castell que l'allotjava.

—No hi vaig perquè el mossèn és un ruc —va contestar ell.

—No diguis això! És un bon home —va replicar ella.

—Un bon home potser sí, però és més beneit que una espardenya!

—Ai! Andreuet, no sé pas què en farem de tu si no aprens a llegir, escriure i fer quatre números.

—No us preocupeu, mare, que tot això m'ho ensenya el Cuadrench. Amb el que aprenc amb ell, en tinc de sobres per aprovar.

—El Cuadrench? Mare meva! Què fas amb aquest home, si diuen que va de tort quan es fa de nit.

Josep Cuadrench era un surienc benestant, propietari de l'hostal. Un home avançat al seu temps, obert al món en un indret on la majoria de la gent encara vivia amb mentalitat de poble emmurallat. Destacava per una vestimenta informal i una mirada irònica, calçava sabates de pell i no espardenyes, com la majoria, duia gorra en comptes de boina o barretina, i tenia un posat un xic descarat, més propi d'un artista del Paral·lel.

—Té el cap ben clar —va insistir el pare—. I quan va a Barcelona, m'explica meravelles. Saps que les botigues obren el diumenge i que a les cabres no les deixen anar pel carrer? M'ha dit que un dia m'hi durà!

—Bé, que sigui el que Déu vulgui, però no ho comentis al teu pare. Ja saps que no li agrada que et facis amb els de baix.

El pare va abraçar la Batona però no va seguir. Sabia que era inútil. Al poble, les idees sobre els uns i els altres estaven molt arrelades.

—Tinc gana! —va exclamar, anant al rebost per agafar un parell d'ous de la cistella. Els havia dut ell a casa, després de barallar-se amb una gallina lloca.

Ella el mirava, esbalaïda. A aquesta edat, cap dels altres fills es ferrava els ous. Mentre se'ls cruspia, es va sentir una cridòria que arribava del pou del Salí, prop del riu.

Era el clamor d'uns homes que cantaven victòria. El pare es va aixecar.

—Com és que no has sucat tot el pa? —va preguntar la Batona.

No va contestar. Frisava per anar a veure el Cuadrench i preguntar-li si aquell rebombori tenia a veure amb el secret que havien compartit els darrers dies. Abans, es va rentar les mans i va comprovar que la clenxa estigués ben feta. No sortia mai de casa sense mirar-se al mirall.

La tia Agnès sempre deia que era el més presumit.

D'un temps ençà corria la veu que havien trobat potassa, i volia saber si era cert, com deien, que era millor que cap de les sals que Súria havia explotat des dels temps més antics.

La febre de la potassa

Súria es disposava a viure la febre de la nova sal. Després de mesos de rumors, fantasies i desmentiments, la primera confirmació que havien trobat potassa la va dur a cal Bató el Florenci, el tercer dels germans, fuster d'ofici, que tenia uns anys més que el pare i feia encofrats per a les mines.

—Diuen que n'han trobat al pou del Salí i que n'hi ha molta —va explicar mentre escurava el plat d'escudella que els havia servit la Batona.

Era la festa de Sant Sebastià, on el poble sencer retia tribut als morts que s'havia cobrat el còlera, i ella sempre se les arreglava per guarnir la taula amb les millors viandes. Pel silenci que es va fer, el Florenci es va adonar que era com si hagués llençat un roc a la bassa. Havia d'esperar que l'aigua es tornés a encalmar. Amb el seu posat massís i el seu tarannà asserenat, tots li reconeixien un cert lideratge.

—Súria sempre n'ha tingut, de sal —va comentar el vell Bató, traient importància a la notícia.

Ho va dir en aquell to de baix que retronava a l'església quan hi cantava als oficis.

Seien tots al voltant d'una llarga taula de roure que ocupava la planta baixa. El Bató es posava a un extrem, rodejat dels dos fills més grans, i la Batona a l'altre, a prop dels fogons, acompanyada de les dues filles. Tots tenien la seva cadira d'acord amb l'edat. El Pere, que feia d'escombriaire, i l'Isidre, que treballava a la mina de Cardona, seien a banda i banda del Bató seguits del Florenci i el Mauro, que feia feines a la fusteria del seu germà. Al pare, que era el més jove dels nois, li tocava al costat de l'Antònia, que tenia cinc anys més. A l'altra banda de la seva mare, hi seia la Maria, la més petita.

—No és sal, pare, sinó potassa —va deixar anar, contradient el Bató. Tots van quedar bocabadats.

—I tu què saps de sals i potasses? —va preguntar el Pere.

—Doncs que la potassa val molt més que la sal, perquè es pot aprofitar per adobar els camps.

—T'ho han explicat a l'escola, això? —va preguntar el Florenci.

—Si no hi va, a l'escola! —va exclamar l'Antònia rient per sota el nas. Estava a punt d'entrar a treballar a la fàbrica de Cal Jover, i al pare li sabia greu perquè era amb la que més es feia. Compartien secrets que, a cops, se'ls escapaven.

—M'ho ha dit el Cuadrench —va reconèixer el pare, mirant de reüll la seva mare—. I m'ha explicat com ho fan.

El Bató no apartava la vista de l'escudella perquè la referència a un home que no era del Poble Vell no li havia fet cap gràcia. El coneixia del cor La Llanterna però no el freqüentava.

Amb un fil de veu, el pare va murmurar que s'albiraven mudances.

—M'ha dit que la potassa canviarà el poble —va dir, exactament.

—Si l'ha de canviar, que sigui per a bé —va comentar la Batona mentre posava un tros de carn d'olla i un tall de pilota al plat del seu marit.

Per no fer patir més la seva mare, el Florenci no va insistir. Amb el Cuadrench, ell tampoc s'hi feia, però li havien dit que era un savi.

La potassa va dur moltes cares noves. Homes que venien de lluny, atrets per una feina dura, però més ben pagada que no pas a les mines de Múrcia o a les alqueries andaluses.

A l'hostal del Cuadrench havien començat a arribar-hi enginyers belgues vestits amb pantalons de bombatxo i jaquetes de roba anglesa, calçats amb botes de mitja canya i polaines enllustrades i coberts amb barrets com de palla trenada. Semblava que només visquessin per foradar la terra, menys quan els arribava un carregament de cervesa del seu país i acabaven a ca la Madam.

Quan la Batona baixava als ravals, cada cop sentia més una llengua que poc comprenia. Parlava el català que li havia ensenyat la seva mare, tot i que no el llegia ni l'escrivia, però el castellà li costava fins i tot entendre'l. Sobretot el d'aquells homes, que el parlotejaven, li semblava, amb un accent molt tancat. No era una excepció. La majoria de les dones grans del Poble Vell observaven els canvis amb inquietud. Al Raval Nou ella hi veia cada cop més estrangers que identificava per les seves mans impol·lutes i perquè sempre semblaven endiumenjats. Li pareixien gent educada, però el mossèn li havia dit que no se'n refiés perquè molts no eren catòlics, de tal manera que quan una grip estranya va matar un enginyer forà es va quedar tranquil·la en saber que l'havien enterrat fora del cementiri.

Havia apreciat que la mina ajudés a desinfectar el poble d'una malaltia que podia ser perillosa per a la canalla i la gent gran.

Des que el pare havia dit que la potassa no era com la sal, el Bató callava, i el seu silenci els impressionava. Sorrut, i home de poques paraules, treballava de sol a sol per tirar endavant una casa de set fills. La maleïda fil·loxera l'havia obligat a arrencar la vinya, i els ceps americans que havia plantat no sempre s'adaptaven bé en aquells paratges tan pedregosos. Conreava la terra d'un camp arrendat on sembrava blat i ordi, i en treia unes poques garbes que segava amb el volant i batia a l'era del Castell. També cultivava llegums, tubercles i farratges, que servien per alimentar la cabra, la mula i els porcs. De l'hort de Salipota, prop del riu, que cuidaven les dones, en treien mongetes, guixes, cigrons i algunes patates que la Batona conservava al racó més fresc de la casa perquè no els sortissin grills. Ajudaven a passar l'hivern.

Sense el vi, que s'havia venut molt bé mentre el corcó de la fil·loxera no havia saltat els Pirineus, els ingressos havien minvat. Els fills més grans havien hagut de deixar l'escola i posar-se a treballar, i la Batona, que ja tenia edat de ser àvia, feia feines en algunes cases a canvi d'un sac de farina o d'unes penques de bacallà. Cada dia havia de parar la taula i cuinar per a nou. A cops, per a tretze o catorze, quan venien parents de Coaner o de Sant Martí de Torroella.

—Aquests belgues duran la misèria! —va exclamar el Bató mentre clavava la forquilla en un tros de pilota, sense que ningú li respongués. Prou ocupats que estaven amb la carn d'olla.

Els germans estaven pendents de la seva cara retorçada, del silenci del Florenci i de l'angoixa de la mare. L'Antònia, que sempre seia al costat d'ella, li va posar la mà damunt del canell.

—No estiguis preocupada, mare —li va dir, a cau d'orella.

—Ai, filla! —va respondre ella.

—Què passa?

—Dintre de la pica d'aigua beneita hi han trobat unes agulles de cap lligades en forma de creu —va explicar en veu baixa. El pare ho va sentir.

—Segur que això t'ho ha dit la bruixa de cal Sonso.

A la majoria dels suriencs, una vida pautada pel sol, les llunes i el riu, i reclosa dins d'un recinte medieval, ja els estava bé, i qualsevol novetat els inquietava. Els homes tenien alguna feina, encara que fos mal pagada, i les noies, abans de casar-se, també. La Maria, la més petita de tots els germans, aprenia a llegir i escriure amb les monges i aviat li tocaria anar a la fàbrica, com a l'Antònia. Amb les noves filadores, n'hi treballaven moltes.

El Florenci era el més conscient del terrabastall que s'atansava. Coneixia la mina, i observava amb preocupació com els nous amos treballaven cada cop més amb gent de Berga o de Manresa. Fins i tot corria el rumor que els nous castellets ja no serien de fusta, sinó de ferro. Tot era incertesa. Amb el canvi, estava convençut que hi hauria gent que viuria millor mentre altres seguirien patint per mantenir la família.

Mentre la majoria dels germans pensaven que així havia estat sempre i així seguiria sent, ell hi veia la injustícia dels nous temps. El pare l'escoltava amb atenció. Parlava poc i arrufava les celles, però el que deia xocava amb el temperament tronat de l'església i la monarquia.

En veure els primers cotxes llampants dels belgues, el pare i uns amics van construir-ne un, amb una planxa d'alzina polida que els va donar el Florenci i uns coixinets de màquines desnonades que va dur a casa el Pere. Davallaven pels carrers empedrats del Poble Vell a tot drap, estirats damunt de l'enginy, i tibaven de l'encordat per agafar els revolts, provocant un terrabastall infernal. Travessaven el porxo de cal Balaguer i agafaven la Baixada del Riu entremig dels xiscles de les noies que anaven a la resclosa de la fàbrica Nova a rentar la roba. Aparcaven davant del primer assortidor de benzina que s'havia instal·lat al poble fent veure que omplien el dipòsit. Com si fos l'automòbil d'un directiu de la mina.

Els tres amics eren el Pèsol, el Quico i el Malcarat, els únics amb qui es feia el pare. Eren tres nois força diferents, units per les trapelleries però fills de famílies que no encaraven els canvis amb la mateixa mirada.

Com que el seu pare treballava a la mina, el Malcarat era l'únic que tenia relacions amb nois de famílies vingudes de fora. Alt, prim com un secall i amb el cabell més llarg que cap jove de Súria, sempre es queixava de tot. De nano ja deia que els rics no podien ser bona gent. El Pèsol era d'una família catalanista, i al seu pare l'havien detingut durant la Setmana Tràgica. Retret, amb la cara plena de granets pubescents i una mirada recelosa, feia befes del rei que provocaven l'enuig del Quico. Ell era fill d'un surienc més benestant proveïdor de la mina. Petit, ros i rodanxó, creixia en un ambient monàrquic i apostòlic on sempre beneïen els àpats. Estava amoïnat, perquè els seus pares volien tocar el dos.

—No els agrada com està canviant tot —va comentar un dia, sense explicar el perquè.

—Què volen, que tot segueixi igual, pels segles dels segles? —va preguntar el Malcarat, amb mala bava.

—Doncs a casa diuen que s'acosten temps de canvis i que serà per a bé —va afegir el Pèsol.

—Ja veurem com acaba tot —va insistir el Quico, que repetia allò que sentia dir a l'hora del sopar.

El pare no va dir res. No li agradava que es discutissin. Estava més aviat d'acord amb el Pèsol i el Malcarat, tot i que l'inquietava el to amb què aquest li parlava al Quico. Entre amics, no s'havien de buscar les pessigolles.

La fesomia de Súria mudava a tot estrop. Carruatges de tota mena i condició paraven a l'hostal, que era l'indret més freqüentat. S'hi aturaven les tartanes per tal que els cavalls, els genets i el passatge es refessin. Els animals reposaven forces a les menjadores que hi havia a la planta baixa, on els repassaven les ferradures mentre apedaçaven els carruatges que havien quedat danyats. Mentrestant, a la primera planta, se servien uns estofats de patates viudes que tenien fama a tota la conca del Cardener, en un refectori que era el centre de totes les enraonies.

La febre de la potassa duia tècnics i enginyers, que furgaven les entranyes de la terra i en treien mostres que guardaven com si fossin lingots d'or. Sota la mirada escèptica dels pagesos, buscaven al subsol la riquesa que ja no proporcionaven els camps eixorcs de la contrada. Fins que un diari de Barcelona va confirmar que una empresa belga començaria a explotar la nova sal.

A partir d'aquell dia, res no va ser com abans.

Era la Solvay, un nom que va passar a ocupar totes les converses, les esperances i alguns dels malsons dels suriencs.

Sempre que el pare anava a l'hostal del Cuadrench, el fascinava el bullici ensordidor de gent que venia d'altres mons. S'hi respiraven aires de misteri. El Cuadrench li contava coses de la vida que ningú no solia explicar a un noi de la seva edat, i l'animava a seguir l'impuls que l'havia fet baixar del Poble Vell per anar més enllà, per descobrir nous mons.

—Tu has de volar ben alt, Andreuet —li va dir una vegada.

—Ei! L'altre dia em vas parlar d'un que havia caigut al mar intentant volar —va dir el pare.

—I què vaig afegir?

—Que si hagués estudiat més potser ho hauria aconseguit —va dir el pare, que de seguida va queixar-se—: Estudiar, estudiar! Sempre em dius el mateix.

Dels quatre amics, va ser el primer d'adonar-se que ser de Súria ja no era necessàriament un estigma. Tots veien el món segons el que sentien dir a casa seva, i ell s'inspirava en les idees avançades del Cuadrench. Un diumenge d'hivern i de pluja, mentre espiaven què passava a un nou pou que havien obert, aixoplugats dins d'una barraca de fusta, el Malcarat els va parlar dels miners.

—Treballen en condicions inhumanes —va deixar anar.

—I tu com ho saps? Hi has baixat mai, a la mina? —li va preguntar el Quico, amb ganes de gresca.

—No necessito baixar-hi, m'ho han explicat —va replicar el Malcarat, referint-se a fills d'immigrants que treballaven a la Solvay.

—Un dels meus germans hi fa feines i diu que s'hi ofega —va afegir el pare, donant la raó al Malcarat.

El Pèsol, que tenia un any més, ho va atribuir als qui manaven.

—Viuen d'esquena al poble —va dir, com si fos una persona gran. El pare li va donar la raó.

—No és que visquin d'esquena a nosaltres, és que ens xuclen la sang, començant pel rei —va sentenciar el Malcarat.

—Fa fred, nois. Jo me'n vaig a casa —va dir el Quico, prement les barres. Si seguien, acabarien barallant-se, i no suportava que parlessin malament del rei. La seva foto presidia el menjador.

La febre de la potassa i l'adveniment de la Mancomunitat sacsejaven la societat surienca i posaven en qüestió les relacions entre els amics d'infància.

Caramboles i caramelles

En pocs anys, el sotrac de la potassa havia girat el poble com un mitjó. S'alçaven nous castellets, ja es podia anar a Manresa amb els autobusos del Galtanegra, havien arribat els primers telèfons, i a la pastisseria dels Biadiu s'hi podia trobar xampany francès i altres exquisideses. Al mateix temps, es difonien notícies i idees que agitaven els esperits.

Mentre alguns pagesos es queixaven perquè els tallaven el camí de pas del bestiar, altres esperaven amb delit que els compressin un terreny que tenien prop d'un pou.

Alguns joves estaven a la que salta, i el pare era un d'ells.

Què va determinar que la majoria dels seus germans quedessin presoners de la mentalitat tancada del Poble Vell, mentre que ell i el Florenci s'obrien als temps nous? Com s'explica que fos el primer a buscar noves oportunitats, mentre el Pere feia d'escombriaire, l'Isidre buscava feina a la mina i al Mauro ja li anava bé ajudar el Florenci? Pel seu caràcter? Per la seva ambició?

Ell sempre va atribuir-ho a aquell home il·lustrat que li havia inculcat el vici de la curiositat i la passió per un univers que existia més enllà del Bages. Un món que ambicionaven molts joves quan aixecaven l'envelat i veien com els belgues captaven l'atenció de les noies.

El Cuadrench vivia en una de les millors cases de Súria i al pare li agradava anar-hi a mig matí, quan els seus fills eren a l'escola. Així evitava veure'ls engelosits per les atencions que el seu pare dedicava a un mocós del Poble Vell.

El propietari de l'hostal li va ensenyar a endreçar bé les paraules, a llegir en castellà, a multiplicar i a dividir, perquè a l'escola no havia passat de sumar i restar. Els dies que la beguda encara no l'havia deixat fora de joc, li parlava de la generositat i la maldat dels homes, de la injustícia i la iniquitat de les societats modernes. Li va explicar els moments cabdals de la història de Catalunya i de la d'Espanya, que no sempre anaven agafades de la mà, i menys des que s'havia instaurat la Mancomunitat.

L'enlluernava parlant-li d'Ernest Solvay, l'amo de la potassa, un home riquíssim que estava casat amb una artista francesa de renom. Es veu que es reunia amb grans erudits de la ciència sense haver anat mai a la universitat.

Aquesta circumstància li va cridar l'atenció al pare. A la vida, tot era qüestió de proposar-s'ho.

Algunes tardes, feien una partida d'escacs i el Cuadrench li frenava l'ímpetu, educant-lo sobre quan convenia atacar o quan era millor defensar una posició.

L'amistat que van fer era la d'un home que es feia gran amb un adolescent àvid de coneixement i afecte, i com que el Cuadrench no s'entenia gaire amb la família, va dipositar en ell l'afecció dels seus últims anys.

El dia que un atac de feridura el va clavar al llit, encara va tenir temps de dir-li:

—Andreuet, s'acaba el Cuadrench!

En morir l'home que no vestia, ni parlava, ni pensava com la majoria de la gent, el pare es va sentir sol. Es va passar uns dies tancat a casa, desganat i entristit per no poder assistir a un enterrament reservat als familiars. Amb el cor calent, recordava un dia assolellat del darrer hivern, quan el Cuadrench se l'havia endut fins a la Garriga de Castelladral amb una tartana que s'enfilava pels alzinars.

Mentre l'avi de cal Bató arrufava les celles en veure el poble de cap per avall, el més petit dels seus fills rondava els enginyers que vivien a la carretera Nova, i bescanviava amb ells alguna paraula en francès. No es ficava en si el seu pare tenia raó negant-se a vendre'ls unes vinyes cobejades, però no compartia el seu temor que aquell trastorn dugués misèria. Tot i entendre que el canvi fes estremir els més grans, estava convençut que acabaria amb la monotonia que impregnava Súria.

Ell se sentia orgullós de ser un vailet del Poble Vell. Hi havia nascut, hi ballava tots els balls, fins i tot el de cascavells, que era el més difícil, i participava a les festes. També integrava la colla dels qui s'esbatussaven amb els nois del Raval amb bastons fets de fusta de pollancre i fones de figuera. Però el dia que els de baix el van fer presoner i el van fotre ben calent, ho va interpretar com un signe dels temps. Una nova realitat creixia a la vora del riu i ell volia fer-la seva. Súria ja no era aquell poble maleït on contaven que quan Jesús anava amb sant Pere distribuint els rocs damunt la Terra se li havia rebentat el sac.

Una nit d'estiu, va somiar que s'enlairava amb quatre cavalls alats i passava per damunt de Montserrat.

«Volo! Volo!», li va cridar al Cuadrech, que l'observava des d'una de les agulles de la muntanya vestit amb una túnica blanca.

«Així m'agrada, que estudiïs», va respondre-li ell poc abans que la quadriga s'endinsés en un núvol i es despertés tot suat.

En veure que tenia afició i traça jugant al billar, el Serafí va proposar donar-li unes lliçons.

—Passa pel bar a mig matí —li va dir.

—Quan ja no hi són els del rebentat?

—Exactament —va dir el Serafí. Millor tenir-lo amb ell que no pas pels voltants del riu, on anava a guipar les enagües de les noies que rentaven la roba.

El pare havia començat a treballar d'aprenent a la fusteria del Florenci, però faria mans i mànigues per robar una estona al temps lliure que li deixava el seu germà per fer les compres a la mare.

Li faltava poc per complir dotze anys quan el Serafí va regalar-li el seu primer tac. Començava a destacar en el joc a tres bandes i algun dia s'havia atrevit amb jugades de campió. Si no li sortien bé, es mossegava els llavis per no revelar l'enrabiada, i mentre tornava a casa les repassava, fent gestos que inquietaven les veïnes assegudes davant dels portals.

—Així no hauràs de jugar amb aquests, que estan torçats —va dir-li el Serafí assenyalant els que estaven arrenglerats a la paret.

—Ja els havia agafat el truc —va contestar ell.

En pocs mesos el va atrapar, de tal manera que els dissabtes feien una partida a cent, i la gent del cafè s'hi jugava els calés. Així va ser com el pare va guanyar els primers duros de plata.

Un dia, va trobar el Serafí capficat.

—Ahir va venir el nou director de la mina —va dir-li l'amo del cafè.

—En deu saber molt! —va exclamar ell, convençut que els estrangers eren tan bons fent caramboles com prospeccions.

—I ara! Ha practicat l'americà, però no domina el francès.

—Com és l'americà?

—Ui! Es juga amb quinze boles, i amb troneres a les quatre cantonades. Ja ho veuràs el dia que anem a Barcelona. A mi m'agrada més el d'aquí.

—Va fer alguna tirada?

—Ni una! Li vaig fer un massé i es va quedar acollonit —va afegir, rient i ensenyant la dentadura corcada.

Alçat de puntetes i posant l'arc vertical, el pare el va fer lliscar entre l'índex i el polze, imitant el gest del massé, mentre tots dos reien a riallades. Quan van acabar de fotre-se'n dels belgues, rescabalant-se de l'arrogància amb què gallejaven pels carrers del poble, el Serafí es va posar seriós i va explicar-li que el director de la Solvay buscava algú per practicar.

—Creus que jo podria... —va insinuar el pare sense acabar la frase, com si no volgués espatllar l'ocasió que se li presentava.

—No ho sé pas, Andreuet, perquè s'ha fet dur un billar al xalet.

—Ja sé on és!

—Sí, però no s'hi pot anar vestit amb calça curta i les sabates enfangades. És una casa de gent rica, amb una banyera més gran que aquesta taula de billar.

—Doncs parlaré amb l'Agnès perquè m'acompanyi a comprar uns pantalons i sabates noves. Ella també m'ajudarà a convèncer els pares.

—És aquella tieta teva tan guapa que ve de tant en tant?

—Sí, l'única que m'entén. Ja li pots dir al director que quan vulgui comencem.

—Hi ha un altre problema, noi. Ell només xampurreja una mica l'espanyol —va argumentar el Serafí.

—No pateixis, que l'espanyol me'l va ensenyar una mica el Cuadrench i el practico amb amics del Malcarat.

Veient-lo tan decidit, el Serafí va comprometre's a fer la gestió. Quan li va anticipar que li pagarien deu pessetes per sessió, el pare va contenir l'emoció. Era gairebé el doble del jornal que guanyava el germà que feia d'escombriaire.

Amb l'enllumenat, les tensions que feien cruixir les pedres del Poble Vell s'havien fet més paleses. Entre els nouvinguts, la majoria eren obrers que buscaven fer-se una nova vida, però també hi havia aventurers, desertors i individus fora de la llei. Alguns deien que Súria semblava un d'aquells pobles de l'*Oeste* que sortien a les primeres pel·lícules de *vaqueros*. Van obrir bars on tenia més importància l'alcohol que no pas la partida, i amb tants homes solters tampoc hi faltaven les baralles, i cases de barrets més sòrdides, deien, que les de Manresa.

Mentre el poble patia les tibantors que havia dut la potassa, una inquietud sorda es començava a estendre entre pagesos i treballadors. L'automatització de les fàbriques del riu havia atret dones que cobraven menys que els homes per fer anar les màquines de filats i teixits. Moltes eren noies de masies que havien de caminar de valent o bé quedar-se a menjar i dormir a la colònia de la fàbrica, on estaven obligades a comprar-li a l'amo tot el que necessitaven si volien conservar la feina.

No obstant, d'un temps ençà les dones ja no es deixaven engalipar amb tanta facilitat, i les mirades de les treballadores del tèxtil ja no eren de resignació. Començaven a exhibir una dignitat que s'obria camí en les activitats més insospitades. Fins i tot a les caramelles de Pasqua, en què el pare participava tocant el rigo-rago.

Aquell any, el cor La Llanterna va passejar-se per Súria amb una cançó sarcàstica que va inquietar molts homes:

Abans la dona
era un ninot.
I avui les dones
ho poden tot.

De l'home, que segons diuen
és rei de la creació,
en tants sigles com governa
mai se n'ha vist res de bo.

Retirem-nos doncs los homes
ja que no servim per res
i que governin les dones
que és segur que en sabran més.

Fora tants partits polítics
a fora tanta pudor.
Sols les dones avui dia
poden salvar la nació.

En veure com l'Agnès repetia la tornada, el pare va pensar que eren lletres escaients, per molt que molestessin els més ceballuts. Es va preguntar si no era el Cuadrench el qui les havia escrit abans de morir.

—Ja no podem viure com abans —va dir-li l'Agnès.

Li va explicar que, als temps de la Batona, a les fàbriques de riu hi treballaven nens de totes les edats que eren flagel·lats amb un tros de corda gruixuda si no feien bé la feina, i que a les treballadores els deien «xinxes», com si de dia s'amaguessin entre les màquines i de nit sortissin a xuclar sang.

—Un amic meu diu que són els amos els qui ens xuclen la sang —va dir el pare.

—Té raó —va fer l'Agnès—. Però ja no és com abans, quan ens tractaven com cuques molles.

Els amics del pare es mostraven cada cop més dividits sobre el que estava passant. El Malcarat deia que tot fotria un pet, perquè cada cop hi havia més injustícia, i les ànsies de revolta que recorrien la conca del Llobregat el fascinaven. Més optimista, el Pèsol s'imaginava que en sortiria una Catalunya sobirana, com aquella en què somiaven els seus pares. Al Quico se'l veia cada cop més inquiet. La seva mare avorria aquella ventada, que obria la porta al vici i semblava obra del dimoni. Per jutjar el que passava, el pare s'inspirava en les idees republicanes del Florenci i en l'humanisme del Cuadrench.

—No sigueu tan pessimistes —va exclamar un dia que estaven junts, prop de la resclosa—. Les coses estan millorant molt, cony!

Tenia catorze anys, una vida per endavant, i creia que el progrés no tenia aturador. Ni el catastrofisme del Malcarat, ni les pors del Quico el convencien. Estava més d'acord amb el Pèsol, tot i que no li agradava que parlés malament de la gent que havia vingut d'altres indrets d'Espanya.

El seu optimisme d'adolescent faria aigües ben aviat. A la Mancomunitat li quedaven un parell d'anys, i un militar enemic de la modernitat i amic del rei estava a punt de donar un cop d'estat i tornar als temps de l'*ordeno y mando*.

En una guardiola que li havia regalat l'Antònia, la seva germana, hi guardava les monedes de plata de quatre i vuit rals amb què li pagava el director de la mina. Abans que estigués plena, la va trencar per demanar a l'Agnès que li dugués roba anglesa de Barcelona per fer-se el primer vestit a mida.

Fet un dandi, va provocar l'admiració de les noies, però també les enveges de molts nois. Ningú no entenia què hi feia, cada dia, al xalet del director.

Convertit en un jugador acreditat, va començar a sovintejar festes majors, on feia exhibicions de billar. Li agradava anar a Navarcles perquè a Cal Met hi havia un dels millors billars de la comarca. La de Navàs tenia molta anomenada, però ell frisava perquè el convidessin a la de Puig-reig, per veure-hi l'Anita, la filla de l'encarregat del baixador. Va ser la primera noia amb qui va ballar l'*agarrao*, un dia, fins que ella va dir prou en sentir com se li insinuava entre les cames. Aleshores, mentre ella es refugiava a la llotja de la seva mare, ell va tornar al billar, a fer-hi demostracions de franc. Jugades inassolibles que provocaven empentes i aplaudiments, i amb les quals es venjava del refús. Acabava de complir quinze anys.

Si el temptaven amb la beguda, només acceptava la primera ronda. Detestava el llenguatge groller dels qui s'emborratxaven, i l'horroritzaven els qui perdien l'oremus, embriagats. Estava obsessionat amb la neteja, i ho considerava una pèrdua de temps.

—Amb aquesta no hi tens res a fer perquè duu les calces lligades al darrere amb uns elàstics —li va dir un noi mig begut, un dia, en veure que es fixava en una mossa de la Colònia Vidal.

Ell el va agafar pel coll i li anava a fotre un cop de puny, però el va deixar anar. Tenia les de perdre perquè anava amb tota una colla. Va tornar a casa amb el cotxe de línia pensant que eren uns desgraciats.

Tenia pocs amics. Només els de Súria.

A mesura que millorava en el joc, el billar el va dur fins al Colón de Berga, on li pagaven deu duros per cada exhibició. També el convidaven a algunes colònies tèxtils, on els fills dels fabricants l'enviaven a buscar en cotxe per animar les seves trobades socials. Eren uns creguts, però pagaven bé i anaven amb noies que no tenien les manies de l'Anita.

Se'l rifaven, als pobles i colònies de l'Altre Riu, que era com li deien al Llobregat, on els diners corrien més que no pas pel Cardener.

Amb els guanys del billar, es va comprar una Zündapp alemanya que li permetia pujar dalt de la serra de Castelltallat i arribar a Manresa en un tres i no res. A Súria mai no havien vist una motocicleta com aquella, que feia un xivarri descomunal, sobretot quan l'enfilava pels carrers costeruts que duien a cal Bató, espantant la gent gran i aixecant mirades envejoses entre els joves del Poble Vell. Solia deixar-la plantada davant de l'església, com si volgués provocar el rector.

L'havia comprat per anar a jugar a Manresa i, per què no, a Barcelona.

Per a ell, la família eren tres dones: la mare, que havia dut la vida a cal Bató; l'Antònia, amb la que tenia més complicitat, i la seva tia, que l'acompanyava en l'afany de voler volar ben alt.

L'Agnès gairebé li doblava l'edat, però quan sentia el zumzeig de la Zündapp s'acostava a casa seva perquè li expliqués què passava en aquells mons de Déu.

Imaginava la sensació de llibertat que devia procurar venir des de Balsareny amb aquell artefacte, dependre d'un mateix, acariciar el vent, sentir el ronc del motor costa amunt i dominar els revolts amb elegància. Li hauria agradat tenir-ne una, però les motocicletes no eren per a les dones.

—M'hi duràs un dia? —li va preguntar.

—Quan me'n compri una altra, perquè aquesta només té un seient.

—Quedarem al torrent dels Galàpets —va dir ella.

—I farem amunt, cap a Castelladral —va afegir ell, seguint-li el corrent.

Ella se l'estimava com un germà, o com un fill, perquè de germans en tenia nou, i de fills encara no en tenia cap. Enlluernava els homes amb la seva figura galanxona i el seu esguard decidit, però potser els espantava de tant caràcter com tenia.

—Els homes no m'han tocat mai ni una galta —li va dir un dia.

Al pare, aquesta seguretat en una dona l'impressionava. Fins que ella no es va casar, als trenta anys, hi va compartir molts secrets.

Els monstres infernals

E*ls pastorets* de Súria eren els de més anomenada a tot el Bages. Quan el pare ens en parlava, imaginàvem les criatures del poble atemorides per un Llucifer banyut i encapotat que amenaçava amb l'Apocalipsi, i esglaiades per la seva veu tenebrosa. El feia tan feliç haver-ne format part que encara li va quedar força, a l'hospital, per emular l'admonició del príncep dels dimonis amb què acoquinava la canalla:

Som les fúries de l'infern,
som els monstres infernals,
i al caliu del foc etern
forgem pecats capitals.

Som la força!
Som el llamp!
Som l'escòria!
Som l'espant!

Nostra feina és atiar
el foc dels avencs pregons
i entre els homes fer triomfar
totes les males passions.

Visca, visca Satanàs!
Mori, mori tot el bo!
Cremi tot al nostre pas.
Som el foc, el llamp i el tro!

Aprofitava l'últim alè per repetir: «Som les fúries de l'infern, som els monstres infernals». No arribava al foc etern perquè li mancava l'aire.

Mentre la seva veu retrunyia al Foment de Cultura, Súria vivia temps convulsos i protestes a les fàbriques del Cardener per la negativa dels amos a implementar la jornada de vuit hores. Els canvis dels darrers anys havien dut a la colònia minera els primers pamflets amb les idees de Bakunin, i notícies sobre un país llunyà on deien que els obrers havien pres el poder.

Des del Poble Vell, la Batona observava inquieta l'atrafegament que vivia el poble i es queixava que el cant de les caderneres hagués quedat arraconat pel trasteig de les vagonetes i l'estrèpit de les barrinades. Creia que les muntanyes les havia concedit Nostre Senyor, i que els homes havien d'anar amb compte amb potinejar-les. Encara recordava, amb basarda, una masia que la terra havia engolit. I quan anava a les Guixeres a collir herbes, solia passar prop d'una bòfia gegantina per veure si seguia igual o s'havia fet més fonda. En saber, un dia, que el pou del Salí s'havia inundat, va pensar que era culpa de la cobdícia dels belgues.

Enyorava temps passats en els quals la vinya i els conreus convivien en harmonia amb la calç, el guix, la sal i les primeres fàbriques del tèxtil, i quan anava a l'hort de Salipota, mirava de reüll aquells homes que s'aplegaven davant del cafè de Cal Catalan coberts amb barrets tocats d'una cinta negra. Era com si anessin sempre mudats.

Amb un nou pou, més gran que el del Salí, la mina va créixer fins a determinar el paisatge físic i humà del poble. La Solvay va inaugurar un ferrocarril de via estreta fins a Manresa, i també va començar la construcció d'un casino luxós per als directius belgues i francesos, que s'avorrien al bar del Fusteret. Hi podrien beure cerveses exquisides, dinar-hi amb coberteria d'alpaca i jugar-hi les primeres partides de tenis que s'havien vist mai a Súria.

La Solvay havia implantat la jornada de vuit hores abans que la vaga de la Canadenca la imposés a tot Catalunya, i havia construït una cantina per als seus treballadors i dormitoris per als solters que eren admirats per molts al poble. També oferia als seus empleats posar diners de banda per a quan fossin vells, mentre les fàbriques de riu seguien dominades per costums i salaris del segle passat: el qui no treballava, per la raó que fos, no cobrava, i per als qui no eren de la mutualitat una malaltia greu era una mort segura.

Alguns dies d'hivern, una cosina del pare que treballava en una de les fàbriques es quedava a dormir a cal Bató perquè el seu torn acabava a les quatre de la matinada, una hora criminal per l'hora llarga que tenia fins a Coaner, caminant damunt del glaç i amb un fred que aixecava les pedres. Tot plegat, després d'un horari de nou hores imposat amb l'excusa dels dies perduts per la sequera o les riuades.

La cosina feia de sargidora, i com que tapar forats i estrips també es podia fer a casa, s'hi enduia feina.

—Encara treballes, Josefina? —li va preguntar un dia el pare, en alçar-se i veure que no s'havia allitat.

—Hi ha molta feina, Andreuet.

—Doncs que posin més gent, cony!

—No diguis paraulotes.

Ella es considerava una privilegiada perquè podria seguir treballant a casa si es casava.

Entre carambola i carambola, el director de la mina li parlava de les idees avançades que tenia l'amo d'aquell imperi.

—Saps què diu el senyor Solvay? —va preguntar-li un dia, agafant un llibre de la seva biblioteca—. Escolta, escolta què va escriure poc abans de morir: «Ens hem d'ocupar de fer pujar els que estan més avall, en lloc d'aixecar encara més els que es troben massa amunt. En l'estat actual de les coses, la desigualtat esdevé barbàrie».

El pare no s'ho acabava de creure, perquè la desigualtat es feia ben palesa a Súria, però d'aquelles converses li va quedar per sempre la pensada que els conflictes socials es podien resoldre parlant.

—Les millores, per petites que siguin, són preferibles que les trencadisses —els va comentar un dia als de la seva colla.

El Malcarat va saltar, argumentant que els amos i els obrers eren com l'oli i l'aigua, i brandint un pasquí anarquista amb vinyetes de burgesos grassonets que esclafaven obrers famèlics.

—I aleshores, què? —va replicar el pare—. Sempre viurem amb aquesta tibantor?

—Fins que no fem la revolució! —va exclamar el Malcarat, acompanyant-ho d'una riallada que va fer estremir el Quico.

—Si algú fa malbé els telers, els més perjudicats seran els obrers —va dir el Quico.

—Nosaltres no anem contra els telers, sinó contra els amos —va precisar el Malcarat.

—Però no és millor introduir avenços, com han fet a la mina? —va preguntar el pare.

—Apa, noi! Com es nota que et passes el dia llepant-li la retranga al director —va dir el Pèsol, sumant-se a la mala gaita del Malcarat.

—Què teniu contra la mina? Ens han dut el tren per anar fins a Manresa, i ajuden a fer que el telèfon arribi més aviat aquí que no pas als altres pobles —va insistir el pare, emprenyat per la referència personal del Pèsol.

La mina l'obsessionava. El dia que va tenir l'oportunitat de baixar-hi amb el Florenci, no la va rebutjar. Havia complert setze anys i el seu germà anava a arreglar unes bastides de fusta que s'havien trencat en desprendre's el sostre d'una galeria. Podria comprovar si eren certes les meravelles que contava el director, o si els recels del Malcarat estaven justificats.

En pujar al cup que els havia de dur pou avall, va prémer els queixals, i quan aquell taüt va començar a baixar, entremig d'un carrisqueig espantós de politges i cadenes, va tancar els ulls. A mesura que s'endinsaven cap al centre de la terra, va notar la calor. Se li engarrotava la gola, i això sí que el va espantar, perquè ell estava acostumat a l'aire fresc del Poble Vell. Va controlar els batecs del cor perquè no es volia mostrar espantadís davant del Florenci.

En arribar a la galeria principal, va descobrir que el sostre era gairebé tan alt com el de l'església de Sant Cristòfol i es va recuperar. Un carrilet els va dur fins on s'havia produït el despreniment, a través de corredors estrets i voltes apuntalades amb troncs. Mai no s'hauria imaginat que sota terra existís un món tan imponent, fet de vetes blanquinoses i rogenques intercalades amb margues més fosques. Hi va descobrir un taller més gran que cap dels de Súria, i homes descamisats que atacaven parets impossibles amb els pics i duien unes llanternes de carbur que ho embrutaven tot d'una llum sinistra.

El que més el va impressionar va ser veure una mula que tibava unes vagonetes. Com la del Bató però cega.

Existia una altra Súria que desconeixia, poblada per éssers humans que vivien sota terra, com si fossin talps. Suava i un aire espès i pudent li embafava els pulmons. Se li va encongir el cor i l'ànima, i va pensar que el Malcarat potser tenia raó quan deia que aquests homes, un dia, sortirien dels seus amagatalls i farien sentir la seva veu.

Li va semblar que el miraven, desconfiats.

Ell havia après l'ofici d'ebenista amb el seu germà després d'haver provat el de ferrer. Trobava que el ferro era indomable, mentre que la fusta podia modelar-la, sentir les olors dels encenalls i les serradures, segons si treballava amb pi, alzina, roure o fustes més nobles, sobre les quals feia lliscar les seves mans delicades amb la mateixa obsessió perfeccionista que quan jugava al billar.

El dia que un fuster de Rajadell va venir a parlar amb el Florenci perquè li trobés un ajudant, no va dubtar a oferir-se. Ho va decidir més per ser lliure que no pas per l'interès d'aquest petit poble perdut entre collades, a l'altra banda de la serra de Castelltallat. Anar-hi suposava començar el seu propi camí. Fer un primer pas endavant, com sempre li havia recomanat el Cuadrench. De Rajadell seria més fàcil anar a Manresa, i des de Manresa, Barcelona era a dues passes. Va viure el trasllat amb una excitació fora mida, barrejant somnis i realitats. De tal manera que, quan va anar per última vegada a casa del director de la mina i aquest li va regalar una revista amb fotografies de París, no va poder dormir. Ja s'hi veia.

Va arribar a Rajadell amb la Zündapp, que va provocar l'alegria dels més petits i va esvalotar les gallines de la plaça. Per primera vegada, no havia de donar explicacions a ningú.

L'omplia un sentiment de llibertat inabastable.

El Fusteret de Rajadell

De Súria, enyorava la serenor de la mare, la veu del Bató, les caramboles amb el Serafí, els secrets de l'Antònia i les parlades sobre els misteris de la vida amb l'Agnès. Recordava amb nostàlgia les escapades a l'església amb el Malcarat, per tocar a foc i desvetllar els qui feien la migdiada mentre el sol esquerdava les parets del campanar, i les anades al Cardener amb el Pèsol, que era una llumenera caçant granotes i tòtils.

Li mancava el riu, perquè a Rajadell només hi havia una riera que es pansia a l'estiu.

El barri antic s'alçava dalt d'un turó, amb més modèstia que el Poble Vell tot i que el castell era més imponent. Quan va descobrir la riquesa que amagava, va recordar allò que sempre explicava el Cuadrench, que uns pobles tiraven endavant mentre altres s'esllanguien. En viure sol, es va adonar que la infantesa se li havia escorregut entre les mans com li passava amb l'aigua de la Font del Ferro quan s'hi aturaven per abeurar-se, amb la família, camí de Coaner.

En aquell taller de fusteria, prop del torrent de l'Enfilat, es preparava per desplegar una vida d'arlot de disset anys i deixar enrere els últims rampells de l'adolescència.

Rajadell era un racó de món que no tenia ni tan sols club de sardana, tant com li agradava ballar-ne a ell el diumenge a la plaça Major de Súria. Ho feia amb els braços ben alçats, el cap enlairat, exhibint amb insolència la seva figura. Havia anat a parar a un poble més tradicional, on el ball més important era el de la coca, que dansava una parella escollida, ella vestida amb gipó i faldilla de brodat, i ell amb calçó curt de vellut i armilla, polaines de pell i espardenyes de set tombs. La vida hi era plàcida, ordenada per les activitats d'un ferrer, un sastre, un barber i el fuster que l'havia contractat. L'escola era al carrer Major. L'aigua per abeurar els animals i per al safareig la treien de les basses; la de boca, dels pous. Les dones anaven a cal Titot, on venien de tot, i peix fresc un cop per setmana. A l'era, els homes hi feien la girada. Treballaven de sol a sol, i al capvespre s'aplegaven al cafè a fer el got, fumar un caliquenyo i jugar una partida de dominó mentre els propietaris feien política al Casino Unió, on el pare, de tant en tant, es deixava caure.

Un nouvingut com ell havia de cridar l'atenció de Francesc Selga, l'home més ric del poble, que havia dut la llum a les cases i l'enllumenat als carrers. Sorprès per aquell xiquet que s'atrevia a trepitjar el local dels senyors, el va interpel·lar:

—Jove, m'han dit que sou de Súria.

—Sí, senyor, de cal Bató, dalt del Poble Vell.

—I com és que heu vingut a buscar feina en aquest racó de món?

—Perquè vull ser independent.

—Coi! Independent. Això sí que són paraules majors. I com us va a la fusteria?

—Doncs força bé, però crec que es pot fer millor.

—Així m'agrada. A la vida s'ha de ser ambiciós. Si necessiteu alguna cosa, m'ho dieu. No ho dubteu!

Al cap de pocs anys, una conversa com aquella, entre un fill de rabassaire i un propietari, ja no seria possible.

A Rajadell se sentia estimat, més que no pas a Súria, però l'ambient del poble l'asfixiava. Hi havia anat per emprendre una vida nova, marcada per un desvergonyiment que l'havia d'acabar duent fins a París, i temia haver-se equivocat. Treballar per a un altre no era ser independent. Li havien posat el sobrenom de Fusteret, i no li desagradava, però ell volia ser fuster, no *fusteret*. Tenir una fusteria.

Va trigar poc a instal·lar-se pel seu compte, prop de la riera, amb un banc i les eines necessàries per sotmetre les fustes, que li va deixar el Florenci. Va abandonar la fonda on havia passat els primers mesos i es va mudar a una casa abandonada que va arranjar, prop de l'església. Eren quatre parets amb una teulada desballestada, però era casa seva. N'estava orgullós.

Al principi, les va passar magres i va pensar en la conversa que havia tingut al Casino. El Selga li podia prestar diners. S'ho estava pensant, quan va entrar al taller un pagès que cultivava vinyes. No l'havia vist mai. Era un home fort, amb una cara modelada pel sol i el fred, de front ample i mirada transparent. El va impressionar. Era un masover, i necessitava canviar les bigues d'un cobert.

Aviat van congeniar, parlant dels problemes del camp. Ell va explicar els que tenia el Bató des que la fil·loxera li havia desgraciat la vinya.

—Aquí també ens ha passat. Tothom va plantar ceps quan el vi es venia molt bé a França... —va dir el pagès, que es deia Indaleci.

—...I quan va arribar la plaga, tot se'n va anar en orris —va afegir el pare, completant la frase.

—El problema no és l'insecte que es menja la saba, sinó els contractes que tenim amb els propietaris —va matisar l'Indaleci.

Amb la mort de les vinyes, la llei que regulava l'arrendament de les terres als propietaris s'havia convertit en una soga al coll de molts pagesos. En veure l'interès que el pare demostrava pels problemes del camp, l'Indaleci li va explicar que havia assistit a la constitució de la Unió de Rabassaires, a Barcelona, feia uns dies.

—Som treballadors del camp i ens organitzem com els de la indústria —li va dir.

Per al pare, allò va ser com una revelació. La idea que els pagesos també tinguessin sindicats, com els obrers, el seduïa. L'Indaleci li va parlar de Lluís Companys, un advocat laboralista que donava suport a la nova organització.

—Però aquí, a Rajadell, la gent és molt conservadora —va deixar anar el pare, escèptic.

—Són més aviat prudents, perquè la vida del pagès és molt dura, noi. Vivim del raïm, la sembradura i els boscos, i així no podem seguir —va explicar l'Indaleci—. Sense nosaltres, no hi haurà canvi —va sentenciar.

Confiat, l'Indaleci li va donar un exemplar de *La Terra*.

—Ves amb compte —el va advertir, mirant cap a la porta.

Era l'òrgan dels rabassaires, una publicació volgudament petita per poder amagar-la fàcilment. Les idees que difonia eren perseguides pels propietaris i per la dictadura.

—L'ensenyaré a Súria —va dir el pare, posant-se-la a la butxaca—. Només aplegueu pagesos que treballen a les vinyes? —va preguntar.

—També parcers, arrendataris i altres cultivadors del camp. Tots aquells que no són grans propietaris.

—Ah! Molt bé —va fer el pare, pensant en els que coneixia.

—Bé. Quan vulguis, anem a caçar conills amb fura a les muntanyes de Castelltallat —va dir l'Indaleci en veure que entrava algú.

El pare acabava de conèixer l'home que seria el seu puntal mentre visqués a Rajadell. Quan va anar al seu mas, li va preguntar pel Selga.

—És l'home que té més terres de tot Rajadell —va dir l'Indaleci. No hi va afegir res més. No calia.

Tot i que se li acumulaven les comandes, li seguien dient el Fusteret, i les noies del poble s'acostaven a veure'l d'amagat, admirades per la traça que tenia amb el ribot, la gúbia o el filaberquí. Els agradava sentir-lo cantar mentre treballava, entonant tan aviat *La mort i la donzella* com un tango de Gardel, i esperaven amb delit que s'atrevís amb *Como una mujer*, una sarsuela d'Emili Vendrell que estava de moda. Ell feia com que no les veia però s'esgargamellava per complaure-les.

Acomboiat pels veïns, que veien amb simpatia aquell *fusteret* vingut de l'altra banda de la serra, era mestre i senyor de la vida que havia triat, dominada pel serjant i la garlopa, els dies feiners, i per la Zündapp i el tac de billar, els caps de setmana. Algun vespre, quan podia, s'escapava fins a l'American Bar de Manresa per fer-hi una partida.

Al poble, va fer avinença amb mossèn Joan i la Ramona, la majordoma, la suficient perquè li acabessin confessant que vivien d'amagat un amor impossible des que no havien pogut casar-se, quan eren joves, perquè la família d'ell l'havia considerat una dona massa senzilla. Els dies que no tocava billar, anava a casa de la dissortada parella i feien petar la xerrada amb el mossèn mentre la Ramona els preparava el sopar.

Com si tots tres fossin uns incompresos.

Tot eren rumors, però no en feia cas. Alguns diumenges, el convidaven a posar discos a una gramola que plantaven davant l'església perquè el jovent ballés en acabar la missa. Dels pocs que tenia a mà, sempre començava amb un d'Antonio Machín. Els rumors es van intensificar quan es va comprar un cavall amb el qual creuava Rajadell al galop, esvalotant les gallines, i quan va començar a rondar la Ignasieta, una dona que vivia la vida amb prou descaradura per acompanyar-lo de tant en tant a Manresa. L'Agnès li havia advertit que no allargués mai una relació si no estava enamorat. No sempre li faria cas.

Embruixat per Manresa

Tenia Manresa a tocar. Amb els millors billars de la comarca, cafès i tertúlies on brotaven les idees que ell començava a barrinar, un ateneu que li semblava inaccessible, cinemes que estrenaven les mateixes pel·lícules que a Barcelona i intel·lectuals que parlaven com els àngels, escrivien com poetes i es mostraven compromesos amb una República que imaginaven a prop.

Des de Rajadell tothom hi anava en tren, però ell agafava la Zündapp per tenir més llibertat.

Coneixia tots i cadascun dels sots d'una tartanera infernal que recorria amb el tac enfundat i penjat a l'esquena. Quan estava enfangada, es cobria les cames amb una flassada que li havia preparat la Ramona per no desgraciar l'únic vestit que tenia, i quan la pluja la feia impracticable resseguia la via del tren comptant les travesses que era capaç de fer sense posar el peu a terra, de tan enderiat com estava.

Amb el que guanyava, va pagar-se els vuit-cents duros que costava la inscripció com a soldat de quota quan van cridar els de la seva lleva, un ardit que li va permetre fer el servei militar a la caserna de la capital del Bages anant-hi un cop cada tres setmanes. El comandant era un home il·lustrat que li va encarregar l'enquadernació dels seus llibres. Va dir que ho sabia fer, i va passar quinze dies aprenent les coses bàsiques de l'ofici, dia i nit, en un taller de la ciutat.

No era habitual que un militar en tingués tants, de llibres. Era francmaçó. El primer que va conèixer.

Al principi, quan anava a Manresa menjava per una pesseta a Cal Nen, on solien anar els pagesos, però aviat va adonar-se que li convenia un altre ambient. Es podia pagar el sopar a la Fonda Perdiu, on paraven els autobusos del Galtanegra i on hi havia un servei automàtic d'entrepans que li permetia menjar un mos si arribava amb poc temps, o si sortia tard de fer la partida. Sempre duia una fitxa a la butxaca. El va captivar el món nocturn de la ciutat. Quan passava pel carrer de les Beates, recordava aquella sòrdida casa de mal viure de Súria on anava a espiar les meretrius amb els seus amics. No feia cas dels joves carlistes que pintaven Manresa com un cau de luxúria; li semblava que pixaven fora de test quan denunciaven l'existència de sàtirs i orgies que no deixaven, deien, ni castedat per macular ni virginitat per desflorar.

El billar li va tornar a obrir portes insospitades. Abillat amb un panamà comprat a prop del Pou de la Gallina, aviat es va convertir en un jugador habitual de les partides importants que es feien i es desfeien a la capital del Bages. De tots els amateurs, era un dels que desafiava amb més insolència els professionals. Els èxits li van procurar fama, i contribuïen que les mosses se'l rifessin a les festes del Llobregat, però no satisfeien les seves ambicions. El que ell desitjava era passar a formar part dels qui apostaven per aquella modernitat que tant l'atreia.

Aviat quedaria absort per les idees que animaven l'Ateneu i que s'escampaven per tot el Bages.

El primer que feia en arribar a Manresa era comprar els diaris, on es lliuraven apassionants batalles. Els llegia de la primera pàgina a l'última, i se'ls enduia a casa per repassar-los durant les nits solitàries de Rajadell. L'endemà anava a veure mossèn Joan perquè li resolgués els dubtes, que havia subratllat amb un llapis vermell. Havia d'aprendre tot allò que el Cuadrench no havia tingut temps d'ensenyar-li. No n'hi havia prou amb dur un vestit de primera i sabates xarolades; havia de llegir més, i va començar a anar a la llibreria Roca, on comprava llibres que poques vegades acabava. Trobava que es perdien en els matisos i anaven poc al gra. A allò que ell considerava vertaderament important.

Embruixat per aquest clima intel·lectual, quan va sortir el primer número d'*El Dia* es va precipitar al quiosc a primera hora. Eren els darrers anys de la dictadura, i bufaven vents de canvi. En llegir la primera plana, va pensar que era el que ell hauria volgut escriure: «*El Dia*, a més d'ésser un diari republicà i de tendència federalista, aspira a la total aplicació de la neutralitat confessional», anunciava l'editorial.

—Això és el que ens cal. Un país que no estigui en mans ni del rei ni dels capellans —va etzibar-li al quiosquer, mentre sostenia la moto entre les cames—. I això també! —va afegir, llegint en veu alta un altre passatge de l'editorial—: «Que l'autoritat emani del poble i que no sigui possible que els uns tinguin el superflu mentre els altres falten de molt menester».

—També duu la victòria del Gironès com a campió d'Europa dels pesos ploma —va respondre el quiosquer, més interessat per la boxa que no pas per la política.

—És un dels nostres! —va deixar anar el pare, mentre posava en marxa la Zündapp per tornar a Rajadell. Havia llegit que el crac de Gràcia era un republicà de pedra picada.

Les idees d'*El Dia* s'estenien per la comarca. A Súria, on anava sempre que podia, la potassa també estava canviant les mentalitats. A Rajadell, la llum havia dut una fàbrica de galetes i una de teixits que donaven feina a moltes noies. Al camp, les idees dels rabassaires s'obrien pas, i ell hi contribuïa anant pels masos amb exemplars de *La Terra* al sarró. Va pensar que tenia coses a dir en la política, perquè els intel·lectuals desconeixien els problemes del camp, i quan l'Indaleci li va suggerir que escrivís a *El Dia*, va anar a veure el mossèn per millorar el seu català, amb una gramàtica de Pompeu Fabra que havia comprat a can Roca.

Eren temps arriscats, on el despertar dels rabassaires alertava els propietaris. A Rajadell i al poble del costat, a Fonollosa, aviat va ser identificat com un agitador de consciències, per comentaris que feia als cafès i per la vida misteriosa que duia, donant voltes amb la moto o a cavall. El cert és que aprofitava les feines que li encarregaven per compartir les queixes dels pagesos, i algun propietari el va fotre fora de les seves terres a empentes i rodolons brandint algun pamflet que hi havia deixat. Un dia li va semblar que el seguien. Preocupat per l'ambient que es respirava, es va quedar un gos llop que li van oferir en un mas, i quan el Malcarat li va deixar un llibret sobre els assassinats dels pistolers de la patronal va pensar que podia tornar a passar si els rics veien amenaçat el seu poder.

—Ens hem d'armar —va dir-li el Malcarat.

—Si volem guanyar-nos la pagesia no podem practicar la violència —va replicar ell.

—O sigui que hem d'esperar que ens fotin daltabaix d'un barranc després de pegar-nos un tret?

—Defensar-se és una altra cosa —va reconèixer.

Aquella mateixa nit va passar pel carrer de les Beates a comprar-li una arma a un pinxo, però en sentir el fred del metall es va encongir i va pensar que mai no la utilitzaria. No dependria d'ell. Estava a punt de començar una dècada ominosa.

Una nit a La Criolla

A punt de complir vint anys, el pare veia com la il·lusió s'apoderava dels qui volien un canvi, mentre el pànic agitava els partidaris de la dictadura. L'aventura de Macià havia tornat a dividir la seva colla: el Pèsol estava exultant, el Malcarat, escèptic, i el Quico, escandalitzat. A ell li havia semblat una quixotada, però creia que l'Avi els tenia ben posats i que feien falta polítics com ell.

Amb els amics de Súria, qualsevol cosa era motiu de disputa quan coincidien, fins i tot el futbol, ja que eren de tres equips diferents.

—M'han dit que has fixat pel Centre d'Esports —li va dir al Pèsol un dia que es van trobar tots quatre al cafè del Fusteret.

—Sí, de migcampista!

—Doncs diumenge que ve ja us podeu espavilar perquè juguem contra vosaltres —va advertir el Malcarat, que era fan del club integrat per treballadors de la mina.

—I tu, Quico? —va preguntar el pare.

—Aquest va amb els carques de l'Sporting —va saltar el Malcarat.

—Que sigui l'equip del Centre Catòlic no vol dir que siguin carques, i aquest any anem molt bé —va contestar el Quico, emprenyat.

—Però si l'altre dia et vaig veure aplaudint un equip de carlistes de Manresa! —va exclamar el Pèsol.

Ningú no va seguir. La relació entre ells cada cop era més difícil.

Pocs dies després d'aquella trobada, el Malcarat va desaparèixer. Alguns deien que estava amagat perquè s'havia compromès amb un suposat intent d'atemptar contra Alfons XIII durant una visita del rei a les mines de potassa. La cosa no estava gens clara, però la policia va practicar detencions a tort i a dret, i ell es va esfumar durant un parell de mesos.

Des que el pare vivia a Rajadell i anava molt per Manresa es veien menys, i tots quatre van sortir plegats per últim cop amb motiu de la inauguració de l'Exposició Universal de Barcelona. Va ser ell qui va proposar-ho. Coneixia la ciutat d'haver-hi anat un parell de vegades amb la Zündapp.

En arribar a l'estació de França i veure les obres monumentals que s'hi estaven fent, es van adonar del terratrèmol que vivia Barcelona. Mentre anaven a una pensió de l'Arc del Teatre, es van quedar de pedra en veure que el sol, de sobte, quedava tapat. Era l'ombra d'un dirigible que lliscava pel cel, llepant les agulles de la catedral. S'aturaven cada dos per tres, espatarrats per una ciutat que exhibia els seus prodigis i les seves vergonyes sense manies. El daltabaix que havia conegut Súria no era res comparat amb aquella commoció. La Rambla era un aparador d'excentricitat.

—Això no és can Fanga, sinó can seixanta —va comentar el Quico, el més atabalat de tots.

El Malcarat els va despertar del seu embadaliment quan passaven per davant del Liceu. Amb foc als ulls, els va explicar que un anarquista hi havia llençat una bomba, amb la intenció de destruir la societat burgesa. Al pare li va semblar de mal gust recordar-ho, i per espantar la malastrugança va entonar una estrofa de *Cançó d'amor i de guerra*, la sarsuela que més li agradava. Ho va fer agafant-se a un fanal, com si cantés per al públic del Liceu.

Dolça terra, jo t'estimo,
i amb el cor tot abrandat,
terra meva, jo proclamo
mon amor mai igualat.

Va seguir un parell d'estrofes més, mentre alguns passavolants s'aturaven, entretinguts per aquells xicots de poble que devien trepitjar la Rambla per primera vegada. Rient com bojos, van seguir amunt fins a la plaça Catalunya. Seguint la recomanació de l'Agnès, el pare va aturar-se a la font de Canaletes. Li havia dit que hi begués per segellar la seva complicitat amb Barcelona.

Al mig de la plaça, rodejats dels primers coloms que hi anaven a buscar veces, el Pèsol va comentar que així devien ser les ciutats d'on venien els belgues.

—I París! —va exclamar el pare.

—Tu què en saps, de París? —va preguntar el Quico.

—Més que vosaltres, i no trigaré a anar-hi —va respondre el pare.

—Amb l'autobús del Galtanegra —va deixar anar el Pèsol, enfotent-se'n.

Al vespre, van seguir la riuada de gent que caminava pel Paral·lel cap a la plaça Espanya, on van arribar quan s'encenien les columnes de llum de l'avinguda Maria Cristina i la Font Màgica. El recinte estava banyat d'uns colors que mai no havien vist plegats.

—Aquí no els cal dur llanterna —va deixar anar el Quico.

Quan van agafar les escales mecàniques per pujar fins a l'Estadi, tots van pensar que a les seves mares els aniria bé tenir-ne unes de semblants per anar a comprar al Raval i tornar carregades.

Es volien quedar un parell de dies a Barcelona, però quan van pagar la factura de La Criolla, on havien anat a parar després de sopar, es van quedar escurats. Havien passat bona part de la nit entremig de dones fenomenals i personatges extravagants i havien demanat dues ampolles del mateix xampany que venien a Cal Biadiu.

Van haver d'agafar el tren de Manresa l'endemà mateix, quan els van fer fora de la pensió.

El pare estava emprenyat. Era la primera vegada que es deixava anar d'aquesta manera, com si fos un d'aquells borratxos que havien de treure a empentes de l'American Bar quan tancaven el local. Ho tenia tot per endavant, i no podia perdre l'oportunitat que li brindava la vida. No estava disposat a deixar-se endur per una nit de gresca, ni a perdre els estreps per les dones.

Tornant d'aquella aventura amb el tren, va pensar per primera vegada que potser s'havia de casar.

El primer a despertar-se amb una sotragada va ser el Malcarat, potser perquè era el més avesat a nits com la que havien passat a La Criolla.

—Apa, noi, tu molt anar a missa, però que bé que t'ho vas passar ahir, tocant cuixa! —va dir-li al Quico, que estava mig ensopit. No havia parat de vomitar per la finestra.

—I tu, molt parlar de la revolució proletària però perdies el cul per les meuques com un burgès qualsevol —va respondre el Pèsol, sense obrir els ulls. El seu amic no estava en condicions de defensar-se.

—Què passa, que els proletaris no tenim dret a cardar? —va replicar el Malcarat.

—Tu, proletari? Au, home, no em facis riure —va respondre el Quico, que s'havia despertat del tot.

—Què us ha semblat Barcelona? Quina meravella, oi? —va comentar el pare, intentant reconduir aquella conversa de veus espesses. Havia quedat colpit per una ciutat que s'emmirallava en París, i volia allunyar les provocacions del Malcarat.

—Fantàstic! Genial! Mireu com viuen alguns —va exclamar aquest, assenyalant el mar de cofurnes que s'estenia a banda i banda del tren. Va tirar-los en cara que només havien vist la cara amable de la ciutat i que no sabien com malvivien els qui havien aixecat les obres de l'Exposició.

—Tu només veus les coses negatives —va dir el Quico, amb la intenció de venjar-se.

—Obriu els ulls, collons! —va insistir el Malcarat, irritat—. Hauríem d'haver anat al barri de Pequín, on m'han dit que s'hi viu pitjor que no pas a les cases més tronades de Súria.

—Potser tens raó —va contestar el pare, acceptant el repte—, però jo crec que tot canviarà. Amb la República, les coses milloraran.

—Que sigui una República catalana! —va afegir el Pèsol, amb la veu rogallosa. S'havia acabat de desvetllar.

—La República! La República! Vosaltres només esteu contra la monarquia —va manifestar el Malcarat, que s'havia alçat com si fos un tribú—, mentre que el que cal és fotre enlaire l'Estat.

Coneixien el seu punt de vista, les seves amistats amb els de la Joventut Llibertària, i no volien seguir discutint amb ell. Es van tornar a ensopir.

Per al Quico, la fi de la monarquia només podia dur desastres bíblics i violència contra els catòlics. Per al Pèsol, era una ocasió per fer realitat les idees de Macià. Per al Malcarat, era l'avantsala de la revolució. Per al pare, era un somni i una oportunitat. A ell també li havia agradat l'olor que feien aquelles donasses del cabaret, però s'havia fixat sobretot en el batibull de burgesos, intel·lectuals, estrangers, mariners, transvestits i gent estrafolària: com anaven vestits, com parlaven, com es llançaven mirades, en uns casos subjugades, en altres dominadores. Li havia recordat algunes fotografies de cabarets de París que havia vist en aquella revista que li havia regalat el director de la mina.

Barcelona era una caixa de sorpreses que volia explorar, però per a un fuster de Rajadell no era fàcil. Aquell món il·luminat per milers de bombetes li semblava impenetrable.

El billar, un cop més, l'havia d'ajudar.

Un rabassaire arrauxat

Als debats de l'Ateneu de Manresa, el pare va aprendre a modular el seu barroquisme voluntariós i pagesot, i aviat es va sentir capaç de fer les primeres col·laboracions a *El Dia* demanant al mossèn de Rajadell que l'ajudés a polir el to, a trobar la paraula justa i escrita degudament. El dia que va veure el seu nom imprès al diari per primera vegada, va pensar que havia fet un pas important a la vida.

Que un fill de cal Bató fos acollit en un diari de la capital del Bages era una victòria. Encara que fos com a corresponsal a les terres de Rajadell i Fonollosa, on no passava gran cosa.

Fins que no va caure la dictadura, tan aviat escrivia sobre la festa major que es feia a l'hivern com sobre la de l'estiu, que se celebrava al nucli antic i era la més concorreguda per la quitxalla. Com que encara no hi havia telèfon, havia de dur ell mateix les col·laboracions a la redacció, i li agradava quedar-s'hi per veure com ho posaven a la pàgina. Sempre es queixava que donessin prioritat a allò que succeïa a la capital.

Quan li van fer el primer carnet de periodista, amb la seva foto, va córrer a ensenyar-lo a mossèn Joan. Ja no era el *fusteret* de Rajadell. El domini de la paraula escrita li havia de permetre defensar millor els seus, els rabassaires, que els propietaris del camp havien mantingut en la ignorància per sotmetre'ls al seu antull.

Joan Selves Carner, un dels prohoms de Manresa, li va cridar l'atenció. El considerava el polític republicà més preparat de tota la comarca i el més conscient de la gravetat de la situació. A més a més, era un dels pocs que coneixia el camp català.

Admirava que un home com ell, fill d'una família de la serra de Castelltallat, s'expressés amb arguments tan ben armats que no necessitaven ser estridents per imposar-se. La condició de periodista i advocat de Selves el va dur de nou a concloure que no era suficient ser un dels millors jugadors de billar, ni cuidar el seu abillament: havia de madurar, i millorar la seva preparació, si volia formar part d'aquell estol d'homes que anaven a jugar un paper en la història del país. Com en Selves, que animava les tertúlies de l'Ateneu amb dots de conversador i una erudició que tothom admirava.

Anant un dia a casa seva, va coincidir amb el metge Tomàs Ramon Amat, que vivia al mateix replà. Havia llegit una entrevista que li havien fet sobre la tuberculosi que patien molts nens pobres.

—Esteu fent una feina magnífica, doctor! —li va dir,

abans d'explicar-li que la seva mare s'havia dedicat a atendre malalts del còlera.

—Si volem que la salut millori, hem de millorar la higiene a la infància, l'excés de treball de l'obrer i les condicions pèssimes de l'habitació —va concloure el metge, que liderava la Unió Catalana Republicana de Manresa, després d'escoltar-lo una bona estona.

Al pare li va semblar que era una manera encertada d'entendre la política. Fent-la útil. Compartia amb ell que la sanitat havia de ser una de les principals preocupacions de la República, i va cultivar la seva amistat anant-lo a veure de tant en tant al consultori. Ramon Amat seria un dels homes que més influiria en ell quan esclatés la guerra.

El seu humanisme li recordava el del Cuadrench.

En els primers contactes que va tenir amb dirigents republicans de la comarca, sempre va fer valdre la seva ascendència de rabassaire.

—Catalunya no serà res si la gent del camp no s'incorpora a la vida del país —va deixar anar en un dels primers debats de l'Ateneu en què va participar.

Als qui van acostar-se-li quan va acabar la seva intervenció abrandada, els va parlar de la urgència de trobar una solució als contractes de rabassa morta. Va vantar-se de ser fill d'un home que havia guanyat terra als boscos arrencant les arrels dels arbres i desenterrant les pedres per contenir bancals i protegir cultius i va denunciar que la feina ja no donava per menjar des que la fil·loxera havia matat les vinyes. Eren les idees que defensava la Unió de Rabassaires i que ell havia madurat parlant amb l'Indaleci.

Tenallat entre els seus orígens rurals i la fascinació per la gran ciutat, el pare havia fet seu el drama dels pagesos que no podien pagar la rabassa, però mirava cap a Barcelona per ampliar el seu horitzó. Hi havia fet algunes caramboles, amb viatges curts i malgirbats, dormint en pensions poc recomanables, fins que va poder-hi passar uns dies quan el van convidar a la inauguració del Billar Club, a la Gran Via de les Corts Catalanes. Hi va anar amb un vestit nou de trinca que s'havia fet fer en una de les millors sastreries del carrer Sant Pau, on anaven els polítics més populars i els periodistes de més renom, es va passejar per les sales sumptuoses del club com si en prengués possessió, i es va tallar el cabell a la perruqueria que havien obert al costat del bar americà.

La ciutat li va robar definitivament el cor i es passava el dia imaginant què hi podria fer. Tenia tota una vida per endavant.

Els seus èxits al billar li van obrir moltes portes, però ell no havia anat fins a la capital per exhibir-se en aquell local dels baixos del Coliseu. A tocar hi havia la nova Maison Dorée, que s'havia convertit en el temple de la intel·ligència política republicana. Amb una recomanació d'en Selves hi va poder accedir, un xic torbat però amb una fèrria voluntat de fer-s'hi escoltar. La primera vegada s'hi va endur mossèn Joan, vestit de seglar. No volia fer el ridícul.

—No diguis qui soc! —li va insistir el capellà de Rajadell abans d'entrar, conscient de l'anticlericalisme dels ambients republicans.

Aquell dia hi havia un gran rebombori perquè esperaven Lluís Companys, que acabava de sortir de la presó, on l'havia dut una conspiració que pretenia anticipar el final de la dictadura. Es van sorprendre en veure arribar un home d'una fragilitat que no es corresponia amb la idea que se n'havien fet, amb un pentinat revoltat, un bigoti mal retallat que començava a grisejar i un vestit que li ballava. L'aspecte desendreçat accentuava la blancor del mocador que li penjava del butxacó, a punt de caure. Aquella primera sensació descoratjadora, la d'un home de les Terres de Ponent que no acabava d'encaixar en els salons de Barcelona, es va esvair quan va prendre la paraula.

Enardit pel clima que es respirava en aquella cafeteria d'inspiració parisenca, l'home del Tarròs va exigir l'amnistia per a tots els detinguts.

—No admetem el fet delictiu en sentit estricte, no el podem admetre, perquè és una conseqüència del desgavell que aquest règim putrefacte ha provocat! —va advertir, encès, demanant la llibertat per a Macià i per als qui eren a la presó, o a l'exili, des dels Fets de Prats de Molló.

La referència a Macià va electritzar l'atmosfera.

Després que Companys acabés el seu parlament, el pare va anar a saludar-lo, demanant a mossèn Joan que l'esperés, i li va explicar que era fill de Súria i que treballava de fuster a Rajadell. Va aprofitar per parlar-li de la seva experiència amb els homes de la mina, i també va advertir-lo de l'ambient carregat que havia trobat a molts pobles del Llobregat.

Sorprès pel seu coneixement de la comarca, Companys li va preguntar:

—Com us ho feu per anar a tants llocs?

—Hi vaig amb la moto, president.

—No us demano pas com hi aneu, sinó què us du a anar-hi. La vostra feina de fuster?

—Hi vaig a jugar al billar —va contestar ell, un xic avergonyit.

—Caram!

—Aprofito per parlar amb els pagesos, per explicar-los les idees de la República, i per repartir-los *La Terra* —va afegir el pare.

—Molt bé, Claret. M'heu dit que us dieu Claret, oi, com el sant de Sallent? Vós heu de ser un dels nostres en aquelles contrades —li va proposar Companys en veure'l tan entusiasmat—. Ah, i quan torneu a Barcelona, aviseu-me i farem una partida —va afegir, deixant-lo seduït.

Des d'aquell dia, el pare es va considerar amic seu. Li va semblar que era més polític que Macià. Potser no tenia la seva màgia, però tot el que deia lligava amb la seva idea de Catalunya, la dels pobles que ell trepitjava.

L'endemà, Companys tornava a ser detingut.

Per complir millor l'encàrrec, el pare es va comprar una Rudge-Whitworth, un monstre de cinc-cents centímetres cúbics de cilindrada, amb quatre vàlvules i uns frens poderosos. El que no resoldria la nova moto, per molt de pressa que anés, era el conflicte que se li obria entre la vida de fuster en un poble perdut al peu d'una serralada i l'atracció de la gran ciutat. L'apassionava aquella agitació que vivia Barcelona, però quan anava a la Maison Dorée s'adonava que hi era considerat un nouvingut, mentre que quan tornava a Rajadell ja no era un *fusteret* que duia de corcoll les noies, sinó un home apreciat que havia aconseguit dur el telèfon al poble i fins i tot una cobla per ballar-hi sardanes.

Poc després de complir els vint-i-dos anys, va pensar que havia de fer realitat aquella idea que havia tingut tornant de l'Exposició de Barcelona. S'havia de casar si volia ser més respectat.

No ho va decidir perquè estigués enamorat d'aquella jove que havia conegut a la festa major de Castelltallat, sinó perquè necessitava una esposa que l'ajudés a ordenar la vida desastrada que duia. De cal Teixidor, una família de Fonollosa d'esquerres i amb tres filles i tres fills, la Trini Solé li recordava la seva mare, pel seu origen pagès, la seva energia i la seguretat que li procurava. Era una dona forta, que treballava de costurera i que es va enamorar d'aquell jove que cantava tangos mentre treballava i recorria la comarca amb una moto infernal. L'havia escollit a ella, entre totes les noies, traient-la a ballar a l'era de la rectoria. Ell, que era, de tots els joves de Rajadell i Fonollosa, el qui millor dansava.

No ho va tenir fàcil per demanar-los la mà als seus pares. Els tres germans no veien clar que un solter que empaitava les mosses a les festes majors aprofitant les caramboles fos un bon partit per a ella, i va haver de fer mans i mànigues per ablanir-los.

Es van casar quan la dictadura feia les últimes alenades; ella, seduïda i disposada a adaptar-se a una nova vida, i ell, convençut que era la dona que li permetria seguir fent el mateix: arribar a casa de matinada, tornant de jugar al billar a Berga, o d'una reunió política a

Manresa, o d'un cap de setmana a Barcelona per conspirar amb altres republicans.

Per al casori, van convidar familiars i amics de Súria i alguns coneguts de Manresa, entre d'altres Ramon Amat, a qui el pare va confessar, aquell mateix dia, que no estava segur d'entendre's amb la seva dona. L'amic metge no es va sorprendre. S'ho imaginava. Com molts homes, el pare buscava el confort del matrimoni i donar respectabilitat a la seva vida. Ramon Amat era un bon observador de l'ànima humana, i es devia adonar que la Trini formava part del món que el pare intentava deixar enrere.

Acabat el dinar, va marxar amb ella a Vilanova i la Geltrú, on tenien previst passar la nit de nuvis, però en arribar a l'hotel i saber que s'hi hostatjava el marquès de l'Argentera el pare va embogir. Eduard Maristany era un dels seus ídols, un enginyer de camins que havia fet el túnel ferroviari més llarg d'Espanya, de Reus a Falset. Després de sopar, va abordar-lo i van anar a fer una copa al bar de l'hotel. Van estar-s'hi una llarga estona, parlant de carreteres i trens, dels ponts i túnels que calia fer per treure de l'aïllament els pobles del Cardener i del Llobregat, somnis que el pare havia tingut des de l'adolescència. L'encontre es va allargar més del compte i s'hi van estar fins a tal i quina hora, quan la Trini ja feia estona que havia pujat a l'habitació.

Per què s'hi va casar, amb Trini Solé? Per què no va fer cas del consell que li havia brindat l'Agnès?

—Abans de casar, molt t'hi has de pensar —li havia dit ella, justificant la seva pròpia vida.

Mai no en va voler parlar. Com si arrossegués un sentiment de culpa.

El casament el va ajudar a integrar-se al poble, i fins i tot el van convidar al concurs d'aixecar pedres, on sempre guanyaven els portadors de raïm de la verema. S'entrenava de nit, millorant la tècnica que li permetria aixecar un pedrot de noranta quilos sent més sec que un bruc. Li van donar el primer premi. Era cada cop més popular. Mentrestant, com tantes altres dones, la Trini va adonar-se que el matrimoni no era com l'havia imaginat, i va passar de ser la jove més alegre de Fonollosa a comptar les hores d'algunes llargues nits de Rajadell.

Animat per l'èxit de la seva feina i per la voluntat d'allunyar-se d'un lloc on se sentia presoner d'una decisió desencertada, el pare va obrir una altra fusteria a Sallent. La Rudge-Whitworth li permetia anar i venir i continuar xerrant amb els uns i els altres. No parava a casa: seguia amb el billar, les dues fusteries el tenien ocupat, i cada cop estava més implicat en l'agitació política que precedia l'arribada de la República. De mica en mica va acabar passant més temps a Sallent que no pas a Rajadell. S'hi trobava bé perquè era un poble dominat per la mina, com Súria, però amb una antiga tradició liberal i republicana. Així i tot, la vida de l'obrer hi era penosa, fins al punt que molts acomiadats havien de fer de pidolaires.

Al poc temps d'arribar-hi, va esclatar una vaga per demanar la renúncia d'Alfons XIII, i ell va anar a l'Ateneu Sallentí, una institució que s'alçava contra l'ajuntament, dominat per la Lliga i els monàrquics. La vaga era cosa del sindicat d'oficis, i a l'Ateneu debatien si afegir-s'hi o no.

—L'enemic del meu enemic és el meu amic —deia un dels qui ho defensaven.

—Compte, que aquest sindicat està adherit a la CNT —advertia un altre.

Faltaven pocs mesos per a les eleccions que farien caure la monarquia, i l'ambient polític estava caldejat.

—Els obrers són els nostres aliats i hem d'estar al seu costat —va dir el pare, de manera resolta. Era la primera vegada que parlava en públic a Sallent.

Es va sorprendre per la determinació dels sindicalistes, que van mantenir la vaga tres dies. Hi havia més tradició de lluita que no pas a Súria, i republicans i cenetistes actuaven units contra la monarquia, compartint un rebuig radical a l'església i l'exèrcit. Va anar a dinar a la fonda La Catalana, on havia fet algunes caramboles, i va seure amb uns avis que comentaven el conflicte, orgullosos d'antigues i llegendàries lluites proletàries. A Sallent es va convèncer que el futur de Catalunya no es decidiria només en debats exquisits com els que freqüentava a Manresa i Barcelona. En aquest clima, que no estava tan dominat per les idees del camp, va adquirir una formació més consistent de la mà de Magí Oriol, un dels polítics que més van influir en la seva concepció social del republicanisme.

El març del 1931, quan les costures de la monarquia començaven a cedir, va assistir a la Conferència d'Esquerres Catalanes, a Sants, on també hi era el Florenci, futur dirigent del nou partit a Súria. En va sortir convençut que Companys era qui millor entenia el món del pagès i el de l'obrer, i va coincidir amb ell en la necessitat de treballar colze a colze amb els republicans espanyols. Es va fer d'Esquerra Republicana seguint la seva estela, però mai no va ser un home de partit. L'amoïnaven els debats eterns i les batalles internes, i la disciplina era contrària al seu esperit. El que comptava, per a ell, eren els homes, que podia seguir fins a la fi del món quan el convencien. Molts dels qui havia conegut eren francmaçons, i Gumersind Sanmartí, creador d'una lògia situada a la muralla de Sant Francesc, li va parlar de la maçoneria amb un esperit que li va recordar el del Cuadrench. Hi trobava una espiritualitat que mancava en la política, i una fe que no havia heretat de la mare.

No obstant, pel seu rebuig atàvic a tota disciplina, no abraçaria l'organització del compàs i l'escaire fins passats els noranta anys, quan ja no li calia reivindicar-se com un rabassaire irredempt.

La República

Era un dia radiant de primavera, amb una tarda d'aire fresc, irrepetible, i el pare era a la fusteria, traient-se del damunt la feina acumulada. Les darreres setmanes havia parat poc a Rajadell, de tanta agitació com hi havia. De sobte, va entrar un veí exaltat i ell en veure'l va interrompre el soroll estrident de la serradora, pensant que algú havia pres mal.

—La República! Andreu, la República! —va exclamar l'home, amb la veu entretallada.

—Què ha passat? —va preguntar ell. Ja s'ho imaginava.

—Diuen que Macià ha proclamat la República i que el rei ha marxat —va insistir el veí, sumant notícies vertaderes als seus desitjos, que eren els de molta gent.

Van posar la ràdio de galena que el pare tenia al taller i van sentir allò que tant de temps havien esperat.

—Atenció! Atenció! Aquí Ràdio Barcelona. Atenció! Atenció! Acaba de proclamar-se la República! —va dir el locutor abans de posar *La marsellesa*.

El pare va agafar la pistola que tenia guardada en un calaix, va sortir al carrer i va buidar el carregador disparant als núvols, espaordint els pardals i provocant el goig de la canalla. Era la primera vegada que ho feia i mai més no tornaria a utilitzar una arma.

Després de llençar la pistola al barranc, va anar a casa, on la Trini preparava uns embotits per a la mitja dotzena de veïns que s'hi havien aplegat, entusiasmats per les crides que feien els ajuntaments de tot Catalunya. Estava eufòrica, i quan el pare va entrar se li va tirar al coll. Aquell instant valia per totes les generacions que havien maldat per un país millor. Cap dels dos no havia pogut votar, perquè a ell li faltaven dies per als vint-i-tres anys i les dones encara no podien fer-ho, però compartien l'enfervoriment de tots els qui s'aplegaven al voltant de la taula.

—L'Avi ha proclamat la República catalana des de l'ajuntament —va informar un que duia tota la tarda enganxat a la ràdio.

—I després l'Estat català —va dir un altre, el més informat.

—Als carrers de Barcelona, la gent crida «Visca Macià! Mori Cambó!» —va explicar un tercer, que acabava d'arribar.

El pare estava exultant, però preocupat. No quedava clar què s'havia proclamat. Uns deien que Macià havia parlat d'integració en unes repúbliques ibèriques, però altres creien saber que s'havia atrinxerat a la Diputació i havia dit que només el traurien mort. El pare coneixia les diferències que hi havia entre Macià i Companys, i temia que la seva rivalitat espatllés la festa. Ningú no era capaç de precisar què passava a Barcelona.

Va trucar al seu amic Ramon Amat, a Manresa, una de les primeres ciutats on també havien proclamat la República des del balcó de l'ajuntament.

—Estem tots aquí, Andreu —li va dir, i va explicar-li que Joan Selves havia llegit la proclamació.

En especificar-li que Macià havia fet una tercera declaració, a favor d'una República catalana com a Estat integrant de la Federació Ibèrica, es va sentir més asserenat. Per a un home com ell, que detestava Alfons XIII però temia els excessos, el matís era important. Disposat a celebrar aquell esdeveniment històric, no creia que fos el moment d'anar més enllà.

—Molt bé, Tomàs, la República ho és tot! —va contestar abans de penjar el telèfon.

Els qui s'havien ajuntat a casa seva van pensar que tenia raó. Era l'hora de celebrar l'adveniment d'una il·lusió compartida, que havia costat patiments i sacrificis. La República. Ja hi hauria temps per posar-li adjectius.

—Llibertat, igualtat i fraternitat! —va proclamar l'Indaleci, brindant.

Dominat per una exaltació incontenible, el pare va agafar la Rudge i va marxar cap a Sallent, on hi tenia un cert predicament. La Trini havia parat la taula per celebrar la bona nova amb amics que havien vingut de Fonollosa, on els rabassaires esperaven que arribés aquest moment, potser més i tot que no pas a Rajadell, perquè les dretes tenien el poble intimidat. Era un instant sense parió que ella havia desitjat amb totes les seves forces. Per què no podia compartir-lo amb el seu home?

Va tenir el pressentiment que la República li robaria el poc que li quedava del marit.

Anant cap a Sallent, el pare va passar per Súria, per abraçar la mare i compartir la febrada d'aquells primers moments amb els germans. Al poble, que acabava de celebrar la Pasqua Florida, el cor La Llanterna i l'orquestra Art Surienc desfilaven pels carrers cantant *La marsellesa.* Tot havia estat tan sobtat que Catalunya encara no tenia un himne republicà. Els de La Llanterna anaven acompanyats per les colles del Tro Gros i del Foment de Cultura i seguits d'una munió de suriencs, i el Florenci encapçalava la comitiva que venia del Círcol Republicà. Va trobar-s'hi amb l'Agnès, que plorava i reia alhora. Es van abraçar.

També hi era el Pèsol, excitadíssim, convençut que s'havia proclamat la independència. El Malcarat i el Quico no havien sortit al carrer, per motius diferents.

A casa, la Batona cuinava per a tota la família, com si fos sant Sebastià. Estava emocionada i un xic inquieta.

—On en mengen dos en mengen tres, Andreuet! —va dir, posant un altre plat a la taula.

—Ho sento, mare, però hauré de marxar cap a Sallent. Només passava a saludar-vos.

—Ai, fill meu! Però si ja es fa de nit... A tu i al Florenci, la política us matarà.

El Bató seia en una cadira, davant de casa, fumant un caliquenyo. Ell era més aviat de la monarquia, però Alfons XIII no li agradava. Encara recordava les seves paraules desafortunades davant del Papa. Desitjava que la República no dugués exaltació i violència, però veia molta gent arravatada.

A l'Ateneu de Sallent feien festa grossa. Les eleccions havien donat una clara victòria als republicans, i l'alcalde de dretes havia dimitit. La majoria dels obrers estaven en vaga, i els miners omplien el carrer del Pont, expectants. Entre els manifestants més sorollosos, el pare hi va veure les noies d'algunes colònies, que havien baixat fins a Sallent totes de blanc, amb poms de flors a les mans i a la cara una il·lusió genuïna.

Es va sumar a una reunió que el republicà Magí Oriol tenia amb gent d'Esquerra Republicana i la CNT. Més que a cap altre lloc, la concòrdia depenia de la col·laboració amb els cenetistes. Ell n'estava convençut, però no tothom ho compartia.

L'endemà, enardit per l'embranzida republicana que s'estenia per tot Catalunya, va baixar a Barcelona. Als pobles, la fugida del rei provocava onades d'optimisme. Tot eren banderes republicanes i quadribarrades, veïns arremolinats entorn d'una ràdio o d'algú que llegia un diari en veu alta, i va anar de patac a l'ajuntament a veure Lluís Companys. Amb una grandiloqüència que només el moment explicava, es va posar a la seva disposició.

—Considereu-me un soldat de la República —va dir-li, abraçant-lo.

Companys li va demanar que tornés a Sallent per contribuir a la unitat entre republicans i sindicalistes.

—Ens podeu ajudar a aconseguir-ho —li va deixar anar, creient que podia fer de pont entre dos mons que a molts indrets es miraven de reüll.

—No creieu que puc fer més feina a Súria? —va preguntar el pare.

—A Súria ja hi tenim el vostre germà —va respondre Companys.

No ho va encaixar bé. Què insinuava? Que ell, a Súria, hi aixecava recels? Era tan cert com difícil d'acceptar. No va insistir. El seu germà era un polític estimat, que havia estat elegit regidor. S'havia casat i havia comprat una casa prop del Raval, i la seva dona, la Montserrat, havia obert una botiga de queviures i vins de les més modernes, per on passava tot el poble. Era l'home que l'ajuntament necessitava.

A Sallent va arribar-hi amb un Citroën *pato* de segona mà que s'havia comprat a Barcelona, amb l'ajut del partit. Es proposava recórrer el Bages per tal de fer pedagogia republicana entre els treballadors del camp, on predominaven les suspicàcies. Acostumats a veure'l amb la moto, els pagesos van comprendre de seguida que li havien posat uns primers galons. Els rabassaires de Rajadell i Fonollosa ho van celebrar, i els propietaris el van agafar encara més de cap d'esquila. A Súria, quan van veure aquell cotxàs, alguns van mirar-lo de cua d'ull.

Passada la primera febrada, semblava que tot es tranquil·litzava, i ell ho va agrair. Al cap d'uns dies, Macià havia acceptat negociar un estatut amb el govern de la República i es deia que ell i Companys s'entenien.

La vida política estava encarrilada, però una inquietud sorda recorria les fàbriques, la mina i el camp. El pare ho veia als llocs on anava. Mentre treballadors i pagesos es mostraven impacients, els amos i els propietaris conspiraven als casinos per mantenir els seus privilegis, amb la col·laboració d'una església espaordida pels temps nous que bufaven.

El primer conflicte va esclatar a Súria, on els miners es van plantar per demanar millores en la higiene i la supressió de les primes de treball a preu fet. S'hi van produir les primeres accions violentes, i el governador va enviar-hi la Guàrdia Civil. Que el governador civil fos Companys va pertorbar el pare. Per sort, quan semblava que tot se n'anava en orris, el Florenci i dos regidors més van evitar el drama. El germà del pare va rebre la felicitació del consistori «per la seva prudència democràtica i patriòtica».

N'havia sortit enfortit. Era l'amo de Súria. El futur alcalde.

Al cap d'unes setmanes, el pare es trobava a Sallent quan Companys va entrar-hi per un arc de benvinguda, amb el cotxe cobert de les flors que li llançaven des dels balcons, engalanats amb senyeres. Després de rebre una bandera tricolor de mans d'unes nenes i d'inaugurar la plaça de Francesc Layret, com a membre del Congrés, va intervenir al Cinema Condal, on va demanar fe en la República per superar les dificultats heretades de la dictadura.

Alguns miners el van rebre de mala gaita, desconcertats pel que havia passat a Súria. No obstant, se'ls va posar a la butxaca. Al pare el va impressionar, perquè sabia que els homes de la mina eren caparruts, i ho va atribuir al fet que l'havien rebut com un amic de Layret. En acabar, s'hi va acostar, com havia fet altres vegades, i el va felicitar pel seu discurs abrandat.

—Serà difícil que els miners creguin en nosaltres si no millorem la seva vida —va afegir a cau d'orella, comentant-li les condicions de treball a Fígols i Sallent.

També li va parlar de les colònies que s'estenien per tot el riu. Un article publicat aquell mateix dia les retratava com a «presidis d'uns senyors feudals emparats per la monarquia i els amics de l'ex rei, caçador i *juerguista*».

—Prou que ho sé, Claret —va insistir Companys—. Però també ens cal autoritat, legalitat, ordre —va afegir.

Faltaven pocs mesos perquè la CNT organitzés una revolta a l'Alt Llobregat, amb la intenció d'implantar-hi el comunisme llibertari.

El pare tenia vint-i-tres anys quan el rei va fugir, i vint-i-vuit quan es va alçar Franco. Durant aquests cinc anys, es va moure entre el Bages i Barcelona, on anava de tant en tant a oferir-se per a situacions excepcionals i a participar en alguns torneigs. Alguns dirigents d'Esquerra el trobaven desenraonat, massa capficat en els drames locals, obsessionat per les comunicacions, però altres l'escoltaven. Era dels pocs que coneixia el món de la mina.

—Vine amb mi, Andreu —li va dir el seu amic Selves quan el van fer conseller de Governació.

—En un despatx m'hi rovellaria, Joan. A mi em cal bellugar-me.

La seva dèria era plantar cara als cacics, que tenien els pobles acovardits. Recordava la seva infància, quan a casa anaven justos mentre els rics de Súria exhibien la seva condició sense pudor. Era radical en les conviccions, però avorria els qui només feien que parlar, com els seus amics de Súria. Mentre el Malcarat es passava el dia conspirant a favor del comunisme llibertari, el Quico es veia mig d'amagat amb els qui volien tombar la República, i el Pèsol esperava una altra oportunitat per proclamar l'Estat català amb altres separatistes.

—Sou uns somiatruites —els va dir una de les últimes vegades que es van veure tots quatre.

—Mira qui ho diu! —va exclamar el Pèsol—. Tu et passes el dia somiant a fer carreteres.

—Carreteres per als rics —va afegir el Malcarat.

—O perquè torni el rei —va dir el Quico en veu baixa.

No eren temps per a ocurrències. Ja no eren xiquets que davallaven pels carrerons del Poble Vell amb cotxes imaginaris, ni adolescents que somiaven amb nits com la de La Criolla. S'havien fet adults, en un país que s'acostava a l'estimball.

Dies de comunisme llibertari

Quan les treballadores de la colònia del Carme, a Sant Salvador de la Vedella, es van declarar en vaga, el pare va recordar la cosina de Coaner. Les dones ja no estaven disposades a fer la farina blana. Tampoc li va estranyar que els miners de Fígols s'hi solidaritzessin. S'havia quedat horroritzat veient-los treballar ajaguts, de boca a boca, malalts de silicosi, amb picots petits, mentre uns sagals carregaven el carbó amb cistelles d'espart que els llagaven l'espinada.

La desesperació i la ràbia es van estendre Llobregat avall i es van enfilar pel Cardener, on els miners de la potassa s'hi van sumar.

A Sallent, els faistes havien desarmat el sometent i s'havien apoderat dels explosius. Havien tallat les vies del tren, hissat la bandera negra i roja al balcó de l'ajuntament, repartit aliments de l'economat entre les famílies més necessitades i proclamat el comunisme llibertari. A Súria passava tres quarts del mateix. L'ajuntament també lluïa el pavelló anarquista. Era una autèntica revolta, forjada en la misèria i en les il·lusions llibertàries que recorrien Catalunya i alimentada per l'arrogància dels amos, el descrèdit de la monarquia i l'eco d'una revolució llunyana.

Aquesta onada de fúria, a pobles on el pare havia crescut, ballat i estimat, el va marcar per sempre.

A Súria, la sala de sessions de l'ajuntament estava abarrotada d'homes armats. Els militants de la FAI havien assaltat l'armeria de Cal Baylina, controlaven el polvorí i havien fabricat centenars de bombes casolanes entaforant dinamita a les llanternes de carbur. Havien aturat un autobús del Galtanegra, n'havien fet baixar dues monges i les havien obligat a agenollar-se. Altres, mentrestant, havien donat instruccions per posar en circulació una moneda local. Eren hores de revenja, utopies i mitificació de la violència.

Quan li van comunicar la situació extrema que s'hi vivia, Companys va recordar l'última vegada que havia parlat amb el pare. Era un dels qui coneixia millor la mina, i li va telefonar.

—Claret, hauríeu d'anar-hi, perquè els miners de la Solvay han exigit les claus al director a punta de pistola. Vegeu què podeu fer.

—Ha intervingut la Guàrdia Civil? —va preguntar el pare.

—Azaña hi ha enviat una companyia amb la baioneta calada i es tracta d'evitar enfrontaments amb els militars, perquè tots hi sortirem perdent —va afegir.

Sabia que feia tard, però el pare va agafar el cotxe.

La revolta havia mutat en una temptativa d'insurrecció. Ell ho desaprovava, però havia advertit que podia passar.

El conflicte amb la República era inevitable.

Arribant a Súria, es va trobar amb una columna d'obrers encordats que caminaven capcots. Eren conduïts a Manresa pels soldats que havia enviat el ministre de la Guerra. A una vintena els van dur fins a la bodega d'un vaixell, camí de les presons de Guinea Equatorial. A l'entrada del poble hi havia restes fumejants de les barricades que els revoltats havien aixecat. No hi havia res a fer. La rebel·lió s'havia acabat, ofegada pels militars.

Aquella nit va dormir a cal Bató, on la mare li va recordar que ella ja havia pronosticat aquella desgràcia.

—Ai, Andreuet, si ho haguessis vist! Van fer sortir una monja del convent a empentes i la van obligar a treure's l'hàbit —va explicar, esborronada.

En no poder assolir objectius més ambiciosos, els de la FAI havien abolit el joc, havien amenaçat religiosos i havien deixat el director de la mina sense servei. El pare va anar a veure el seu germà, que ho havia intentat tot per evitar mals majors.

—No podíem admetre un alçament anarquista! —va exclamar el Florenci. Era un dels dirigents d'Esquerra més implicats. Aviat seria alcalde.

—D'acord, els miners han fet coses intolerables, però sense ells la República està fotuda —va replicar el pare, engegant una discussió tensa amb el seu germà.

Estava convençut que la Generalitat havia actuat tard i malament. La repressió va ser implacable, i els amos van aprofitar la derrota dels sindicats per rebaixar els salaris i allargar els horaris.

Poc després d'aquella revolta frustrada, la Trini va tenir una criatura. El pare estava convençut que un fill l'ajudaria a redreçar la seva vida personal, qüestionada per molts, en contrast amb una imatge pública carregada de promeses. Al poble sabien que el seu matrimoni era un malencert, que preferia dinar a Ca l'Emili i que passava moltes nits a Sallent o Manresa, i li atribuïen la responsabilitat de menystenir una dona honrada i treballadora, estimada pels veïns de Fonollosa i Rajadell. Com que tot se sabia, a Súria molts pensaven el mateix.

El nounat era un mascle amb una boca d'orella a orella, un nas aquilí i una certa tirada als germans de la Trini. El complaïa que fos un nen, però això ja ho sabia. Sempre presumia de conèixer el sexe dels embarassos posant la mà damunt la panxa de les futures mares. En sentir el primer bram, va prendre consciència que havia arribat una nova vida i es va sentir aclaparat. Li hauria de fer un lloc en un món agitat, on l'espiral enfollida de la política el mantenia cada cop més allunyat de casa. No estava segur de poder-se'n ocupar. Era un sentiment que dominava sobre qualsevol altre, i que es va fer palès des del primer dia. Mentre la mare li va donar tot l'escalf, ell va passar a ser per a la criatura una imatge fugaç, captivadora, però efímera: la d'un pare que arribava de nit, amb la moto, i marxava sovint de matinada. Fascinava el fill amb algunes de les seves excentricitats, però no li dedicava prou temps ni afecte. El nen, a qui van posar el nom de Joan, com el vell Bató, en patiria les conseqüències.

Amb el naixement, la seva imatge al poble es va consolidar. El veien com a cap de família, que era la condició per entrar definitivament en el món dels adults, i com a dirigent polític. Al cap d'uns mesos va participar en un míting d'Esquerra en què va denunciar el retrocés que s'havia produït al camp després de la revolta.

—Heu de combatre els monàrquics i defensar la República, que és la vostra garantia —va dir-los als pagesos. Mentrestant, la Trini gronxava el Joan, que s'havia despertat en sentir la veu tronadora del pare.

Aquell dia es va quedar a dormir, i mentre ella preparava el sopar, ell jugava amb l'infant, una mica distret. Apilava les fitxes d'un dominó fins que queien, provocant un terrabastall i les rialles sorolloses de la criatura. La mare s'ho mirava de reüll, melancòlica. Li agradava veure'l a casa, dedicat al fill, però li semblava que no el tractava amb tendresa. O potser els homes no saben ser afectuosos?, es preguntava. Aquell castell de fitxes que sempre queia li va semblar la metàfora d'una vida mudadissa en què mai no trobaria la pau.

L'any següent, el malestar social va tornar a esclatar. Els miners de Súria van aturar la feina per denunciar l'actitud insolent que adoptaven sovint belgues i francesos pels carrers, cafès i botigues, i van tenir el suport de les principals entitats, que denunciaven «un ultratge a l'honradesa d'aquesta vila» i exigien l'expulsió del nou director.

A les dues conques, una onada d'intranquil·litat es va apoderar dels esperits, i qualsevol espurna podia encendre els ànims. No era cosa només dels anarquistes. Trueba, un dels pocs comunistes suriencs, havia tornat de la Unió Soviètica disposat a encapçalar la propera revolta.

En saber que un intent d'assalt a la caserna de la Guàrdia Civil de Sallent havia causat tres morts, el pare es va alarmar. El divorci entre la Generalitat i la CNT s'estenia, i l'enutjava l'explicació que en donaven alguns republicans, com si fos un conflicte entre obrers catalans que volien treballar i obrers immigrants partidaris de fer barrila. Es va emprenyar quan un diari d'Esquerra va denunciar que «els estrangers s'havien fet els amos del poble», i va afegir el seu nom als qui demanaven l'expulsió del director.

—Parlar de catalans i no catalans és confondre els ous amb els cargols —li va dir a un amic d'Estat Català que li recriminava la seva actitud.

—Abans aquestes coses no passaven —va replicar l'amic—. I no podem tolerar que enfanguin el nom del poble! —va afegir. Estava irritat per un article de la periodista Irene Polo que parlava de Sallent com «el cau de l'angúnia».

—T'has llegit bé el que diu? —va preguntar el pare.

—Bestieses. Com si aquí visquéssim tots com porcs.

Com a periodista que hauria volgut ser, el pare sentia admiració per Irene Polo. Era una dona valenta, com l'Agnès, que escrivia divinament, i que no tenia por d'enfrontar-se a qui fos. Només tenia un amo: la veritat, i això el meravellava.

—Veig que no l'has llegit sencer. També fot a parir els de la CNT, però no amaga com viuen els qui s'han revoltat.

—Sallent no és un cau d'angúnies, collons!

—Parla d'obrers que dormen en un corral, amb un centenar de marrans, mentre d'altres ho fan dins d'una antiga mina de guix a la muntanya de Sant Sebastià. I això és veritat perquè jo ho he vist.

Molts van acusar Irene Polo de derrotista, però el pare va fer saber al seu amic Selves, que havia estat nomenat conseller de Governació, que tot el que deia era ben cert, i va advertir-lo que les actituds excloents, separant els catalans dels nascuts a fora, podien fer mal a la causa republicana.

A les eleccions següents, la majoria dels miners no van votar.

En quedar paralitzada la llei de contractes de conreu, la tensió es va apoderar del camp, i entre els republicans va guanyar força el separatisme. Molts rabassaires creien que amb Espanya no hi havia res a fer. Esquerra estava dividida, i el pare temia que Companys es deixés engalipar per Josep Dencàs, el líder d'Estat Català. El coneixia de la Maison Dorée i el considerava un aventurer.

Va tornar a veure Companys quan va visitar Manresa com a president de la Generalitat, i el va trobar més amoïnat que mai. A Madrid no li feien cas, i a Barcelona alguns dels seus li feien el llit.

—Claret, com van les coses per aquí? S'han calmat els esperits?

—No gaire, i si no millorem les condicions de vida de la gent anirem pel pedregar —va respondre el pare, contundent. El seu interlocutor semblava distret. Tenia altres preocupacions al cap.

—Ho sé, Claret, ho sé, però ara és important deixar palesa la nostra dignitat —va respondre-li Companys, al·ludint a la decisió del Tribunal de Garanties de carregar-se la llei de contractes de conreu.

—Vós no heu de demostrar res, president —va respondre el pare, preocupat per una resposta massa emotiva.

—Us equivoqueu, Claret. Si volem mantenir el cap ben alt, ha arribat l'hora de donar la batalla, i tinc la seguretat que el poble es pot abrandar com mai —va replicar Companys, visiblement agitat.

—No feu cas als qui us acusen de no ser prou catalanista —va afegir el pare, alarmat. Sabia que alguns posaven en dubte la seva catalanitat davant dels atacs del govern espanyol.

—Els qui em critiquen no em coneixen. Jo estic disposat a tot, i si convé los rebré a tiros, aquests de Madrid! —va exclamar Companys abans d'afegir—: Hi ha vegades que, perdent, Catalunya hi guanya, Claret. No ho oblideu mai.

El pare no va insistir, i li va explicar que els rabassaires de Fonollosa l'havien reclamat perquè els donés un cop de mà. Era el poble de la Trini, tocant a Rajadell.

Havia vist Companys fora de si, menyspreat per uns i calumniat per altres. Podia passar qualsevol cosa.

—Si no se'ls treu del damunt, les passarem magres —li va comentar al seu germà, que també era a Manresa. El Florenci no va contestar. Les posicions independentistes trobaven predicament entre els qui veien com el govern espanyol menystenia el camp català.

El pare va marxar de Manresa convençut que el xoc era inevitable. Pressionat per una colla de brètols, Companys n'havia fet una qüestió personal. Saber perdre? Amb això no hi podia coincidir mai. Sempre s'havia de fer tots els possibles per guanyar. Encara que fos cotet-cotet, com deia la Batona, dissimuladament, esperant temps més propicis.

Faltaven pocs dies per al 6 d'octubre.

Dos cafès de Fonollosa

Fonollosa, on tothom es coneixia, vivia amb virulència el conflicte del camp. Entre els tres nuclis del municipi hi havia una dotzena de propietaris que defensaven a ultrança el tracte de la rabassa morta, mentre que prop de cent cinquanta pagesos aspiraven a millorar les seves condicions de treball amb una nova llei de contractes de conreu.

Com a tots els pobles de secà, s'hi vivia de quatre coses. Els boscos eren de pinars i alzines que servien per fer carbó, i els camps, robats a les pedres, des que la fil·loxera hi havia fet malbé les vinyes només donaven per anar trampejant. El municipi era pobre de solemnitat. Tenia un pressupost de tretze mil pessetes que procedia dels arbitris aplicats a la venda de gallines, coloms, ous, llenya i palla, uns diners que servien per finançar l'escola i el sou del secretari, que era de cinc-centes pessetes trimestrals. Poca cosa més.

Tot i els anys transcorreguts, el record de les carlinades hi era tan viu que quan el pare hi va anar a fer política els més vells encara deien allò d'«Els carlins que els mati Déu, i si no per què els hi posava».

Velles històries que es feien presents en els conflictes nous.

El pare hi havia anat alguna vegada, a Fonollosa, a fer feines de fusteria a algunes cases i a comprar-hi eines que no trobava a Rajadell. També hi havia acompanyat Joan Selves per fer-hi algun míting, i havia aprofitat per parlar amb els qui treballaven terres situades al peu de la serra. L'ajudava que la Trini fos filla d'una de les famílies més estimades del poble.

La primera vegada que va destacar-hi va ser en defensa d'un quartaire detingut per la Guàrdia Civil per negar-se a pagar els vuit sacs de faves que reclamava el propietari. Armats amb bastons de punxa o ganxo, i ajudats per altres parcers dels pobles del voltant, els rabassaires van aconseguir alliberar el detingut. La tensió va paralitzar el poble, i el pare va ajudar a resoldre el conflicte.

En va sortir erigit com el defensor d'uns treballadors de la terra que sovint eren analfabets i no tenien qui advoqués per ells.

Amb la seva presència, la divisió sorda que es covava es va encarnar en dos homes, ell i Marià Serarols, líder dels propietaris, un home erudit que patrocinava l'equip de futbol, apreciat per molta gent i odiat per les esquerres. Els dos homes eren de caràcter fort i ànim resolutiu, l'un monàrquic i l'altre republicà, l'un d'una religiositat extrema i l'altre cada cop més anticlerical. Encarnaven dues concepcions del camp irreconciliables. Mentre Serarols era l'amo del cafè que duia el seu nom, el pare agitava les consciències des del cafè del Calet, on anaven la majoria dels parcers, i mentre ell posava a parir Serarols des d'*El Dia*, aquest li contestava des d'*El Pla de Bages*, el diari de la Lliga de Manresa. Serarols era una de les plomes més acerades de la comarca. Quan es feia un míting al seu cafè defensant la llibertat, la religió, la propietat i la família, l'endemà el pare escrivia contra «els monàrquics mesquins i cavernícoles», i quan el cafè del Calet acollia dirigents d'Esquerra, i s'hi cantava *Els segadors*, *El Pla de Bages* arremetia contra el «mal anomenat conflicte rabassaire». La tensió era tanta, que quan tots dos es creuaven pel carrer ni tan sols se saludaven.

La majoria dels fonollesencs guaitaven l'escena de reüll, convençuts que algun dia arribarien a les mans.

La situació de la pagesia va radicalitzar el pare tant o més que la de les mines de Súria, Fígols i Sallent. Era el seu món, aquell on havia vist patir el vell Bató per pagar la rabassa. Després de la revolta obrera del Llobregat, va escriure a *El Dia* que calia «infiltrar en els pobles l'esperit de la revolució». Considerava un escarni que la vida dels camperols encara no hagués millorat amb l'adveniment de la República. «Podríem dir que Rajadell, Fonollosa i Aguilar no se n'han assabentat», concloïa en el mateix article.

Entestat a desterrar el domini moral que l'Església tenia sobre la pagesia, va publicar alguns dels seus articles més anticlericals, en què denunciava el poder dels capellans damunt les dones, que anaven a votar per primera vegada. «En el sermó, que fa les delícies de les solteres de quaranta anys cansades de dir parenostres a sant Antoni perquè els cerqui un marit bon janot i un xic taujà, una bona animeta vestida de capellà els deia que no escoltessin els seus marits, pares o germans, i que anessin a votar les dretes, que d'aquesta manera guanyarien la glòria del cel i ells podrien viure feliços amb el producte de la suor dels rabassaires i altres obrers», va escriure, referint-se al capellà de Fonollosa.

La confrontació entre ell i Serarols estava cada cop més dominada pel paper de l'Església, com passava a bona part del camp català.

El pare atacava qualsevol actuació que tingués com a objectiu sotmetre les consciències a la institució eclesiàstica. «El poble ja s'ha cansat d'ésser esclau», va escriure a *El Dia* amb motiu de la decisió del club de futbol local de convidar els veïns als actes religiosos de la festa major. Estava tan convençut que aquest sotmetiment era el principal problema de la República al camp català que, quan li van proposar d'anar a fer una conferència a Moià, no va dubtar-ho ni un instant. Era el poble que més parròquies tenia de tot el Bages; un reducte clerical, segons els republicans. Va començar la conferència posant com a exemple la seva bona relació amb el mossèn de Rajadell, perquè no fos dit, però es va embalar i va deixar anar que Moià era «un tap brut, dominat pels cacics i la gent amb sotana».

Un tap brut. Un diari de Manresa va recollir aquesta expressió lapidària, que contribuiria a la seva fama de menjacapellans.

Poc després, ell i Serarols es van trobar entre un bar i l'altre, al migdia. Els carrers estaven deserts, però moltes dones entrellucaven l'escena amb els porticons mig tancats. Només les cigales esquerdaven el silenci d'un dia de juliol massa calorós.

—O sigui que els catòlics som un tap brut, oi, Claret? —va exclamar Serarols, detenint-se a l'altura del pare—. Un tap que voleu llençar a les escombraries.

—Vós, que sou un lletraferit, sabeu que això no és ben bé el que he dit —va replicar el pare.

Tots dos eren alts i joves, sobrats d'energia i portadors d'ànsies col·lectives. Estaven disposats, cadascun d'ells, a defensar la seva causa amb la vida si fes falta. Tot i la xafogor, Serarols duia jaqueta, damunt d'una camisa amb coll americà i la corbata ben nuada, mentre que el pare anava amb les mànigues arremangades i l'americana a l'espatlla. Tot els feia diferents, però es mostraven igual d'orgullosos del seu origen i de les seves conviccions.

—Heu dit que Moià és un tap dominat per la gent amb sotana.

—I pels cacics com vós!

—Els que anomeneu cacics som els qui donem feina a la gent —va replicar Serarols, indignat—. No com els gitanets que van de poble en poble duent-hi el ressentiment —va afegir.

Burxava en l'estereotip del foraster enviat a destarotar la tranquil·litat d'un llogaret on mai no passava gran cosa. A *El Pla de Bages*, l'havia tractat de «ciutadà tipus, d'aspecte pedant, entonat i pretensiós, conegut per aquestes encontrades», i l'havia acusat de ser l'inductor del clima anticlerical que havia pervertit tantes ànimes.

El pare va prémer els punys. S'havia pronunciat massa sovint contra la violència per anar més enllà i es va guardar la ràbia pensant a fotre-li una pallissa a les eleccions. Serarols devia pensar que tampoc li convenia arribar a les mans. Ell també estava convençut que guanyarien els seus i farien fora de l'ajuntament «la democràcia esquerrano-rabassaire» que governava Fonollosa.

Tots dos van seguir caminant, en direccions oposades.

Serarols estava segur que la decisió de la República de donar el vot a les dones li permetria recuperar el poder. Confiava que votessin allò que sentissin a dir a l'església. El pare no les tenia totes, perquè veia el gir conservador que s'albirava a tot Espanya, i al primer míting que va fer Esquerra al poble va redoblar les seves advertències contra el clero. A un article d'*El Dia* ho va rematar, demanant que els capellans tinguessin cura «de l'església i de res més que de l'església». S'identificava amb aquella necessitat de separar l'Església de l'Estat que *El Dia* havia reclamat en la seva proclama fundacional.

No obstant això, no compartia la temença de molts republicans pel vot de les dones. Pensava en la seva mare, que era de missa però que sofria per la vida dura del pagès, i en la seva tia Agnès, que havia taral·lejat aquella cançó de les caramelles que deia que només les dones podien salvar el món. Per a un aplec comarcal d'Esquerra convocat al poble va demanar a l'alcalde de Manresa de fer-hi participar una representant del grup femení del partit, i en veure com era aplaudida es va ratificar en la idea que tornarien a guanyar.

—La dona té els ulls oberts i ja mai més ningú no els hi tancarà —li va dir a Marcet en acabar l'acte.

Alguns li van dir que somiava perdius, però el cert és que van ser paraules premonitòries. A Catalunya, les esquerres van tornar a guanyar, i a Fonollosa també, tot i que el poble va quedar partit per la meitat, amb 258 vots contra 205.

Una de les primeres decisions del nou consistori va ser suprimir la creu que adornava l'escut municipal des que aquelles terres havien pertanyut al vescomte de Cardona. La seva substitució per les quatre barres i la secularització del cementiri va desfermar la ira de Serarols, que va assenyalar el pare com el responsable d'una autèntica heretgia.

El dia que el Parlament va aprovar la nova llei de contractes de conreu va ser un dels més feliços de la curta trajectòria política del pare. Era a la tribuna dels convidats i s'ho va passar d'allò més bé. Tenia al cor la mare i el vell Bató, els pagesos de Súria, Fonollosa i Rajadell, i al costat els terratinents de l'Institut de Sant Isidre, que proferien amenaces a tort i a dret mentre els diputats votaven.

En tornar a Fonollosa, la llum del cafè de Serarols encara estava encesa. S'hi havien reunit els propietaris, disposats a combatre la llei com fos.

Envalentit per un èxit polític que duraria poc, va escriure que «Els rabassaires s'han tret la bena dels ulls i s'han unit com un sol home per fer front als cavernícoles seglars i eclesiàstics». Articles com aquest es llegien també a Súria. Quan hi anava, ja no el veien com el fill petit de cal Bató, sinó com un martell d'heretges de les dretes i de l'Església. Hi van contribuir les crítiques mordaces de Serarols, que el va denunciar com un home «entonat i pretensiós, que mana més que no pas el pobre senyor alcalde», i el va fer responsable de la destrucció del segell de la Santa Creu.

Per a les dretes era un dimoni amb banyes escapat d'una representació d'*Els pastorets* per empaitar propietaris i capellans.

Aquella aspra batalla de Fonollosa va acabar de configurar la personalitat política del pare, un republicà foguejat en la dimensió local dels conflictes que va cridar l'atenció d'alguns dirigents del seu partit. Quan el seu amic Ramon Amat va dimitir de comissari general d'Ordre Públic, després d'una fosca acusació de tolerància amb el joc, Companys el va convidar a dinar al seu pis de la rambla de Catalunya i el va temptejar per al càrrec.

—Doneu-me deu dies, i aniré a fer un tomb per les comissaries abans de donar-vos una resposta —va contestar ell.

Amb unes quantes en va tenir prou. Es va quedar esgarrifat, i quan Companys li va telefonar per preguntar-li el què va ser contundent:

—Nou de cada deu comissaris i policies estan contra nosaltres —va respondre el pare, declinant el nomenament.

—Doncs això és el que volem canviar —va insistir Companys.

—Feu bé, president, però cal algú amb més autoritat política que jo —va dir ell, concloent.

És possible que no fos l'autèntica raó per rebutjar l'oferiment: amics d'Esquerra li havien advertit que li feien la gara-gara perquè ja estava decidit que Miquel Badia ocuparia el nou càrrec. Badia era l'artífex dels escamots d'Estat Català i el candidat de Dencàs. De tot plegat, el pare en va treure la impressió que Companys manava cada cop menys en aquell garbuix de capelletes i interessos que minaven el govern de la Generalitat.

La batalla a mort amb Serarols el va dur a pensar que la defensa de la República necessitava més realitats. Als arguments de les dretes, que arribaven al cor de la gent, s'hi havia de respondre fent escoles, carreteres, duent als pobles la llum, el telèfon i el metge. Era el que intentava fer el Florenci a Súria. Al pare el va impressionar el discurs que va pronunciar durant la seva presa de possessió com a alcalde, prometent «una era de pau i treball que pugui assegurar el millorament moral i material i el progrés de la vila». Els amics de la colla surienca havien estat més crítics. Cada cop més àcid, el Quico blasmava el Florenci per no aturar els anarquistes, i el Pèsol el considerava venut a les posicions més tèbies d'Esquerra. De tots tres, el Malcarat era el més desdenyós, i no es cansava d'advertir que no servia de res millorar l'enllumenat i el clavegueram si els obrers seguien explotats. Comptava els dies que mancaven per a la revolució.

Impressionat per la popularitat silenciosa del seu germà, el pare va presentar-se a les oposicions a secretari municipal. Admetia que el Florenci tenia raó: no es podia fer política només des dels cafès, escrivint en un diari o pujant dalt d'un entarimat.

El conflicte rabassaire estava a punt d'esclatar. Uns parcers de Fonollosa havien amenaçat un propietari de matar-lo si posava més denúncies per no pagar la rabassa. De matinada, li van destrossar la porta i es van endur la trepadella, deixant-lo sense farratge per al bestiar. *El Pla de Bages*, on escrivia Serarols, va parlar d'espectacle bèl·lic. Era una exageració, però anticipava l'esdevenidor.

El somni d'un Estat català

El 6 d'octubre, el pare i uns quants republicans de Sallent estaven arrombollats al voltant d'un aparell de ràdio, pendents del que diria Companys. La Generalitat s'havia plantat contra el govern d'Alejandro Lerroux, alguns sindicats havien convocat vaga general, i partits d'esquerres havien distribuït armes als seus afiliats. Tot indicava que el president tornaria a tirar pel dret, com a resposta a la involució de la política espanyola.

Sallent no era un racó de món com Rajadell o Fonollosa. Situat al cor de Catalunya, castigat pels carlistes i ric d'una tradició republicana i obrera, el pare s'hi trobava com peix a l'aigua. Hi havia fet parada i fonda, i quan Esquerra li va encarregar algunes activitats culturals, adversaris seus van insinuar, maliciosament, que el seu mèrit era dir-se com es deia.

La figura de sant Antoni Maria Claret seguia sent-hi venerada, malgrat l'anticlericalisme imperant.

Poc després de morir Macià, Companys havia baixat a la mina, i s'havia fotografiat a l'entrada del pou amb un llum de carbur a la mà dreta i una cigarreta a l'esquerra. El pare ho havia celebrat i l'havia felicitat, tot i que no li havia agradat gens ni mica que anés acompanyat de Dencàs, el nou conseller de Governació. Als més propers els deia que era com una sangonera, sempre enganxat al president.

Sallent podia haver estat per al pare una escola per fer-hi carrera política en els temps convulsos del Bienni Negre, però els Fets d'Octubre ho van espatllar.

A les vuit del vespre tocades, quan van sentir que Companys proclamava l'Estat català dins d'una República federal espanyola, els militants d'Esquerra que estaven reunits es van mostrar eufòrics. El pare també va mostrar la seva alegria, perquè la idea d'una Catalunya lliure no li era estranya, però ho va fer sense entusiasme. No compartia la proposta de posar la independència per damunt de tot. Li semblava que els que ho feien actuaven amb els ulls embenats, i considerava que tot era culpa de Dencàs, que havia substituït Ramon Amat per un del germans Badia que anomenaven el *Capità Collons*.

—Ets el personatge més penques que he vist a la meva vida —li havia dit a Dencàs en una discussió a peu dret davant del Palau, poc després del nomenament.

Dencàs el menystenia. Qui era aquest rabassaire de Súria que s'atrevia a plantar-li cara? Però l'havia de suportar perquè li havien dit que era un protegit de Companys. Aquell dia, el pare havia pujat fins al despatx del president, irritat, advertint-lo d'una conspiració. El president havia intentat tranquil·litzar-lo, assegurant que mai no repartiria armes als escamots d'Estat Català, i que havia de tenir en compte els equilibris dins d'Esquerra.

—No foteu, home; no foteu, president —havia respost el pare—. La proclamació de la independència convertirà Espanya en un lloc de bojos.

Aquella tarda del 6 d'octubre, les esquerres de Sallent estaven reunides, esperant instruccions, i quan un grup de miners van anunciar, a mitja nit, que pensaven encapçalar una marxa cap a Barcelona el pare s'hi va oposar. Va ser una sorpresa, perquè el tenien per un dels més decidits. Quan va intentar argumentar-ho, va quedar en minoria perquè les joventuts d'Esquerra van donar suport a Estat Català. Alguns obrers també el van acusar de no tenir en compte les matances dels seus camarades d'Astúries. La discussió va pujar de to, i potser l'haurien acusat de traïdoria, però el va salvar la notícia que el general Batet havia declarat l'estat de guerra a Catalunya i que el govern estava encerclat al Palau.

Va parlar per telèfon amb l'alcalde de Manresa, que també feia front a un ultimàtum dels militars. Marcet li va explicar que tenia una hora per rendir-se.

—I què fareu, Francesc? —va preguntar el pare.

—No tenim cap possibilitat de resistir, i ja he deslliurat els caps dels Mossos i els guàrdies d'assalt dels seus compromisos —va contestar l'alcalde.

Les males notícies de Barcelona i Manresa van aplacar l'exaltació que es vivia entre alguns militants de Sallent.

De matinada, el govern de la Generalitat es va rendir, menys Dencàs, que va fugir pel clavegueram, no sense abans cridar a la resistència armada des de la ràdio. En sentir-lo, el pare es va venjar.

—Aquest és el culpable, l'home que ha enganyat el president. No us deixeu enredar!

No va poder acabar. Alguns feien que sí amb el cap, però altres l'haurien agredit si no hagués marxat cames ajudeu-me. Els més arrauxats van continuar amb la idea de convergir cap a Barcelona unint-se a una columna de miners suriencs que comandava un comunista. No van passar de Terrassa, on van ser detinguts.

La insurrecció havia durat unes hores, i una repressió despietada es va abatre sobre els consistoris que havien secundat la proclama. El pare estava preocupat pel Florenci, perquè també havia permès que pengessin l'estelada al balcó de l'ajuntament. Després d'amagar-se uns dies, el seu germà es va lliurar i el van tancar al vaixell presó *Uruguai*, fondejat al port de Barcelona, on coincidiria amb el govern.

L'empresonament del Florenci suposava un cop dur per a cal Bató i el pare va tornar al poble a fer-se càrrec de la família.

La Batona estava desolada.

—Ai, fill, ja t'ho vaig dir que venien massa canvis! Per què havien de posar-li un altre nom al carrer Sant Josep si sempre s'ha dit així? —va exclamar, contrariada pel rebateig de pobles i carrers que havien intentat dur a terme molts municipis. No li entrava al cap per què la plaça Major no es podia seguir dient plaça Major.

—Alguns homes han perdut el senderi, mare —va respondre el pare, sense contradir-la. Patia per ella.

Dels amics només va poder veure el Malcarat, perquè el Quico s'havia afiliat a un nou partit de dretes i era a Barcelona, conspirant, i el Pèsol havia estat detingut.

—Aquesta no era la nostra revolució —li va dir el Malcarat mentre prenien un vermut amb olives a Cal Fusteret sota la mirada circumspecta d'alguns clients que no esperaven res de bo d'una taula que reunia el flagell dels propietaris de Fonollosa i un dels pocs suriencs de soca-rel compromesos amb la CNT.

—Deixa't de revolucions, noi. No veus com està la cosa? Hem de fer un front comú contra el feixisme —va replicar el pare, que seguia amb preocupació el que succeïa a tot Europa.

—Ha de ser un front comú revolucionari —va insistir el Malcarat, sense baixar del burro. Li va assegurar que la FAI tenia més suport que mai a la mina.

—A Sallent també —va reconèixer el pare, resignat.

—I tu, què faràs? —va preguntar el seu amic.

—Em quedaré a Súria fins que el Florenci surti de la presó. Després aniré a Rajadell. És possible que aviat sigui secretari de l'ajuntament.

—Collons! El teu germà alcalde i tu secretari. Veig que els de cal Bató combregueu amb el poder burgès! —va exclamar el Malcarat abans d'aixecar-se amb una ganyota a la cara.

Donava per descomptat que el vermut el pagaria ell.

Havia marxat de Sallent amb la cua entre les cames, regalant les eines del taller al Sindicat de la Fusta, i a Fonollosa pintaven bastos. S'havien desnonat molts rabassaires, i alguns que coneixia havien estat detinguts i empresonats. Molts havien acceptat liquidar les parts de les collites que retenien, i Serarols, que havia estat agredit durant els Fets d'Octubre, va aprofitar per recordar «aquelles campanyes que per ací feien els demagogs, escampant odi i rancúnia pels nostres camps».

Era un advertiment per al pare.

Un esfondrament a la mina del Salí, on s'havia malmès una tremuja de fusta, li va permetre trobar feina a Súria. Durant unes setmanes va tornar a baixar a la mina, on va compartir les angúnies i les queixes dels miners, i hi va fer alguna amistat. Una nit de lluna plena va convidar-ne uns quants a pescar granotes. S'havia de ser del poble de tota la vida per saber on s'amagaven.

Súria començava a ser una altra cosa, i al pare li va fer gràcia que Josep Pla se'n fes ressò. Va ser dels primers a valorar el paper d'aquells homes arribats d'altres terres amb espardenyes d'espart i uns pots de llet buits lligats amb cordes que feien servir de maletes. «Si les empreses s'haguessin hagut de refiar de la mà d'obra catalana, no haurien pas pogut tirar endavant. El català no vol treballar a les mines perquè ho considera un treball inferior. El que vol, principalment, és un tros de terra seva, per cultivar-la», va escriure. No era del tot cert, perquè alguns dels seus germans també havien fet feines a la mina, però tenia raó. Sense els vinguts d'altres indrets d'Espanya, el canvi mai no s'hauria produït.

Captivat pel clima que hi va trobar, Pla va passar el vespre en una taverna plena de fum, on un minaire cantava, al so d'una guitarra: «Al hombre de más talento / la traición de una mujer / le quita el conocimiento». Havia copsat que Súria estava en plena puixança, i que el canvi ho trastocava tot, també els comportaments i les cançons que s'hi escoltaven.

El febrer de l'any següent, quan van alliberar el Florenci, el pare s'havia fet seves les regnes del Círcol Republicà, però veient la popularitat del seu germà es va adonar que manaria més el Florenci des de l'ajuntament que no pas ell des del Círcol, de manera que va deixar Súria i va tornar a Rajadell.

Tenia un altre motiu per anar-hi: la Trini estava embarassada de nou.

Aquesta vegada, va vaticinar que seria una nena i ho va tornar a encertar. Estava exultant. Quan la va veure, tan eixerida des del primer moment, va jurar que mai no faria com amb el Joan, i que es quedaria amb ella i amb la seva mare. Estava boig per la petita, a qui van posar el nom de Rosa Maria per deferència amb la Batona. Es delia per endur-se-la a Súria i posar-la en braços de l'àvia. Semblava un altre home. No anava a Manresa ni baixava a Fonollosa. No despenjava el tac, i estava dedicat a la casa, on va fer obres, i a la fusteria, treballant de sol a sol per alimentar quatre boques. Als vespres, en comptes de tocar el dos cap a l'American Bar, anava al cafè del poble, a fer-la petar amb els vells que remugaven contra la modernitat.

Prop de l'estació s'hi havien instal·lat dues fàbriques més, de gasoses i de pastes de sopa. Rajadell també encarava el futur amb optimisme.

La seva passió per la Rosa Maria contrastava amb la basarda que li havia produït el naixement del fill. La nena era més viva que una centella, tenia uns ulls grossos i plens de vida, i omplia la casa amb la seva felicitat sorollosa. El primer que feia ell, en aixecar-se, era agafar-la i cantar-li les cançons que recordava de la Batona. En sentir-lo entonar el *Cargol treu banya* o *La lluna i la pruna*, la Trini es quedava esmaperduda. No era el mateix home.

—Serà una dona del seu temps —li va dir al seu amic Indaleci quan va passar per casa.

S'imaginava la nena seguint les passes de la tia Agnès, obrint-se camí amb empenta, com ho feien cada cop més dones. Potser seria una periodista com Irene Polo que s'enfrontaria amb valentia a la injustícia. Passés el que passés, mai no la deixaria sola com havia fet amb el Joan.

El primer cop que va anar a Barcelona després del naixement, per assistir a un congrés de rabassaires, va abraçar la Rosa Maria i li va dir a cau d'orella que no es preocupés, que tornaria de seguida, convençut que ella l'entenia quan el mirava amb aquells ulls plens de vida. La Trini seguia meravellada.

El congrés va tenir lloc mentre es covava un clima de revenja. De Fonollosa arribaven notícies sobre l'incendi de boscos, garbes i pallisses d'alguns propietaris, i de Manresa, rumors sobre pallisses i atemptats foscos destinats a crear inquietud. El dia que començava el congrés dels rabassaires un grup de cambrers en vaga va desfilar davant del local cantant *La Internacional.* Els delegats van sortir als balcons, alçant el puny i entonant-la, i el pare s'hi va sumar amb la mateixa veu que si participés a *Els pastorets*. Era la primera vegada que aixecava el puny. Els cambrers havien canviat la lletra, que començava amb un «Amunt, obrers i rabassaires, / amunt el crit de llibertat», que els rabassaires trobaven més apropiat que no pas la menció als damnats de la terra, i acabava amb un clam contra «tirans, cacics i jesuïtes» que els semblava més escaient.

Encoratjat per l'ambient d'aquella trobada, el pare va trepitjar de nou el cafè de Fonollosa, on els parcers tornaven a treure el cap, va acusar Serarols de tots els mals que havien patit des del 6 d'octubre, i va denunciar que hagués marxat del poble.

—Diuen que és a Barcelona —li va dir un dels pagesos.

—Mal senyal —va respondre ell, i els va deixar a tots preocupats.

Era el moment d'implicar-se del tot en el futur del poble, ara com a secretari de l'ajuntament.

El 13 de juliol de 1936, va anar a Súria per a la festa major, amb la Trini i les dues criatures. A cal Bató, l'alegria era immensa. Tot van ser carantoines per a la Rosa Maria, que l'àvia encara no coneixia, mentre el Joan perseguia sargantanes a les parets del castell. L'Antònia era feliç de veure que el seu germà tenia una filla tan bufona i espavilada. En una família d'homes, una nena sempre era benvinguda, i quan van arribar la Maria i l'Agnès allò va ser una festa de dones.

Tot d'una, es va presentar el Florenci, esverat, dient que escoltessin la ràdio. Calvo Sotelo havia estat assassinat d'un tret al cap. Van quedar tots esgarrifats. L'única que trencava el silenci era la Rosa Maria amb els seus barboteigs.

—Els militars no ho deixaran passar així com així —va advertir el pare.

—Ai, mare meva! —va exclamar la Batona.

—Ja hi tornem a ser —va dir el vell Bató.

La notícia havia arribat al camp de futbol, on el Súria jugava contra el Casal Barcelonista, que reunia velles glòries del Barça. En acabar el partit, Josep Samitier va anunciar al vestidor que ell pensava marxar cap a Marsella perquè creia que la guerra era imminent.

De l'envelat del Pla de la Font pujava la música de «Mi jaca».

Guerra i revolució

A mig matí del 18 de juliol, Pau Casals era al Palau de la Música en ple assaig de la *Novena* de Beethoven, que l'orquestra havia d'interpretar l'endemà, amb motiu de la inauguració de l'Olimpíada Popular. Quan el cor va entonar «Milions d'homes abraceu-vos», el mestre es va sorprendre que algú pugés a l'escenari agitant els braços. Com s'hi atrevia? Va estar a punt de renegar.

No gaire lluny, passat el pla de les Comèdies, militants d'Esquerra preparaven el congrés del partit. El pare estava intervenint i observava com creixia la inquietud entre els assistents. Joan Casanovas, que presidia la sessió, li va ordenar que seguís, però va entrar una militant esverada.

—Els militars s'han alçat! —va cridar, panteixant.

Es va suspendre la reunió.

No se sabia si es tractava de la rebel·lió d'uns quants oficials a l'Àfrica o d'un aixecament més ambiciós. Tampoc quedava clar si els sollevats tenien còmplices a la península, però a mesura que passava el temps es confirmaven els pitjors presagis. Queipo de Llano també s'havia revoltat a Sevilla, i la lleialtat de molts comandaments estava en entredit.

Mentre milicians cenetistes alçaven les primeres barricades a Barcelona i exigien armes, els republicans estaven pendents de les instruccions del govern. Al pare, l'espera se li feia insostenible. Era el moment de prendre decisions agosarades, com en aquelles jugades de billar en què un cop ben donat pot capgirar la partida i un error pot deixar les boles a mercè de l'adversari. Tenia vint-i-vuit anys, i on podia ser més útil era a Súria.

Millor ser cap d'arengada que no pas cua de pagell.

Va agafar un tren fins a Terrassa, i d'allà un taxi que va haver de pagar al doble del que costava, per arribar quan queia la nit.

Pel camí havia tingut temps de donar voltes a tot el que convenia. No creia que el Florenci fos l'home adequat per fer front a un cop d'estat. Era un home per a temps de pau, no de guerra, un alcalde endreçat i treballador que havia aconseguit governar un polvorí com el de Súria, però el pare considerava que no tenia prou tremp per prendre les decisions resoltes que exigia l'alçament. Què hi havia de personal en aquesta convicció? Era una opinió fonamentada, o bé una oportunitat per tornar al poble embolicat amb la bandera dels grans moments?

La seva relació amb el Florenci sempre havia estat difícil, des que treballava amb ell i frisava per anar a veure el Cuadrench. Se n'havia alliberat marxant a Rajadell i fent de secretari a Fonollosa, però a Súria manava el seu germà. Ara, amb la guerra, manar ja no era qüestió de majories sinó de determinació. De lideratge. En una situació excepcional que li anava com anell al dit.

A Súria, els carrers s'havien proletaritzat. S'hi veien obrers que exhibien amb orgull la roba de la fàbrica, i grups de miners patrullaven amb els llums de carbur a la mà, una imatge que li va recordar la revolta del 1932 i aquells moments convulsos del 6 d'octubre que havia viscut a Sallent. Tot i l'hora avançada d'una nit fosca i calorosa, les esquerres estaven reunides. Va irrompre per defensar la idea que s'estenia per tot Catalunya: constituir comitès antifeixistes que es fessin càrrec de les institucions. Es tractava de posar-ho tot al servei de la defensa, i com que acabava d'arribar de Barcelona i es va mostrar més decidit que ningú, li van encarregar la missió de parlar amb l'alcalde en nom del Comitè.

—No podem seguir com si no passés res, Florenci. No t'adones que estem en guerra? —li va etzibar ficant-se al seu despatx.

—Què cony vols que fem? Governar, com sempre, i ara més que mai —va respondre el germà, que intentava resoldre els mil i un problemes derivats de la situació.

—Governar? És el moment de fer front al feixisme!

—Si volem que la gent faci costat a la República, els

hem de resoldre els problemes —va insistir el Florenci—. Però no t'amoïnis, que ja he comunicat a l'agutzil que us entregui les claus —va afegir.

La Generalitat havia instruït els ajuntaments perquè cedissin el poder als comitès, i els alcaldes passaven a segon pla.

—L'agutzil ja l'hem desarmat, i li hem exigit que renunciï al càrrec —va respondre el pare. No volia deixar cap dubte sobre qui tenia el poder.

Com a tots els pobles, el consistori va quedar sota l'autoritat d'un organisme integrat per les forces d'esquerres. A Súria, la majoria eren miners de la CNT, de tal manera que el pare era l'únic amb un cognom del Poble Vell.

L'autoritat d'un Claret derivada de circumstàncies extraordinàries s'imposava a la d'un altre que havia guanyat les eleccions. El pare es va instal·lar al costat del despatx del seu germà per fer front a aquelles primeres hores d'incertesa i confusió. El Comitè assumia el poder mentre durés la revolta, i entre la gent de dretes i de missa s'escampava una inquietud fonda que aviat es convertiria en pànic.

Durant tota la nit van desplegar una activitat frenètica. Militants d'Esquerra i Estat Català, anarquistes, socialistes i comunistes rivalitzaven en entusiasme per defensar la República.

Els membres del Comitè van ocupar dependències, van enganxar un mapa de la comarca a la paret per clavar xinxetes als llocs on podia haver-hi còmplices dels alçats, i van ordenar aixecar barricades a les entrades del poble. Van preparar segells per expedir salconduits per circular i permisos per confiscar propietats, i van requisar locals per instal·lar-hi organismes relacionats amb la guerra. L'endemà van ordenar els primers escorcolls i detencions, entre d'altres la del director de la mina, que havia aconseguit marxar pels pèls a Barcelona, on havia embarcat a bord d'una fragata francesa on també anava el comte de Godó.

La majoria dels tècnics de la mina també havien marxat i la producció de potassa es va paralitzar. Fins després de la guerra, només s'hi produiria sal de cuina i brom per a la indústria de guerra.

En realitat, durant aquells primers dies no manaven ni el Comitè ni el Florenci. Ni un Claret ni l'altre. El poder real estava en mans de les milícies de la FAI, disposades a venjar-se de la repressió que havien patit durant el Bienni Negre. Van fer llistes de gent de dretes, dels suriencs més rics, i de tots els qui duien un hàbit religiós, amb la idea que la revolta militar només es podia combatre amb una revolució social.

El diumenge 19 de juliol, la Batona encara va poder anar a missa a l'església de Cererols. En el clima de consternació que hi regnava, el capellà els va anunciar, després del rosari, que seria l'última. Tot seguit, es va enretirar a la sagristia, des d'on va fugir. Arribaven notícies sobre detencions de religiosos i els primers saqueigs de temples i convents, a Manresa i arreu de la comarca. Esverats, alguns dels feligresos més significats es van reunir al

Centre Catòlic, prop del casino dels senyors, que ja havia estat ocupat pels de la FAI.

Entre els qui s'hi aplegaven hi havia Pius Macià, el delegat de la Caixa de Pensions a Súria, que seria la primera víctima de la violència durant les setmanes inicials de la guerra.

D'entre els republicans, el pare era qui millor coneixia els dirigents de la CNT, i va intentar evitar mals majors. Així, va aconseguir que no hi hagués un enfrontament amb la Guàrdia Civil, que tenia una caserna a la colònia de Santa Maria, recomanant als guàrdies que sortissin al carrer amb banderes tricolors i cridant visques a la República. Per convèncer-los, els va explicar el que havia passat a Barcelona, on els guàrdies havien fet costat a la República.

No obstant això, el mal venia de lluny, i com tants altres pobles, Súria estava a punt de viure dies de terror.

Els de la FAI no es fiaven de ningú. Tampoc d'ell. Quan van descobrir que els havia enredat amb l'estratagema de la caserna, li van cosir el cotxe a trets davant del camp de futbol. Hi van quedar sis forats de bala que ell va exhibir durant uns dies com a mostra de la fortuna que l'acompanyava. En un diari de Manresa, algú va escriure que no l'havien tocat de tan prim com era.

Dimarts, la Batona va veure des de la finestra de casa el que mai no s'hauria imaginat: homes joves i canalla enderrocant els dos àngels que hi havia dalt de la graonada de l'església de Sant Cristòfol i fent una gran foguera prop de la tàpia de l'antic cementiri. Encenien el foc amb les cadires de boga i hi llençaven tot el que era de fusta, i figures d'àngels i verges, i saltaven al voltant de les flames com si fos Sant Joan.

La Batona va córrer a l'ajuntament a avisar els seus fills.

—Andreuet, atureu-ho! —va dir-li al pare entrant al seu despatx, tot plorant.

—Si ho intentem encara serà pitjor, mare, perquè cremaran l'església —va respondre. Era la constatació del profund anticlericalisme que s'havia anat covant. I també de l'escassa autoritat del Comitè.

—A l'ermita de Sant Salvador han fet el mateix —va comentar ella, desconsolada.

També va parlar amb l'altre fill, que considerava més moderat, tot i que no li havia agradat que hagués obligat les dominiques a desprendre's de la capa i els vels. Quan el Florenci li va dir el mateix, capmoixa, va tornar a casa, va agafar el rosari i es va tancar a resar. La fúria desfermada va durar uns dies que per a alguns es van fer molt llargs. Una dona va robar el pendó de vellut per fer-se una faldilla. Alguns nois arrencaven trossos de l'imponent altar de Sant Cristòfol que els avantpassats havien venerat durant dos segles i se'ls enduien a casa per alimentar el foc de la cuina.

Un cop acabada la guerra, a un d'ells el jutge militar li va preguntar:

—En la madera que usted quemó, ¿había ángeles o santos?

—Solo alguno pequeño —va respondre el xiquet, sabedor del pa que s'hi donava en aquells interrogatoris.

Al carrer cada cop hi havia menys gent. La majoria es quedava a casa. Des de la finestra, la Batona veia passar patrulles amb banderes de la FAI i vehicles pintats amb tres lletres que no havia vist mai juntes: U.H.P. La unitat dels germans proletaris aviat seria més una consigna que no pas una realitat.

Una multitud va assaltar el convent de les monges i va saquejar la rectoria on residien els capellans del poble. En no trobar-hi ningú, es van endur unes gallines, conills, el menjar que hi havia al rebost i la vaixella, i també un parell de sotanes que van exhibir pel poble.

Al pare, aquell foc idolàtric que pretenia incinerar segles de domini religiós no li agradava. Al Florenci encara menys. Tots dos havien denunciat l'arrenglerament de l'Església amb els propietaris de les terres i els militars, però creien que els assalts a les parròquies i els assassinats de religiosos feien mal a la causa republicana. Preocupat per la dona i els fills, i pel que li pogués passar al mossèn de Rajadell, el pare s'hi va precipitar amb la moto. La Trini havia marxat a Fonollosa, a casa dels pares, amb el Joan i la Rosa Maria, i la majordoma li va recomanar que no hi anés. Deien que havien mort molta gent.

—I mossèn Joan? —va preguntar, en no veure'l a la rectoria.

Li va explicar que s'havia amagat a una casa del poble, sense precisar quina. Li devia semblar que aquell home amb els ulls encesos ja no era el *fusteret* cantaire que duia les noies de corcoll a les festes de l'envelat, i no se n'acabava de refiar.

—Veig que no ha passat res a l'església —va comentar el pare, més tranquil.

—No, però hem dut la Mare de Déu a un indret segur, per si de cas —va contestar la Ramona. Tampoc li va dir on.

La situació estava més encalmada a Rajadell, malgrat que el Comitè Antifeixista havia ocupat el castell, d'on havia desaparegut tot el que atresoraven la sala d'armes, les alcoves, la cuina i la masmorra.

A Súria, pocs dies després, el director de la Caixa moria assassinat per un escamot de la FAI que va assaltar casa seva. Abans de ser tirotejat, en presència dels seus fills, Pius Macià va trucar a l'alcalde.

—Tenim la casa rodejada de gent armada i crec que estan disposats a fer un disbarat —li va dir.

—Si no teniu armes, no us preocupeu —va respondre el Florenci. Era el que s'havia acordat, que només s'utilitzarien les pistoles contra aquelles persones que oposessin resistència.

Al cap d'un parell d'hores treien el cadàver del director de la Caixa de la casa, mentre algú exclamava:

—Ja l'han salat!

Tot i que l'ajuntament no tenia cap autoritat, el Florenci duria aquesta mort clavada al cor sempre més.

Què hauria passat si el pare s'hagués quedat al Bages durant aquelles primeres setmanes d'alienació col·lectiva? No va tenir temps d'enfrontar-se als dilemes morals que plantejava l'aixecament. A finals de juliol, mentre era a Òdena, va quedar fulminat per un dolor a l'engonal que el va deixar fora de joc. Patia una peritonitis perforada, que en aquells temps solia ser mortal.

Va arribar amb un fil de vida a la Clínica Manresa, que havia fundat el doctor Josep Tuneu. L'apèndix li havia rebentat, i un rierol de pus s'havia escampat per la panxa i li amarava els intestins. El va operar un prestigiós cirurgià del Bages, Redondo Bonvehí, que li va deixar la ferida oberta perquè supurés.

—Ai, Déu meu, el podran salvar? —li va preguntar la Trini al doctor quan va sortir del quiròfan. S'hi havia precipitat acompanyada del fill, que no entenia què passava. El Joan mai no havia vist el seu pare malalt, i no entenia que comentessin si viuria o moriria. El considerava immortal.

—És fort com un cavall, però no ho sabrem fins d'aquí uns dies —va respondre el cirurgià, que no ho veia gens clar.

El va salvar la Tereseta, una monja que treballava d'infermera sense dur ni la túnica ni l'escapulari per evitar ser identificada. Amb paciència monacal i fe en la intervenció divina, cada dia li treia amb una cullereta una tassa de pus. Així durant dies i dies, durant prop de cent, fent cada cop més monstruosa la ferida, però aconseguint allò que semblava impossible, que la infecció deixés pas a la vida. Durant la seva recuperació, homes de la FAI van irrompre a la clínica buscant el pare i la Tereseta li va tornar a salvar la vida convencent-los que se l'havien endut a Barcelona de tan greu com estava.

A la clínica el van anar a veure Ramon Amat, quan va tornar del front de Barbastre, on l'havien enviat com a capità metge, i l'alcalde Marcet. L'un li va parlar de les atrocitats que cometien els franquistes als pobles que ocupaven i de la manca de disciplina que hi havia al front, i l'altre, de la violència que havia sacsejat Manresa. El seu germà Florenci s'hi acostava quan podia, i li explicava els esforços de l'ajuntament per recuperar el poder que les milícies s'havien atorgat. La visita que més el va emocionar va ser la de la Batona, que va anar-hi amb l'Antònia i l'Agnès.

—Han matat el director de la fàbrica de Can Jover, Andreuet —va explicar-li la seva mare, aterrida.

El pare va tancar els ulls. Era un bon home, dels pocs que li plantaven cara jugant al billar.

Quan va arribar la Tereseta per fer-li la cura i ell va explicar qui era, la Batona va senyar-se. Devia pensar que era una enviada de Déu.

L'operació li va permetre no anar al front quan es va decretar la mobilització. Mentre es refeia, va presentar-se a una convocatòria de secretari a l'Ajuntament de Fonollosa i la va guanyar. La Trini va celebrar-ho, pensant que el tornaria a tenir a prop i somiant que podrien refer la vida de família ara que estava tan encapritxat amb la nena.

Va sortir de la clínica a mitjans d'octubre, caminant amb un bastó. Era tot ossos. Havia perdut més de vint quilos. Per acabar la convalescència va anar uns dies a Súria, on el pitjor ja havia passat. La Generalitat havia dissolt els organismes de poder excepcionals i el Florenci havia recuperat les seves atribucions. S'havia tornat a fer càrrec d'un poble on la mina i les fàbriques estaven mig aturades, i els recursos eren cada dia més escassos. El canvi més visible era la presència de centenars de refugiats procedents del País Basc i de Mallorca, que feien cua davant del local del Socors Roig Internacional.

En llegir una pintada a la casa d'un amic que deia «Aquí hay un desertor», el pare es va quedar garratibat. La majoria dels joves de la seva edat eren al front, però alguns s'havien emboscat. Quina culpa en tenien els pares? Aquesta persecució injusta de les famílies el va obsessionar durant tota la guerra, i li duria més d'un maldecap. Es va animar en veure els de La Llanterna recórrer els carrers per recollir diners per als hospitals. Les cançons havien canviat. Ara entonaven *La Internacional*, *Els segadors* i *El cant del poble*, que no agradava a tothom.

La Batona es queixava de l'escassetat i dels preus. Un quilo de pa valia setanta-cinc cèntims, i un litre de llet, vuitanta, mentre que el sou d'un obrer qualificat no arribava a les deu pessetes. Li va explicar que l'hort i les vinyes patien cada cop més pillatges, i el que més li dolia era que l'església estigués tancada des que n'havien cremat els sants.

—El Florenci fa el que pot, Andreuet, però els miners segueixen manant molt —va dir-li al pare el dia que va tornar.

Li va amagar que anava a missa a una casa on hi havia un capellà amagat, perquè s'hauria esverat. El pare es va assabentar que el Malcarat era al front de Madrid, on havia anat amb la columna Durruti, i que el Pèsol s'havia incorporat a la Macià-Companys. Quan preguntava pel Quico, ningú no en sabia res. Devia estar entre els emboscats. O entre els qui s'havien passat a l'altre bàndol.

Al cafè del Fusteret, els tacs penjaven de la paret, perquè algú s'havia endut les boles d'ivori.

Després de guanyar la plaça de secretari a l'Ajuntament de Fonollosa, el pare havia venut la fusteria de Rajadell per sis mil pessetes. Tornava on s'havia significat contra la dreta del poble. A més a més, era a tocar de Rajadell, i moltes nits podia anar a dormir a casa i enjogassar-se d'alegria amb la Rosa Maria, que ja gatejava. Sabia que a Fonollosa hi seria benvingut pels rabassaires, però duia al sarró l'estigma de la radicalitat amb què s'havia enfrontat amb Serarols, i al poble hi quedava gent disposada a fer-lo responsable de tots els mals.

El van advertir, i la Generalitat li va posar un mosso d'esquadra per protegir-lo. Bona falta li faria.

El Negre

L'esclat de la guerra havia posat de cap per avall Fonollosa. El nou consistori havia ocupat la rectoria on el pare va establir la seva residència. Un altre indret simbòlic, el cafè de Serarols, havia quedat en mans de la UGT i el PSUC, que n'ocupaven la primera planta, i de la CNT, que havia penjat la seva bandera al segon pis, amb el negre de la terra fèrtil i el roig de l'ideal àcrata, deien els anarquistes, per intentar conquerir el cor de la pagesia. També s'hi havia inaugurat una biblioteca pública, la primera que hi havia hagut mai.

El poble estava traumatitzat. Entre els seus tres nuclis urbans, sis veïns havien estat assassinats, les esglésies i ermites havien quedat devastades, les famílies dels joves emboscats a Castelltallat patien persecucions i molts propietaris i religiosos havien marxat. Entre ells, Marià Serarols.

Entre molts rabassaires imperava un clima de revenja pel domini despietat dels propietaris durant la monarquia, i aquesta atmosfera afavoria actituds resoltes, com la del pare.

—Posar-se a favor d'un element tan destacat de la dreta és intolerable! —va advertir durant el primer ple municipal a què va assistir.

Es referia a alguns consellers municipals d'esquerres que criticaven la col·lectivització del cafè de Serarols. Amb aquella intervenció, va deixar clar que no arribava a l'ajuntament per donar fe dels acords, ni per les cinc-centes pessetes que cobrava al trimestre, sinó per defensar una República assetjada pels franquistes i qüestionada pels més radicals.

El seu objectiu era fer prevaldre l'ordre republicà.

El pare actuava de secretari als matins, i dedicava les tardes a la feina més política. Va promoure una Associació de Municipis de Rajadell, Fonollosa i Aguilar de Segarra per aconseguir que hi arribés més aviat l'enllumenat públic i s'instal·lessin fanals als carrers més transitats. L'ajuntament va millorar l'arribada de l'aigua i es va inaugurar la primera línia telefònica. Eren petits èxits que van contribuir a la seva popularitat.

Li van deixar l'honor de fer la primera trucada, i des de ca la Rosa va parlar amb l'alcalde de Manresa.

—Junts defensarem millor la República —va dir-li. Era l'hora de la prosopopeia.

Els parcers li van agrair que no haguessin de pagar les parts que cobraven els propietaris, i les mares van aplaudir la confiscació d'un pou per inaugurar la primera font pública. També van apreciar poder deixar la canalla a la biblioteca quan s'acabava l'escola.

No obstant, el llenguatge revolucionari que utilitzaven els republicans xocava amb el tarannà conservador de moltes famílies. Ningú no entenia per què al Sindicat Agrícola li havien posat el nom de Carlos Marx, si els marxistes a Fonollosa eren comptats, si és que n'hi havia algun. El pare en va pagar les conseqüències quan va fer una conferència amb un títol altisonant: «Els treballadors del camp i la revolució contra el feixisme». Hi havia poca gent.

—Molts veïns estan cansats de sentir parlar de tanta revolució —li va dir la Trini, que coneixia l'estat d'ànim del poble.

La detenció d'un metge, acusat de feixista, va provocar el primer conflicte. Les dones van exigir-ne l'alliberament perquè era l'únic que hi havia al poble, però l'endemà va tornar a ser detingut, amb el suport del pare. Revoltades per una decisió que deixava desateses les criatures i la gent gran, dotzenes de mares van concentrar-se davant l'ajuntament reclamant la seva llibertat. La van aconseguir a empentes, després de desarmar la guàrdia. Enmig d'aquell aldarull, el pare va sortir al balcó de l'ajuntament acusant les manifestants d'atemptar contra la legalitat revolucionària. El gruix del poble es va esvalotar i van haver d'intervenir els guàrdies d'assalt arribats de Manresa per restablir l'ordre. Van deixar el metge en llibertat, i li van recomanar al pare que s'absentés durant uns dies.

Les millores que havia aconseguit van quedar deslluïdes per aquell incident. Al cap d'unes setmanes, el metge es va passar al bàndol franquista, on va assolir la posició de tinent mèdic.

El record de les seves batalles dialèctiques amb Marià Serarols el predisposava a ser l'ase dels cops quan els franquistes van ocupar el poble i van instruir l'anomenada Causa General. «La casa parroquial fue incautada y en ella fijó su residencia un mal sujeto, procedente de Suria, el tristemente célebre Andrés Claret, apodado *El Negre*, que se constituyó en jefe supremo de Fonollosa y Comarca y a quien se atribuyen, fundadamente, todas las fechorías, robos y asesinatos de este país, sembrando el pánico y el terror y dejando funestos recuerdos de su nefasta actuación», conclouen les actes de la Causa.

Són pàgines i pàgines on alguns veïns li atribueixen coses que va fer, i altres, les més greus, que van succeir mentre era a la clínica del doctor Toneu. L'acusen fins i tot de ser militant de la CNT, per tal d'enfosquir el personatge. No hi consta que s'oposés als escamots de la FAI que volien liquidar els emboscats, com efectivament va fer.

Basada en la delació, la misèria humana i la por, la Causa General va dur milers de persones a la presó o davant l'escamot d'execució. Quan es va instruir, ell era a l'exili i Serarols exercia de jutge de pau de Fonollosa.

El pare havia arribat a Fonollosa convençut que tan important era desemmascarar la Quinta Columna com frenar els radicals. No era una posició fàcil de mantenir, perquè les primeres setmanes de la guerra havien estat devastadores. A l'església s'hi mataven xais i porcs, i a la d'un altre nucli urbà on s'hi guardava el blat havien hagut de fer-hi una gatera perquè els gats empaitessin les rates.

Al cap de poc temps de prendre possessió, van arribar dos cotxes amb escamots de la FAI disposats a calar foc al bosc de Castelltallat per fer-ne sortir els joves en edat d'anar al front i que s'havien amagat a les grutes més profundes. Un dels qui duia la veu cantant era el Malcarat.

—Què fots tu aquí? —li va preguntar el pare, encarant-s'hi.

—El que vosaltres no feu, defensar la revolució dels traïdors.

—Els traïdors són els que s'han passat a Franco, no uns quants desgraciats cagats de por.

—Doncs puja al bosc a cantar-los el *Virolai*, com feia el teu pare. Aviam si així s'incorporen a files.

—Jo al bosc no hi pujo, però vosaltres tampoc, i menys a calar-hi foc. Si ho feu cridaré els guàrdies de Manresa —va dir el pare, plantant-li cara.

El Malcarat no les tenia totes perquè no duia prou homes. Va renunciar a pujar a la muntanya, i des de l'estrep del cotxe va fer un discurs inflamat: si els emboscats no s'entregaven, amenaçava de fer-ho pagar a les seves famílies.

Abans de marxar, va passar per la rectoria.

—Farem saber que treballes per a la Quinta Columna, Claret! —va cridar ben alt, perquè tothom ho sentís.

Quan es va presentar de nou, al cap d'uns dies, amb més efectius de les patrulles de control, el pare va fugir saltant per darrere de la rectoria. L'endemà va fer via fins a Barcelona per veure el cap de la policia, un comunista que intentava limitar el poder dels faistes.

Pocs dies després, el Servei d'Informació Militar el va detenir i el va interrogar durant tres setmanes en una txeca. El consideraven sospitós d'haver col·laborat amb la Quinta Columna per evitar la detenció d'emboscats. Sembla que no el van maltractar tant com a altres, perquè els txequistes devien saber que era proper a Companys, però mai no va voler donar detalls del seu pas per aquella torre del carrer Muntaner. Només ho mencionava quan havia somiat que el perseguien agents de la Gestapo que es confonien amb els del SIM.

Durant les setmanes que va passar a la txeca ningú no sabia on era: ni el Florenci, ni la Trini, ni els amics de Manresa. En va sortir gràcies al president de l'Audiència, Josep Andreu i Abelló, l'únic que va assabentar-se d'on era.

Estava tan prim com quan havia deixat la clínica, i quan va reunir-se amb Companys, aquest es va quedar trasmudat.

—Què us ha passat, Claret?

Ell li ho va explicar, sense carregar les tintes.

El president es va aixecar, enfurismat, i va creuar el despatx un parell de cops, amb gestos descontrolats, sense dir res, fins que va recuperar l'alè i va exclamar:

—Càgum tots els qui es creuen els amos de Catalunya! N'hi ha per engegar-los a cagar a la via, home!

Com que el pare no deia res, Companys va aprofitar per preguntar:

—Sabeu qui us va denunciar?

—No, president. No ho sé.

Li costava creure que fos el Malcarat, malgrat les amenaces que havia proferit a Fonollosa.

Quan Companys li va proposar descansar un temps a Barcelona, al pare li va semblar bé. Per primera vegada des que havia començat la guerra, pensava que la victòria seria difícil d'assolir. Aviat s'acabaria de convèncer que la derrota era inevitable.

Eren els primers dies de maig, i la ciutat covava un dels episodis més tràgics de la Guerra Civil.

En sortir al carrer, a mig matí, va trobar barricades aixecades no pas per aturar franquistes, que encara eren lluny, sinó per protegir-se del foc amic. D'una banda, el POUM i la CNT. De l'altra, la gent del PSUC, Esquerra Republicana i Estat Català. Se'n feia creus, que el govern hagués deixat que el conflicte se li escapés de les mans. Ell admirava Andreu Nin, i no creia que fos el monstre que pintaven els del PSUC. Tampoc creia que els comunistes fossin els culpables de tot, perquè havia coincidit amb ells en les primeres hores de la resposta al cop militar i en la necessitat de posar ordre a la rereguarda. Per què no era possible l'entesa? No es podia treure la pregunta del cap. Estava convençut que tot era cosa dels russos, els amos del ball. Li queia bé el cònsol soviètic, Vladímir Antónov-Ovséienko, des que l'havia sentit a Manresa parlant català, però a la majoria els considerava titelles de Stalin.

Va anar a la Pedrera per informar-se, i al passeig de Gràcia va sentir els primers trets. L'edifici estava atapeït de guàrdies d'assalt i milicians.

—Què passa? —li va preguntar a un que duia les sigles de la UGT a la boina.

—Els feixistes del POUM i els anarquistes volen fer caure el govern.

—I vosaltres on aneu? —va preguntar el pare, que no va voler entrar a discutir si els del POUM eren feixistes o marxistes.

—A la Telefònica. L'han ocupat els de la CNT.

«Per què s'entesten a criminalitzar els anarquistes?», va pensar. A Súria, els miners de la CNT havien defensat la República els primers dies. Per què no hi havien negociat? Va intentar posar-se en contacte amb el govern, però ningú no contestava. Estaven desbordats.

Es va tancar a l'habitació de l'hotel, decaigut. No en va sortir fins que va acabar aquella matança obscura, al cap de quatre dies.

Aquella guerra dins la guerra el va tornar a allunyar de l'acció política i va anar unes setmanes a Rajadell, on veia com la seva filla estimada s'estirava i deia les primeres paraules. En aquells moments d'atordiment, només la Rosa Maria el mantenia esperançat amb les seves rialles sorolloses. Li recordava que la vida no té per què ser presonera dels èxits o els fracassos. Ni els seus ni els col·lectius. La nena l'entendria, com li passava quan estava amb la Batona i amb la seva tia Agnès.

A Barcelona va conèixer Manuel Serra i Moret, i el personatge el va encisar. Era un socialista que havia ingressat al PSUC per la guerra, i ocupava la sotssecretaria d'Obres Públiques. Cada cop que es veien, el pare l'atabalava amb la necessitat de millorar les comunicacions al Bages, i amb ell va compartir la idea de fer una carretera de Manresa fins a Vic, i va somiar per primera vegada a foradar la paret del Cadí. Serra i Moret sabia que no tenia títols ni estudis, però l'escoltava, atret pel seu coneixement amb fonament del territori i el seu quixotisme. D'aquelles converses al departament li'n va quedar també una gran admiració per Victoriano Muñoz Homs, el redactor del primer pla d'obres públiques de Catalunya. Ni Serra i Moret ni ell eren d'Esquerra, i quan alguns amics li ho retreien, ell responia que les persones valuoses estaven per damunt dels partits.

Durant l'estada a Barcelona també va fer la coneixença d'algú que determinaria la seva activitat fins al final de la guerra: el doctor Broggi. Es van fer tan amics que, setanta anys més tard, quan el pare era a l'hospital, ell hi anava cada dia, i plegats recordaven moments èpics de les seves vides en els gairebé dos segles que sumaven.

Broggi era metge de les Brigades Internacionals, i quan va tornar de la batalla de Brunete, que havia estat una carnisseria, el pare va parlar-hi.

—Per què no ha estat possible mantenir la ciutat? —va preguntar-li, sabent que ell no li explicaria sopars de duro.

—El domini del cel, Claret. Sense avions capaços de fer front als nous Messers de la Legió Còndor, no podrem guanyar la guerra.

—Doncs no sembla que els russos hi estiguin disposats —va deixar anar el pare. Després dels Fets de Maig, veia els soviètics més escèptics.

—Stalin ha instaurat un règim d'una crueltat irracional que arribarà fins aquí —va comentar Broggi, referint-se a la situació difícil de molts diplomàtics i oficials soviètics.

—M'han dit que heu salvat molta gent gràcies als Auto-Chir —va dir el pare, canviant de tema. Compartia les opinions de Broggi sobre Stalin, però el que li interessava era salvar vides.

Els Auto-Chir eren uns quiròfans mòbils que havien ideat Broggi i un oficial de les Brigades per reduir la mortaldat entre els ferits més greus. Instal·lats damunt de camions, permetien atendre els qui eren incapaços de suportar un trasllat. Quan li va ensenyar les fotografies d'uns que estaven preparats per a la batalla de Terol, el pare li va suggerir algunes idees per fer-los més resistents. D'aquella trobada amb Broggi, en va concloure que la seva feina era una de les més dignes que es podien dur a terme.

Es va posar en contacte amb Ramon Amat, que era cap dels serveis sanitaris del front d'Aragó, per ajudar en la intendència i el transport dels ferits. D'acord amb ell, va marxar al front, on la seva estada seria tan curta com dramàtica.

Va arribar-hi quan l'exèrcit popular preparava una ofensiva per recuperar Osca comandada per un llegendari oficial comunista. L'endemà, un obús va impactar al vehicle del general Lukács i li va segar la vida. El pare va tornar a Barcelona, passant per València, amb la comitiva que duia el cadàver. La tràgica mort d'aquell hongarès d'origen jueu que havia estat director del Teatre Maiakovski de Moscou el va impactar profundament. Osca va seguir en mans dels franquistes, mentre comunistes i anarquistes es miraven de reüll a les trinxeres, recordant els Fets de Maig, i es barallaven pel control dels batallons.

Un brigadista britànic alt, desmanegat, amb els cabells esvalotats i un bigotet imperceptible, que buscava les restes d'una columna del POUM, en va retratar l'ambient, amb paraules tan injustes com reveladores: «En la guerra de trinxeres hi ha cinc coses importants», va escriure. «La llenya, el menjar, el tabac, les espelmes i l'enemic».

D'aquella anada al front, el pare en va treure la conclusió que la guerra estava perduda i que l'única cosa que es podia fer era apaivagar el dolor que causava. Estava disposat a implicar-s'hi, però no va poder.

El dia que començava l'estiu del 1937, el va citar Lluís Companys.

Amo i senyor de la Fatarella

En arribar dalt d'Horta, al pare li va semblar que aquell palauet era un lloc esplèndid per viure, però no un edifici des d'on governar. Des que els italians havien intensificat els bombardejos a la panxa de la ciutat, el Palau de Les Heures li permetia a Companys seguir a Barcelona sense ser-hi del tot. Feia temps que no parlava amb ell, i quan un uixer va obrir la porta i el va entrellucar, mirant per un finestral neogòtic, li va semblar que havien passat cent anys.

—Era com un ocellet apagat —va comentar-li a un amic que l'esperava als jardins en sortir de l'entrevista.

—Sabeu on és la Fatarella, Claret? —va preguntar Companys, sense saludar-lo. S'havia refet un xic en veure'l i va apuntar un somriure, però duia a la cara la tragèdia del maig i del desgavell creixent de la rereguarda.

—A la Terra Alta, president —va respondre el pare. Ho sabia pels diaris, que hi havien dedicat pàgines els darrers mesos.

—Sí. Allà on Cristo va perdre l'espardenya. I sabeu què hi ha passat, oi?

—He llegit que hi van matar uns pagesos, però no n'he tret l'entrellat.

—Doncs jo, jo que soc el president de la Generalitat, tampoc! —va exclamar Companys, agitant els braços com si fossin aspes d'un molí—. Us he fet venir perquè us n'assabenteu —va afegir, excitat. També li va demanar que fes tots els possibles per tornar la concòrdia al poble.

A la Fatarella, milicians de la FAI havien afusellat trenta-quatre pagesos que s'oposaven a la col·lectivització. La població havia quedat commocionada, i a l'ajuntament no se sabia ben bé qui manava.

Tot havia començat el gener del 1937, quan els pagesos s'havien enfrontat a trets amb els qui volien fer del poble una comuna llibertària. Una patrulla de control hi havia pujat des de Flix per restablir-hi l'ordre, i dos dels seus membres havien mort, tirotejats. Aleshores, milicians del morro fort s'hi havien presentat per combatre el que qualificaven de revolta de la Quinta Columna, havien detingut desenes de pagesos i els havien tancat en una ermita que dominava la vila.

A continuació, el drama: la patrulla se'n va endur alguns a la Model de Barcelona, mentre que els altres van ser afusellats pels faistes, uns quants a la sortida mateix del temple, i la majoria a la tàpia del cementiri.

Durant uns mesos, la Fatarella va quedar presa del trauma i el caos, com si aquell brutal esclat de violència hagués estat obra dels espectres que poblen la Terra Alta des del temps dels templers.

Abans de veure el pare, Companys havia visitat els detinguts a la Model, i en trobar-se cara a cara amb homes senzills que calçaven avarques apedaçades, vestien pantalons esquinçats i eren tractats com si fossin franquistes, s'havia alarmat.

—Si estos són los enemics de la República, ja mos podem calçar, perquè aquestos homes no han fet res més que aixecar pedres tota la seva vida —va declarar en sortir. Quan va arribar al Palau de Les Heures, va demanar que li busquessin aquell Claret de Súria avesat a moure's per pobles conflictius.

Companys va agafar el pare pel braç. Abaixant la veu, li va dir que l'enviava a ell perquè no es refiava de ningú més.

—Que no em vinguin amb romanços dient-me que aquells pagesos que vaig veure a la Model són uns feixistes. Què collons s'han pensat! Jo del camp en sé més que ningú! —va exclamar.

Li va oferir un nomenament com a alt càrrec d'Interior, un cotxe oficial i una dotació de guàrdies d'assalt.

—Caldrà restablir-hi l'ordre si no volem perdre el poc prestigi que ens queda.

—D'acord. Hi aniré, president, però no vull ni cotxe, ni càrrec, ni guàrdies. No serien una bona carta de presentació per a gent tan martiritzada —va contestar el pare.

—I com us ho fareu?

—Hi aniré amb un home lleial que m'espera als

jardins, i que m'ajudarà en les qüestions administratives. Sense guàrdies ni pistoles.

—Algun nomenament hem de fer... —va insistir Companys.

—En tinc prou amb una carta vostra dient que soc el vostre delegat i que tinc tot el poder per restablir l'autoritat de l'ajuntament.

A Companys li devia semblar una temeritat, però ho va acceptar.

Així és com el pare i Josep Planchart, un jove d'Estat Català de divuit anys, van marxar cap a la Fatarella amb un Adler alemany de dues portes, prou resistent per durlos per camins que el pare imaginava encara pitjors que els del Bages. Hi anaven sense disposar de cap informació precisa sobre qui eren les víctimes i els botxins, i sense saber com havia quedat l'ajuntament. L'única certesa era que hi havia hagut trenta-quatre morts i que uns quants pagesos contraris a la col·lectivització seguien a la Model.

Abans d'endinsar-se en terres incògnites, es van aturar a Flix, on el pare va comprar dos paquets de caliquenyos.

Mentre tiraven amunt, sota un sol que enrogia la pedra seca, el pare pensava en les vinyes del vell Bató. Les feixes que veia a banda i banda eren com les de Súria, abancalades amb rocs arrencats del camp durant segles, però més estretes. Les oliveres eren més retorçudes i els ceps semblaven abonyecs sorgits d'un terreny erm que no havia conegut mai la pluja. La terra, esmicolada pel sol i el fred, se l'havia endut gairebé tota el vent, i el cel estava encalcinat per una calor tòrrida que els cremava els pulmons. Tot era pobresa. Al pare, aquell conflicte li feia fila de ser el d'uns quants jornalers engalipats per la il·lusió d'una revolució llibertària que s'havien enfrontat a petits propietaris aferrats a la defensa d'una terra àrida, rogenca i escassa.

—Collons, Planchart! Aquests bancals encara són més pedregosos que els nostres —va comentar el pare mentre grimpaven per una carretera que semblava dur a l'infern.

En veure un pagès que caminava entre ametllers, va aturar el cotxe. Era un home desconfiat de mena i de poc parlar, però els caliquenyos el van doblegar.

—Aquí sempre havíem estat un poble tranquil. Uns votaven pels de cal Conte, i els altres pels de cal Ramonet, i la sang mai no va arribar al riu. La violència l'han dut gent de fora —va dir el pagès, assenyalant la plana i més enllà, cap a Barcelona.

A tot arreu deien el mateix, que la violència sempre la duien els altres. El pare va comentar que anava a l'ajuntament a prendre possessió com a delegat del govern.

—No vos deixaran pas entrar! —va dir el pagès, mentre tastava una ametlla—. Aneu amb compte! —va insistir, en veure que semblaven decidits a ficar-se en un cau dominat pel dimoni.

Efectivament, no els van deixar passar.

—Aquí, de alcalde, no hay. Solo hay delegado —els

va etzibar un home que els barrava el pas, malcarat i amb una pistola a la mà.

—Pues yo tengo a dos mil guardias de asalto esperando en Flix y si no me dejan pasar los llamo —va contestar el pare en veu alta, perquè el sentissin més enllà.

Era una catxa, com la que havia utilitzat a Fonollosa per parar els peus al Malcarat, i com les que li havien permès guanyar alguna partida de pòquer memorable. Va anunciar que tornaria l'endemà i van anar a fer un cafè a Cal Manolo. Li ho havia recomanat el pagès dels ametllers. Pel poble va córrer la veu que una companyia de guàrdies d'assalt ocuparia la Fatarella i tothom es va tancar a casa. En un indret tan apartat de tot, l'arribada d'algú de fora s'escampava com la pólvora, i quan encara no havien acabat el cafè se'ls va presentar Carranza, un regidor republicà que es va posar a la seva disposició. Van acordar com reconstituir el consistori amb les forces que havien donat suport al govern durant els Fets de Maig.

L'endemà, l'home de la pistola havia desaparegut i van ocupar l'ajuntament. Els qui se n'havien apoderat van marxar en uns dels *coches de la muerte* amb què havien atemorit la gent durant mesos. Es van aturar a l'Hostal Vell, on el pare dinava amb Planchart, i un d'ells el va increpar.

—Usted aquí no vivirá ni veinticuatro horas, y nosotros volveremos para asistir a su entierro —va dir-li, brandint un fusell.

Mentrestant, els finestrons del poble seguien tancats. Pel recel que provocava la presència de dos individus forans i per la calor, que no afluixava.

Aquell mateix dia, l'agutzil va recórrer la vila convocant la població a escoltar l'enviat de la Generalitat davant l'ajuntament. A l'hora fixada, quan el sol s'amagava cap a la Pobla de Massaluca, no hi havia ningú. Planchart va pensar que tot estava perdut.

—La gent té por després del que ha passat —va dir-los Carranza, argumentant que era més desconfiança que no pas un boicot deliberat. El govern els havia tractat amb parcialitat i havia fet seva la versió de quatre eixelebrats vinguts de fora.

No obstant la soledat i la incertesa, el pare va arrancar el discurs que tenia preparat. A falta de públic, es va dirigir a l'arbre que hi havia al mig de la plaça, interpel·lant-lo com si fos un convidat de pedra. Va explicar-li que el gran mal del poble havia estat el de no haver-se interessat mai pel que passava més enllà, el d'haver viscut d'esquena al país. El testimoni mut no es va immutar però, de mica en mica, es van obrir les primeres portes i algunes ànimes es van aplegar al voltant de l'arbre. La majoria eren dones vestides de negre, com les mares de Súria.

—Gent de la Fatarella, us parla un home que ha vingut a dur la concòrdia entre tots els veïns d'aquest poble —va declarar el pare, amb tota solemnitat.

Els pocs que l'escoltaven desconfiaven, però agraïen que algú els parlés sense amenaces.

—Aquí em teniu, sense armes, ni més protecció que la paraula —va insistir, amb els braços oberts, mostrant el palmell de les mans, quan ja comptava amb un primer rengle de persones que li feien cas.

»Soc un de vosaltres..., fill de pagès, net de rabassaire..., els catalans no ens estimem prou...

Carranza respirava en veure que la plaça s'anava poblant, Planchart tremolava, l'arbre callava. El pare va parlar prop d'una hora, en un poble on obrir la boca havia passat a ser arriscat. En acabar, ningú no se li va acostar. Era massa aviat i els que s'havien atrevit a sortir de casa necessitaven temps per creure que aquell parlament no havia estat un miratge. Tothom va tornar a casa, però els porticons van quedar oberts perquè hi entrés la fresca que pujava del riu.

Al cap d'un parell de dies, ell va baixar fins a Amposta amb un camió atrotinat i va tornar carregat d'arròs que li havia lliurat Marcel·lí Domingo, un diputat de les Terres de l'Ebre. La setmana següent va anar fins a Montblanc, des d'on va tornar amb mil dos-cents quilos de bacallà. S'hi va presentar com a amic d'Andreu i Abelló, fill d'una de les famílies més acabalades del poble. Començava a vèncer les reticències.

L'ajuntament es va reconstituir i Carranza va ser nomenat alcalde. El pare va deixar el càrrec de delegat del govern que li havia atorgat Companys i es va quedar al poble com a secretari de l'ajuntament.

Se sentia amo i senyor de la Fatarella.

De tant en tant anava a Rajadell a veure la Rosa Maria i el Joan, que ja era un noi de sis anys, convençut que el seu pare era a la guerra, com els pares dels seus amics. El que més li costava, quan tornava a la Fatarella, era deixar enrere la nena. La Trini estava encoratjada per les estones que passava amb la filla, a qui sempre duia alguna joguina, i quan ell li ho va proposar, va acceptar anar a viure un temps a la Fatarella amb la canalla.

Durant unes setmanes, van ser-hi feliços. La Trini s'enduia els fills pels voltants del poble, a collir figues o magranes, o a veure pondre's el sol pels barrancs de ponent. A la Rosa Maria li encantava la cabreta que havia nascut a casa d'un pagès. No passava cap dia sense anar-hi a fer-li carantoines. De sobte, es va posar malalta. Semblava una grip, però les febres no li marxaven. Un metge que passava pel poble de tant en tant els va dir que aquell mal de cap no era normal, ni els dolors que patia a tot el cos. La van baixar a Reus. Eren unes febres de Malta. Van tornar a Rajadell, on va empitjorar, i la van dur a Manresa, però no hi va haver res a fer.

Va morir al cap d'uns dies.

La desgràcia va destrossar la Trini i va rompre el pare. Per primera vegada va descobrir que convenia no jugar amb la vida ni tractar-la de manera capritxosa. La sort que sempre l'acompanyava l'havia abandonat en el moment més preuat i li havia pres allò que més estimava. Va passar uns dies tancat a casa a Rajadell, reclòs a l'habitació, sense menjar ni parlar amb ningú, com quan se n'havia anat el Cuadrench. Quan en va sortir, a la Trini li va semblar que tractava el Joan de manera injusta. Per qualsevol cosa li clavava quatre crits. Com si el fes responsable, pel sol fet d'estar viu, de la mort de la Rosa Maria.

A la Fatarella hi va tornar sol, i es va dedicar amb fúria a fer rutllar el poble. Només en marxava per raons excepcionals.

En una ocasió va haver de córrer a Manresa, on havien operat d'urgència la Batona. La ciutat era difícil de reconèixer. L'American Bar estava tancat, la majoria de coneguts no hi eren, i l'alcalde Marcet, afligit, esmerçava el poder que li quedava a salvar la Seu, que els anarquistes i altres grups d'extrema esquerra amenaçaven amb enderrocar. De Manresa va tornar a la Fatarella. No suportava passar per Rajadell, on la Rosa Maria ja no hi era. Mentrestant, la Trini cuidava el Joan i sobrevivia fent feines a algunes cases.

Poc temps després, en assabentar-se que el Florenci havia estat empresonat a la Model de Barcelona acusat d'homicidi, va haver de tornar a Súria a correcuita. Els pares estaven esglaiats. Sabien que no era veritat, però tot era possible i temien el pitjor.

L'acusaven de no haver fet res per evitar la mort d'Alfons Bransuela, un membre actiu de la Federació de Joves Cristians. L'havien detingut sota la pressió d'una multitud exaltada que volia linxar-lo perquè no volia anar al front i el Florenci l'havia custodiat unes hores als calabossos de l'ajuntament abans d'enviar-lo a Manresa, però el cotxe a què el van fer pujar mai no va arribar al seu destí. Al pont de Cal Nenus, va ser interceptat per un escamot que va assassinar el jove cristià, i un jutge va responsabilitzar el Florenci d'una mort que havia trasbalsat Súria. El jutge no va tenir en compte que s'havia enfrontat als qui havien intentat linxar l'infortunat Bransuela.

El pare es va precipitar a veure Andreu i Abelló, però només en va obtenir promeses, i la sensació que les institucions de la Generalitat penjaven d'un fil. Al cap d'un parell de setmanes, el seu germà va sortir de la Model.

Havia estat víctima d'una d'aquelles acusacions que proliferaven, alimentades per la maldat i la frustració col·lectiva. Després de veure la cara fosca de la guerra, el Florenci no va voler seguir d'alcalde i va marxar a viure a Sant Pere de Ribes amb la família. Esquerra l'hi va enviar a resoldre un dels conflictes municipals que es multiplicaven arreu de Catalunya.

Mentrestant, la Fatarella recuperava la normalitat, i el nou consistori era rebut per Companys. Per al pare, va significar un moment de glòria. La vida havia tornat a un poble que havia encarnat tots els mals de la rereguarda catalana.

—Us podem demanar un favor, president? —va preguntar, erigint-se en portaveu del govern municipal.

—Digueu, digueu. Faré el que calgui per reparar la injustícia que s'ha comès —va respondre Companys, emfàticament.

—Que deixin en llibertat els detinguts de la Model. Només són responsables d'haver defensat la seva terra —va precisar el pare.

Companys li ho va prometre, li va donar vint-i-cinc mil pessetes i li va fer entrega d'una senyera. Des d'aquells fets, l'ajuntament no en tenia. Els diners es van repartir entre les famílies que havien perdut el cap de casa, de sis en sis pessetes cada dia, i quan es van acabar el consistori va imprimir bitllets de dos rals signats pel pare com a secretari.

Tenia el poble a les seves mans. Cada dissabte organitzava unes xerrades anunciades com a «conferències del pare Claret» on s'hi parlava de tot. Un dia, va proposar una ordenança municipal per prohibir el bestiar a l'entrada de les cases. Pensava en el que li havia passat a la Rosa Maria. La proposta va provocar un terrabastall, perquè pretenia modificar una tradició que era tan vella com les pedres de Cal Sant, però es va aprovar. No tot eren flors i violes, i alguns partits d'esquerres el van acusar de dèspota. Els socialistes van demanar el seu cap, argumentant que s'havia atribuït funcions que no eren les pròpies d'un secretari, i probablement era cert, però ell, aliè a les crítiques, va seguir obrant a la seva manera, fent realitat algunes millores i escampant somnis com el de construir cases als afores del poble, perquè els barcelonins poguessin passar-hi l'estiu.

La Terra Alta li semblava un lloc encisador, i la Fatarella era el refugi on s'havia atrinxerat després de la mort de la seva filla.

De tan capficat com estava en les seves quimeres, no es va adonar que les tropes de Franco ja eren a tocar, disposades a fer d'aquelles terres un infern.

Comissari als hospitals

Els franquistes s'hi van presentar de nit, i el pare i el seu secretari tot just van tenir temps de saltar dins del cotxe amb què havien arribat. L'Adler havia resistit els embats de les carreteres de ponent, però no estaven segurs que els protegís de les bales enemigues. Van intentar fugir pel perxe de Ca Felip, però a l'altra banda, al carrer Solà, ja hi havia soldats que havien entrat a la Fatarella sigil·losament.

—Els moros! —va exclamar el secretari—. Els moros! —va repetir, en endevinar algun turbant blanquinós. Era l'avançada d'un exèrcit implacable, amb moral de victòria i sense manies.

—¡Viva Franco! —va cridar el pare per la finestra, provocant un moment de desconcert providencial. El mercenari, que havia tret una bomba de mà del sarró, va dubtar uns segons.

Per sort, el cotxe encara no havia enfilat la porxada i van poder sortir-ne abans que el marroquí el fes miques. Es van precipitar dins la casa d'una veïna atemorida i es van escapar per darrere, saltant una paret i davallant cap al riu, esperitats. Van arribar-hi en un batre d'ulls, aprofitant que coneixien el terreny, i en veure un capità republicà apostat amb un escamot a la vora de l'Ebre, li van explicar que els franquistes havien ocupat la Fatarella i que aviat baixarien.

—Son muchos y no creo que podáis defender la posición —va dir el pare, insinuant que els convenia replegar-se o demanar reforços.

—A ver si te callas o te pego cinco tiros por derrotista —va ser la resposta de l'oficial.

Mentre travessaven l'Ebre amb una barcassa, en una nit de lluna plena que feia del riu un mirall trencat, li va desfilar per la memòria l'any i mig de guerra que havia viscut. La convicció inicial que els alçats serien derrotats. L'esperança en la victòria. L'acoquinament de les democràcies europees i l'ajut als alçats de Hitler i d'aquell italià histriònic que somiava fundar un imperi a la Mediterrània. Les heroïcitats del front i l'esgarrifor de la rereguarda. Les dues cares de la guerra.

El pitjor de tot era la certesa que la victòria de Franco duria foscor i opressió. Què passaria amb el canvi que Súria albirava des que s'hi havia trobat potassa? Amb la llibertat que l'Agnès i l'Antònia volien per a les dones, i amb la justícia que reclamaven els rabassaires? Què faria la Batona, si li prohibien parlar català? Què seria de Catalunya? Com deia aquell diari de Manresa, els uns tornarien a gaudir del que és superflu mentre que als altres els faltaria tot allò que és de menester.

Va caminar fins a Reus, on uns coneguts es van alegrar en veure'l perquè Radio Nacional havia assegurat que «hemos cogido al delegado rojo separatista de La Fatarella y lo tendremos fusilado antes de que acabe el día» i l'havien donat per mort. L'endemà va arribar a Barcelona amb un camió de l'exèrcit.

El pare estava viu, però desesperançat. Des dels Fets de Maig, la Generalitat havia quedat tocada de mort i havien desaparegut dos dels seus mentors, Joan Selves i Tomàs Ramon Amat. El metge l'havien fet presoner al front d'Aragó i l'havien assassinat a la paret d'un cementiri on moririen afusellats més de tres mil republicans, per ser «uno de los más destacados marxistas de Barbastro». Una acusació absurda, com tantes altres. Entre els records que guardava d'ell, hi havia els dies que havien passat plegats dedicats a l'atenció als ferits. S'havia sentit reconegut, i útil, i faria tots els possibles perquè aquest fos el seu destí després de l'aventura de la Fatarella.

Poc després va començar l'ofensiva republicana a l'Ebre, i per última vegada es va tornar a enardir. L'exèrcit estava en mans dels comunistes, i no se n'acabava de fiar pel domini dels russos, però creia que eren els únics que podien aturar l'avenç dels franquistes.

Es va oferir voluntari a la plana major de Sanitat per atendre l'allau de soldats massacrats que arribaven de la Terra Alta i el van enviar prop de la serra de Pàndols, on centenars de joves queien sota la metralla com si fossin ninots de fira. Traslladava ferits fins a Reus, Tarragona, i els més greus fins a Barcelona. Eren uns viatges aterridors, on sovint s'havia de parar per agafar la mà d'un soldat que no volia morir sol. Els homes del general Líster li van deixar un camió carregat de vitualles per dur-les a la Fatarella, que tornava a ser republicana. Al repartiment, hi van acudir les dones que hi quedaven, que el coneixien com l'home de paraula fàcil que havia dut la quietud al poble. El record dels moments dignificants que hi havia viscut quedava enfosquit per la pèrdua de la Rosa Maria i es va tornar a maleir per haver-l'hi dut.

Mentre era a les terres de ponent, va anar fins al túnel de l'Argentera, obra d'aquell marquès que havia conegut la nit de bodes. Hi atenien centenars de ferits en un tren medicalitzat aixoplugat dins del túnel, fora de l'abast de les bombes enemigues. Tot eren brams, plors i mirades perdudes de nois joveníssims que no entenien on eren ni per què els hi havien dut. Tornaria a viure una situació semblant al túnel de Portbou durant la retirada.

Mai més no podria agafar un tren sense pensar-hi.

Sanitat el va assignar a la Clínica Militar número 11, destinada a milicians. Situada a Montjuïc, ocupava una part de l'antic pavelló de Romania. El futur havia deixat d'existir. Només existia un present dedicat a salvar tots els soldats ferits que fos possible abans de l'arribada dels franquistes. A mesura que la República retrocedia, s'havia d'assegurar el seu trasllat fins a la frontera, tot esperant que els francesos aixequessin la barrera del Pertús. En arribar al pavelló, va recordar els amics de

Súria amb qui havia anat a l'Exposició. On devien ser? El Quico, segur, ja era amb el bàndol guanyador. Del Pèsol, li havien dit que corria per Barcelona, després del desmantellament de la seva columna. Segons la família del Malcarat, seguia a Madrid, on havia adquirit el grau de brigada. S'havia fet comunista?

El primer que va fer va ser anar a veure el doctor Broggi a l'Hospital de Vallcarca, on la fortor dels enguixats oclusius que duien els ferits s'estenia per tot el recinte; li va explicar que s'havia incorporat a la clínica de Montjuïc i li va demanar consell.

—No deixeu que hi entri mai la política! —va exclamar el doctor.

Encarregat de la intendència, es movia per tot Catalunya amb un camió Katiushka per poder alimentar els ferits hospitalitzats. Ho va aprofitar per passar un parell de cops per Súria i Rajadell. En una ocasió, va endur-se el Joan, mentre arreplegava vitualles que no es trobaven a Barcelona. El nen anava a la cabina, arrapat al seient, content de passar tot un dia amb el pare. El veia com un heroi que salvava vides i n'estava orgullós. Mentre agafaven camins impossibles que duien a masos on encara s'hi trobaven patates i algun tipus d'aviram, el pare recordava Llucifer i els monstres infernals. Els monstres que li havien robat la filla.

La seva activitat va cridar l'atenció dels assessors russos que movien els fils de l'exèrcit. Necessitaven més comissaris per posar ordre en una retirada que s'anunciava caòtica. Companys el va proposar, i a principis de desembre va ser nomenat comissari dels hospitals militars de Barcelona. Un dels pocs que no era comunista.

Li quedaven menys de dos mesos per lluir un vestit que no li desagradava, amb una jaqueta de quatre botons travessada per un corretatge d'on penjava una Astra llampant, pantalons, camisa i corbata del mateix color verdós, botes llustroses i una gorra de plat amb la C de comissari i l'estrella de cinc puntes. La C inspirava respecte. Li permetia anar al Majestic, on oferien dinar de franc per als diputats, els oficials i els comissaris. Poca cosa més, perquè el billar del Coliseum estava tancat des que una bomba italiana havia matat prop de mil persones al davant mateix, en impactar en un camió carregat de trilita. Hi havien mort un centenar de nens, alguns dels quals encara no tenien l'edat del Joan.

A l'hospital de Romania hi va complir les últimes ordres abans de la retirada; algunes, pròpies d'una burocràcia militar que rutllava al marge de la vida real, com quan van rebre una nota de l'Estat Major instant-los a lliurar a l'exèrcit les plaques radiogràfiques en desús. Les volien per fabricar ulleres de cel·luloide per als soldats que combatien damunt la neu. Com si els pocs que quedaven atrinxerats als Pirineus estiguessin en condicions d'aturar els franquistes.

Un comissari com ell no tenia la mateixa autoritat davant dels comandaments que si hagués estat comunista. Per compensar-ho, feia valdre haver conegut el general Lukács a l'Aragó i Líster durant la batalla de l'Ebre. En alguna ocasió va recordar la seva relació amb Trueba i alguns miners comunistes de Súria. D'aquesta manera va aconseguir que al pavelló de Romania no s'hi fessin mítings de partits polítics. L'abatiment dels milicians que arribaven, nafrats i desmoralitzats, contrastava amb la consigna oficial: «¡Resistir es vencer!». Al pare no li agradava que fos el lema de la pancarta que els del SIM havien penjat a l'entrada del pavelló, però no va poder evitar-ho. Els ferits no s'ho mereixien. Venien d'un infern on havien vist que la guerra estava perduda.

Orgullós de la seva condició de comissari, va tenir temps de fer una última escapada a Súria per acomiadar-se dels seus pares quan va saber que els franquistes eren a tocar del Cardener. La Trini i el Joan ja eren a Barcelona, a casa d'una cosina, per marxar amb ell.

La Batona, que tant havia lluitat per salvar els seus set fills, estava a punt de perdre'n dos. Estava preocupada pel Florenci, i el pare va intentar tranquil·litzar-la, sense explicar-li que molts pobles del Penedès havien patit bombardejos durant l'avenç franquista. La premsa no en parlava per no afectar la moral de la rereguarda.

—Què farem sense vosaltres? —va preguntar la seva mare, presonera de la mateixa angoixa que si hagués perdut un fill.

—Tornarem aviat, mare, no us preocupeu —va contestar ell, agafant-li les mans i mirant el Bató, que tallava una fusta de boix, absort en les seves ànsies. És difícil saber si s'ho creia, però era el que deien tots els qui es preparaven per emprendre el camí de l'exili.

En deu anys no havia parat, com si no hagués tingut mai el control de la seva vida. Havia fet el que tocava, i n'havia pagat un preu molt alt: la mort de la Rosa Maria. Ara havia de passar els últims dies a Montjuïc, lluny de la mare, en un antic pavelló a prop d'on Malraux rodava l'última escena d'una pel·lícula sobre la batalla de Terol, amb la intenció de mantenir viva l'esperança.

Mai no havia estat dalt del Poble Vell sense sentir la fressa de les vagonetes que baixaven de Cardona i el soroll de les politges que treien el mineral dels pous. Era un silenci colpidor, com si s'hagués acabat el món en què havia nascut. Un món al qual trigaria a tornar.

La retirada

Mentre les tropes de Yagüe travessaven el Llobregat per un pont que ningú no havia dinamitat, el pavelló de Romania es convertia en un cafarnaüm. Sense trobar resistència, els soldats franquistes van entrar a la ciutat pel litoral, mentre les tanquetes italianes i els regulars marroquins baixaven per la falda del Tibidabo. La majoria dels ferits havien abandonat l'hospital i només els més greus esperaven amb resignació l'arribada dels seus botxins, acompanyats d'amics o familiars que els vetllaven.

En assabentar-se que el doctor Trias havia deixat l'hospital de Vallcarca en mans de Moisès Broggi, el pare va donar llibertat als metges que volguessin marxar. Mentre recollia uns últims documents, un home va irrompre al despatx i va tancar la porta. Duia pistola i estava fora de si.

—Si intentas irte, será tu último día, cabrón —li va dir.

No l'havia vist mai. Tenia els ulls abrusats i una ganyota a la boca. Va dubtar. No sabia si era un agent del SIM que el considerava un traïdor, o un dels que canviaven de bàndol a l'últim moment. La situació enutjosa es va aclarir aviat, quan un milicià va arribar, desbocat, explicant que la bandera dels facciosos onejava al castell de Montjuïc. L'home de la pistola va sortir endimoniat i es va llançar muntanya avall.

El pare tot just va tenir temps de donar un últim cop d'ull al dormitori i va fugir a peu, enduent-se una imatge que el faria sentir culpable durant anys. No havia pogut evacuar a tothom.

Després de passar per la font del Gat, es va endinsar en una Barcelona sense llei. La va travessar per carrerons i dreceres, evitant les grans avingudes, fins al Besòs. Va arribar a Mataró extenuat, envoltat dels últims desemparats que s'escapaven, i va dormir a casa d'un soldat que havia conegut a la serra de Pàndols. L'endemà, dalt d'un camió que traginava els últims documents que s'enduia la Generalitat, va arribar a Girona, on tot era confusió. Del govern, ni rastre. Només hi havia alguns diputats desemparats. Va seguir fins al castell de Figueres, on l'Estat Major li va donar instruccions per ajudar a evacuar ferits cap a França.

Com que l'hospital militar havia quedat trinxat per les bombes italianes, els ferits eren atesos en una casa pairal de Vilafant on el pare recollia els qui estaven en condicions de fer el viatge fins a la frontera dalt d'un camió. Es va implicar en aquesta feina contra rellotge, dia i nit, sense dormir. Sense pensar en res més. Barallant-se amb metges i familiars. Enfrontant-se als qui pretenien imposar els seus galons en aquell escenari apocalíptic, on la supervivència dominava sobre la disciplina.

Quan la Trini i el Joan el van localitzar, estava fora de si. Els va dir que no podia estar per ells i que passessin la frontera.

—Ja us buscaré en un dels camps —va prometre.

—Per això ens has fet venir, per deixar-nos sols? —va exclamar la Trini, irritada—. Tornem a casa, Joan —li va dir al fill, agafant-lo de la mà.

—No em puc moure d'aquí mentre hi hagi gent que em necessita, Trini. Us trobaré un comboi per creuar —va insistir el pare. Si ella tornava a Rajadell la perseguirien per ser la seva dona.

—Queda't amb nosaltres, pare —va implorar el Joan.

—Això és un infern, fill, i els inferns no són per a nois com tu. A França estareu bé. Tindreu menjar i no haureu de patir per les bombes —li va respondre—. Vindré d'aquí pocs dies —va afegir, en veure'l anguniejat, i el va acariciar com feia temps que no ho feia.

La Trini i el fill van fer nit en una masia on passaven les seves últimes hores oficials de l'exèrcit en retirada. Mentre ella acabava de decidir què feien, el noi corria pel mas, encuriosit per aquells militars que anaven i venien, com si fossin un d'aquells pollastres sense cap que de tant en tant s'escapaven per l'era del poble. Algun se li acostava i li explicava històries èpiques que el feien estremir, o li contava penes que no eren per a un nen com ell. El més amable de tots era el coronel Vidal, que va sopar amb ells dos. Els va parlar de la seva filla, morta en un bombardeig, i de la seva dona, que s'havia quedat a Tarragona. No en sabia res.

L'endemà, quan es va despertar, el Joan va anar a l'habitació del Vidal a veure l'home que ja considerava amic seu, i va obrir la porta just quan aquest es disparava un tret a la templa. Encara van tenir temps de creuar-se les mirades, i li va semblar que li demanava perdó.

Horroritzada, la Trini va agafar el fill i va marxar cap a Rajadell, caminant a contracorrent d'aquella allau de refugiats que s'estenia per pobles i masies, per boscos, vinyes i conreus.

Fins que els franquistes no van arribar, el pare va seguir duent ferits i malalts a la frontera. Requisava vehicles per als més necessitats, aturava els cotxes que no anaven plens, a punta de pistola, per apinyar-hi més gent, i s'enfrontava amb els qui s'aprofitaven d'aquell caos per buscar algun benefici o exercir una miserable engruna de poder.

En un dels pocs controls que quedaven, a Avinyonet de Puigventós, li van demanar la documentació del servei militar.

—No és suficient —li va etzibar un dels que muntaven la guàrdia quan va ensenyar els papers de comissari.

No duia el certificat d'exempció d'allistament que li havien fet a Manresa, però el va salvar la carta d'un oficial francmaçó que sempre duia a sobre i que era parent llunyà del que manava la patrulla. Sense aquell paper rebregat però signat per Máximo Giménez Labrador, els soldats haurien tingut un pretext per fer un últim servei a la República. Tornant de l'últim viatge fins a la Jonquera, es va trobar de cara amb tropes franquistes i va haver de saltar del camió. Va fugir camp a través, enduent-se un bidó de gasolina amb el qual va posar en marxa el primer cotxe abandonat que va trobar i va tirar cap a la Vajol, l'únic camí que quedava per passar a França.

El Florenci havia entrat a França un parell de dies abans, després d'haver deixat la família a Sant Pere de Ribes. Menys compromesos, els altres tres fills de cal Bató i les dues noies s'havien quedat a Súria. Ningú no imaginava, en aquell moment, que la separació entre germans seria per tant temps.

—Havies de ser una mica monstre per sortir-te'n. Repartir llenya. I tenir sort —li va comentar el pare al doctor Broggi durant una de les últimes converses que van tenir a l'hospital.

De sort, ell sempre n'havia tingut.

A la Vajol tot eren cases buides, que havien servit d'últim aixopluc a ministeris del govern espanyol o alguna conselleria. El pare va entrar en una d'elles, on encara fumejaven documents. Damunt d'una taula hi havia una màquina d'escriure Remington, i la va agafar pensant que potser s'hi havien escrit les últimes ordres de la Generalitat. Ordres sense destinataris. Se la va quedar, sense saber que li seria força útil.

Entre els fantasmes que vagaven per la Vajol hi havia l'alcalde republicà de Caldes de Montbui, Avel·lí Subirana. Caminant per damunt del glaç, van passar junts a França pel coll de Lli. Pel camí, van trobar dos militars ferits que no podien pujar sols. Van ser els dos últims a qui el pare va ajudar a creuar la ratlla.

A la tria que feien els francesos, Subirana es va deslliurar d'anar a un camp perquè era alcalde, però el pare ho tenia més fotut, perquè la condició de comissari no encaixava amb les gradacions de l'exèrcit francès. Es va canviar de roba i va ensenyar un carnet de corresponsal de *La Humanitat* que li havien fet quan era a la Fatarella. Era un document envellit i esquinçat, però que l'identificava com a periodista. L'oficial que l'interrogava no s'ho acabava de creure, però el va convèncer la màquina d'escriure. En aquell èxode bíblic, només un periodista podia dur al damunt una Remington.

Així és com ell i Subirana van poder anar a Perpinyà dalt d'un autobús que s'obria pas entremig d'una corrua de desvalguts, civils i militars, dones, criatures i homes grans. Alguns caminaven amb dignitat, ajudant els més necessitats. Altres eren éssers humans que ja no tenien capacitat de judici. Anaven on els manaven, amb els ulls fora d'òrbita, afamats i glaçats, arrossegant els peus adolorits. «Allez! Allez!», els etzibaven els soldats senegalesos que feien la feina bruta de la República francesa.

El pare va pensar que la Trini havia fet bé de tornar enrere. Més endavant tindria l'oportunitat de fer-los passar a França.

A Perpinyà hi regnava un desconcert monumental. Molts dubtaven si quedar-se o tornar, i el pare patia pel Florenci, i es preguntava si s'havia beneficiat del mateix tracte que Subirana o si l'havien enviat a una platja. Al consolat d'Espanya no en sabien res, i al Casal Català tampoc. Segur que era a Argelers, perdut entre aquella munió de menystinguts que s'amuntegaven damunt d'una sorra xopa, bruta i rodejada de filferro de punxes.

Amb Subirana van prendre un brou calent a un centre d'acollida dels quàquers.

—Això és ser un refugiat —va dir Subirana.

—Un refugiat privilegiat —va afegir el pare.

Finalment, van localitzar la casa d'un parent de l'alcalde i hi van passar la nit. Per al pare, era la primera en un llit net i calent des de feia molt temps.

Enervat per aquell ambient de desorientació col·lectiva, es va despertar decidit a fer foc nou. No pensava tornar a Espanya, on l'esperava un judici sumaríssim i l'afusellament, i no volia quedar amarat per la nostàlgia, un sentiment que detestava. Després d'esmorzar li va vendre la màquina d'escriure al parent de Subirana i en va obtenir els francs suficients per comprar-se un vestit i marxar cap a París, aquell mateix dia, en un compartiment de primera. Els policies francesos, que buscaven rojos espanyols, hi serien menys primmirats.

En sentir la destinació final del tren als altaveus de l'estació de Perpinyà, el pare es va emocionar. En vint-i-quatre hores havia passat de patir la més abjecta de les tragèdies a fer realitat un dels seus somnis d'infància: anar a París. Aquella revista que li havia regalat el director de la Solvay s'havia perdut, però en guardava a la retina totes i cadascuna de les fotografies. Va seure al seu compartiment i va obrir un diari, amb tranquil·litat, com si fos un francès, com si el pogués llegir. Els havia comprat tots perquè duien informació sobre la retirada. Amb les quatre paraules que havia après a Súria i un Larousse de butxaca, podia caçar algun titular i desxifrar els peus de foto. Per anar més enllà, li podria demanar ajut a la dona que acabava d'entrar acompanyada de quatre fills i que l'havia saludat en castellà, en reconèixer la seva condició. Devia ser una mare de bona família que s'enduia la canalla a París per fugir de l'allau humana que inundava el Rosselló.

L'Humanité, el diari dels comunistes, anunciava en portada que Madrid resistia. Com?, es va preguntar ell. Sabia que aviat cauria, però en aquell moment tan tràgic potser calia amagar la veritat. *La Dépêche* duia un parell de fotos del camp d'Argelers. Les va escrutar, per si hi veia el Florenci o algun conegut. Res. Pel que va entendre, els altres diaris parlaven més de l'impacte que tot allò tenia per als francesos. Hi va percebre un to alarmista. Es repetia la paraula *danger*, que el Larousse traduïa per perill. Els refugiats començaven a ser un perill.

La dona que intentava posar ordre entre els seus fills li va somriure en veure com consultava el diccionari.

—No se preocupe, señora —va dir ell. L'horroritzava ser considerat un perill.

La més petita era una nena. Tremenda. Riallera. Entremaliada. Observant com feia enrabiar els seus germans, va pensar en la Rosa Maria. Ara tindria cinc anys.

L'edat d'aquella criatura. Com seria si hagués sobrevis-cut? Com ella, trapella, dolça i seductora?

La guerra se l'havia endut. La condemnada guerra.

SEGONA PART

1939/1962

Un billar prop de París

Els boscos que veia des del tren eren més opacs que no pas els de Castelltallat, la terra acabada de llaurar era més grassa que la de Súria, els pobles semblaven petites ciutats amb les estacions pintades, com li hauria agradat veure la de Rajadell. Les cases eren de totxos i no de pedres mal amuntegades, com les del Poble Vell. Les vaques eren més panxudes, els xais més llanuts, i unes eugues prenyades pastaven en un camp ondulat on brotaven tots els colors del verd, tot i ser ple hivern.

Des de la finestra del tren, el pare descobria un altre país. Diferent de les terres de secà on havia nascut. Començava una vida d'exiliat.

La idea d'arribar a París l'embruixava. També l'inquietava. Mossèn Joan li havia fet llegir algun article de Pla que en parlava i temia descobrir un món d'artistes i lletraferits on patiria per trobar el seu lloc. S'imaginava un París de dia ple de tertúlies pedants, i un altre de nit, habitat per éssers fantàstics com els que poblaven

La Criolla. El tranquil·litzava que el seu destí fos un poblet de la perifèria sense pretensions, on l'esperava una família que ajudava refugiats de la Guerra Civil. Estava segur que hi seria benvingut.

En arribar a l'Estació de Lió va pensar que era com la de França però més solemne. En sortir, el va sorprendre veure tants cotxes com el seu, aquell Citroën amb què havia recorregut el Bages per guanyar la pagesia a la causa de la República. Els carrers n'anaven plens. A les parets, hi quedaven alguns cartells sobre la guerra d'Espanya que el temps havia descolorit. En un d'ells, o el que en quedava, dues al·legories femenines de la República es donaven la mà. Hi va poder llegir «fascisme», una paraula que devia ser igual en totes les llengües, i «pain», «sucre» i «lait», mots que havia après amb el director de la mina amb qui jugava al billar, que sempre li oferia un segon esmorzar en veure'l tan esquifit.

Tot era més monumental, més transitat, i va tenir la sensació que els vianants dominaven el seu destí. No eren fantasmes vivents com els que caminaven pels carrers de Barcelona, arrapats a les parets i mirant el cel, pendents de l'aviació legionària italiana.

Li quedaven poquíssims francs, els justos per agafar un tren fins a Saint-Maur-des-Fossés, el poblet on l'esperaven. Disposava d'una adreça que li havia facilitat una infermera de l'hospital de Montjuïc de qui potser s'hauria enamorat si no fos perquè ella era la que tot ho decidia. Els instants que podien robar a la guerra i el moment de no embrancar-se en relacions inconvenients. Era una artista francesa comunista que havia vingut a ajudar la República i que va morir en un dels últims bombardeigs de Girona. Ella li havia parlat d'un París fet de festes populars i artistes compromesos. El dels barris més allunyats i el de Montmartre, on vivia. Havien quedat de veure-s'hi en acabar la guerra, però no podria ser.

El dia era fred, però radiant, i abans d'agafar un tren cap a Saint-Maur havia de passar pel consolat d'Espanya, que vivia les seves darreres setmanes en mans de la República. No era fàcil fer-se entendre, però tothom sabia on era la casa dels espanyols, de tanta gent que hi feia cua. Un home li va explicar com arribar-hi i es va acomiadar d'ell amb el puny aixecat, exclamant «¡No pasarán!». Ell li va correspondre amb el puny, però no amb una consigna que havia enterrat. Va fer una llarga caminada fins al Sena, per carrers i avingudes que li van procurar una serenor que no recordava. Si no fos perquè a l'estació havia tingut un tast de la França més proletària, hauria pensat que París era una ciutat de burgesos.

Quan va arribar al riu, va recordar aquella nit en què havia travessat l'Ebre per última vegada, ajagut dins d'una barcassa mig plena d'aigua. Va creuar per un pont majestuós des del qual va albirar les dues torres d'una catedral imponent i, més enllà, l'agulla de la Torre Eiffel. Xalava per quedar-se a París i pujar a Montmartre, però havia d'anar per feina, perquè el *laissez-passer* que li havien fet a Perpinyà només servia per a un parell de dies.

Al consolat, el van rebre amb la mateixa pregunta que li havien fet a Perpinyà, destinada als qui havien estat vinculats a l'exèrcit republicà, abans de confirmar la seva decisió d'exiliar-se.

—¿Quiere usted ir a Valencia?

—No —va ser la seva resposta, seca.

La guerra, per a ell, s'havia acabat. La considerava definitivament perduda i creia haver complert amb el seu deure.

Al tren va treure de la butxaca el paperet que li havia donat la infermera, l'última nit que havien passat junts a l'hospital. El preocupava tant o més que fossin comunistes que no pas els límits del seu francès. L'idioma l'aprendria, amb la mateixa disciplina que havia après a escriure bé el català amb el capellà de Rajadell. Durant el viatge de Perpinyà a París, havia començat a aprendre tots els mots que començaven per la lletra A. Amb els comunistes, sabia que tot seria més complicat. Durant la guerra els havia admirat per la seva valentia, però recelava de la ceguesa amb què obeïen Stalin. Havia conegut militants que lluitaven amb un coratge sense límits, i a la mina de Súria havia fet amistat amb un asturià que havia estat el primer a fer vaga el 32, i el primer a criticar les exaccions dels de la FAI el 36. Els comunistes podien ser com la infermera de Montmartre, que era dolça com la mel i dúctil com un jonc. Podia fer una llista llarga de comunistes que admirava començant per aquell cònsol soviètic que parlava català, però mai no havia oblidat l'assassinat abjecte d'Andreu Nin.

Com seria conviure amb comunistes francesos, que eren, deien, dels més intransigents?

El tren s'acostava a Saint-Maur.

Al davant tenia un viatger grassonet i vestit de vint-i-un botons, amb uns ulls de granota plens de llàgrimes, galtes de santbernat i un prominent nas d'albergínia. Semblava un banquer però llegia *L'Humanité*, que anunciava la caiguda de Menorca a mans de l'exèrcit franquista. Al pare no li va costar entendre el titular que omplia la primera plana perquè anava acompanyat d'un mapa, però no aconseguia resseguir l'editorial.

—¿Español? —li va preguntar l'home, en un castellà més que correcte, en veure'l interessat en el que deia el diari.

—Sí, soy catalán —va respondre el pare.

—Refugiado, ¿supongo? ¿A dónde va?

—A Saint-Maur-des-Fossés —va respondre el pare, precisant que anava a casa de militants del partit comunista.

—¿Es usted un camarada del partido? —va preguntar l'home amb cara de gripau.

—No. Soy republicano.

—Pues ya verá, los comunistas son buena gente, y somos los que más hemos ayudado a la República —va respondre el francès, convençut que el seu interlocutor arribava farcit de prejudicis.

—Lo sé —va dir el pare, sincerament—. Por cierto —va preguntar assenyalant el diari—, ¿qué dice de la guerra?

—Que es una infamia que nuestro gobierno haya permitido a Franco apoderarse de Menorca. ¡Entregarla a Mussolini es un desastre para la política mediterránea de Francia!

Escoltant-lo, el pare es va adonar de fins a quin punt la Guerra Civil havia transcendit fronteres. El company de viatge d'aquell curt trajecte es deia Georges Abraham i era un jueu benestant, comunista de pedra picada i francmaçó. Es convertiria en un dels seus millors amics durant l'exili.

A Saint-Maur, el primer que va fer va ser aprendre a jugar a la *belote*, el joc de cartes més preuat pels francesos i amb el qual va guanyar els seus primers francs. Tot eren atencions i no li mancava res. Dormia en un llit esponjós i en una habitació tan calenta que havia de deixar la finestra oberta, s'havia comprat roba nova, menjava com mai, i tenia diners per a les seves despeses. El que més li agradava era que el tractessin com un intel·lectual pel seu carnet de corresponsal. Ja no era el fill de cal Bató, ni el *fusteret* de Rajadell. Li atorgaven una condició que sempre havia perseguit.

Amb els hostes s'hi feia, mentre no parlessin del que succeïa a Moscou, o del que havia passat durant els Fets de Maig, però quan la Unió Soviètica va signar un pacte amb els nazis per repartir-se Polònia la relació es va enverinar.

—És inadmissible! —va exclamar el pare, en sentir-ho a la ràdio mentre dinaven.

—El que no és admissible és la baixada de pantalons dels anglesos, entregant part de Txecoslovàquia als alemanys —va replicar l'amo de la casa.

—Una cosa no treu l'altra —va replicar ell, amb un francès que encara era escadusser—. No es pot justificar cap acord amb Hitler —va afegir. La signatura del pacte germanosoviètic havia indignat molts refugiats.

—Davant la negativa anglesa a pactar, la Unió Soviètica necessitava guanyar temps —va insistir el francès, desgranant l'argument del seu partit.

—Temps i carta blanca per entrar a Polònia —va replicar el pare, disposat a plantar cara.

—Vostè no pot entendre la decisió del camarada Stalin —va sentenciar l'hoste.

Ell no va insistir. Reconeixia que els comunistes francesos havien estat els primers a criticar la pretensió del seu govern de reconèixer el règim de Franco, però considerava que el pacte era una ignomínia. No podia acceptar que Stalin fos un geni amb cops amagats, i que un dia ja se sabria que havia actuat pel bé de la humanitat.

Nou dies més tard, Alemanya envaïa Polònia i començava la Segona Guerra Mundial, i al cap d'un parell de setmanes l'Exèrcit Roig feia el mateix, i la Unió Soviètica s'annexionava les parts orientals del país. Al pare se li va fer impossible conviure amb la família que l'havia acollit. Tampoc podia viure més temps sense treballar.

A través d'aquell jueu del tren, va trobar una feina a Châteaumeillant, al centre de França, treballant de fuster per a un ginecòleg il·lustrat de la ciutat que es volia reformar la casa. També era francmaçó, i això, per a monsieur Abraham, era una garantia, encara que fos socialista.

Un dels primers dies, el metge va haver d'atendre el part d'urgència d'una italiana, i el pare, que durant la guerra havia hagut de fer-se càrrec de dones que havien trencat aigües, el va ajudar. Era una jove romana, que es va convertir en la seva professora de francès i li va fer perdre la son durant uns dies, fins que va saber que estava amistançada amb el secretari del partit socialista del departament.

Tenir una feina era un salvavides en aquella França a punt de ser envaïda pels alemanys, i no era qüestió de perdre-la.

Va fer mans i mànigues fins que va localitzar el Florenci al camp d'Argelers, i el metge li va facilitar un altre contracte de treball. El pare el va anar a buscar amb l'orgull de poder ajudar-lo. Era el món a l'inrevés: el germà que li havia ensenyat l'ofici de fuster treballaria amb ell. O per a ell, no quedava clar. En tot cas, en un indret on ell tenia la paella pel mànec. Junts van pujar fins a París amb el mateix tren que havia agafat l'endemà de passar la frontera, i que ja no anava ple de nàufrags de la guerra d'Espanya. El Florenci havia perdut bona part de la seva gallardia a Argelers, que havia suposat una experiència inhumana. Pitjor que la que havia patit durant la guerra.

—Ens van deixar cinc dies sense menjar, només amb aigua salada, fins que un camió de l'exèrcit ens va dur uns pans rodons que eren durs com la pedra.

—Malparits! —va fer el pare, que havia sentit moltes queixes sobre els camps d'internament.

—Amb l'aigua aquella que bevíem, tots teníem diarrea, tanta que no tenies temps d'arribar al mar.

—On anem estaràs bé. Tindràs feina, papers, menjar i un llit.

El seu germà, que encara duia les marques del camp a la cara, no va fer cap pregunta. Temia que tot allò fos una fantasia, i mentre no tingués el blat al sac i ben lligat no acabaria de creure-s'ho. No entenia com l'Andreu havia aconseguit estalviar-se els camps amb aquell carnet de fireta.

—Si tu treballes com a fuster, jo em dedicaré a enquadernar-li la biblioteca al doctor. Ja la veuràs, no cabria en aquest vagó.

—I tu, on has après a enquadernar llibres? —va preguntar el Florenci, desconcertat per una habilitat que li desconeixia.

—A Manresa, durant el servei militar.

Al Florenci, que era un home endreçat i cautelós, el desconcertava aquesta manera de ficar-se en mil coses amb tant desvergonyiment. Com s'ho feia? Va esbandir els pensaments que el pertorbaven. L'havia tret del camp, i per tornar a Catalunya el més calent era a l'aigüera.

—Què saps de la Trini i el Joan? —va preguntar.

—Aviat els duré a França —va respondre el pare, determinat.

—Com ho fareu?

—Passant per la Cerdanya. És el lloc més segur.

—Tinc pensat fer el mateix amb la Montserrat i les filles —va dir el Florenci, mencionant la seva dona—. Ha hagut de tancar la botiga pel boicot que li feien.

—El nou alcalde?

—No, el Quico. El teu amic. És un dels més fills de puta.

Al pare li va saber greu assabentar-se'n. Era un noi enrevessat, vergonyós i poruc, però mai no l'hauria imaginat fent la feina bruta dels vencedors. La guerra havia tret el millor i el pitjor dels homes.

Les informacions que els arribaven de Catalunya eren fragmentàries però descoratjadores. Detencions, desaparicions i coneguts enviats a la garjola per no res. El règim franquista actuava amb un protocol de «limpieza después de la toma» arbitrari i abusiu. Se'n feien càrrec la Guàrdia Civil i els falangistes, que anaven casa per casa amb llistes elaborades a partir de denúncies capritxoses. A un veí del Raval de Sant Jaume l'havien acusat de ser de la FAI perquè li havien trobat una corbata vermella en un calaix.

El mètode preferit eren les *sacas*, que eren el pa de cada dia. El Florenci li va explicar què havia passat amb uns homes que s'havien endut de la comissaria de Manresa en un furgó de la Guàrdia Civil lligats de dos en dos amb filferros. A la carretera de can Massana, prop de la cruïlla de Montserrat, els havien fet baixar i els havien enlluernat amb els fars abans d'abatre'ls. Eren vuit. Miners de Súria i obrers de Valls de Torroella. Un d'ells s'havia desmaiat just abans que li disparessin, i gràcies a això havia aconseguit fugir i explicar-ho.

—No maten per ignorància, sinó per tenir la gent terroritzada —va sentenciar el Florenci.

Temia per la seva família. El cap de la Falange de Súria era el propietari del cinema Sorisa, i ell no s'havia oposat a la confiscació del local per part de la CNT. També estava preocupat pels de cal Bató.

—Són grans i no estaven implicats com nosaltres —va dir el pare per tranquil·litzar-lo.

Estava equivocat. Assessorada per la Gestapo, la policia de Franco actuava per mantenir viu el pànic entre les famílies que havien fet costat a la República.

La feina anava bé, però els francesos que els acollien estaven convençuts que el seu país era invulnerable i ni el pare ni el Florenci suportaven tanta petulància. França havia declarat la guerra als alemanys, però la guerra encara no s'havia fet present i ho atribuïen a les defenses heretades de la Primera Guerra Mundial.

—França no és Polònia —va dir el ginecòleg a la sobretaula d'un sopar.

—Si Hitler s'ho proposa, en un parell de mesos la Wehrmacht serà a Portbou —va replicar el pare. El vaticini va ser rebut com una provocació.

—Els aturarem a la Maginot! —va exclamar un dels fills del metge, amb orgull, molest per la desconfiança d'aquell republicà català.

—Nosaltres també crèiem que de l'Ebre no passarien, però els soldats estaven desmoralitzats —va insistir el Florenci.

—Què voleu dir? —va preguntar el ginecòleg, molest.

El germà del pare no va contestar. No volia incomodar més del compte els qui l'havien tret del camp. Va ser el pare qui va seguir. Estava fart de tanta inconsciència.

—Vol dir que a França no hi ha moral de resistència —va sentenciar.

A partir d'aquell dia, van haver de buscar-se una altra feina.

Unes setmanes més tard, el pare va anar a Châteauroux, a mitja hora d'on vivia, responent a una oferta de treball que semblava interessant. La ciutat el va embadalir. Era tot parcs i aigua, amb uns arbres majestuosos que mai no havia vist. Tenia una església de pedra blanca i vitralls lluminosos, com si la religió hagués aconseguit escapar-se de les tenebres que la dominaven a Espanya.

Es va sorprendre en sentir com els que li oferien la feina també feien barrila amb la guerra que el seu país havia declarat a Alemanya. En deien la *drôle de guerre*, pensant que les guerres poden arribar a ser divertides, entretingudes. Com si es poguessin lliurar sense patir-les. Allà on eren, de guerra, guerra, encara no se'n veia, i fins i tot els comunistes creien que tot quedaria en un no res perquè Stalin i Hitler així ho havien acordat. Al pare, tanta ofuscació l'irritava. No obstant, com que la proposta era una bicoca, no va fer cap comentari. Resistir, per a ell i el Florenci, passava per treballar. Almenys fins que arribessin els alemanys. Va demanar-los vint-i-quatre hores per donar una resposta.

A l'hotel on s'hostatjava, hi va trobar el millor billar que havia vist des que era a França, i es va poder escapar d'un ressopó on encara debatien sobre si la rendició de Varsòvia i la invasió de Finlàndia eren o no un senyal de guerra generalitzada. Mentre s'entretenia assajant unes caramboles, la mestressa li va xiuxiuejar que un client important es mostrava interessat a fer una partida amb ell. Ho va agrair. Feia temps que no competia. Ella els va introduir.

—Enchanté —va dir el pare, saludant-lo. Començava a parlar millor el francès.

—Mustafa —va fer l'home, presentant-se.

—Claret —va respondre el pare, intentant que no se li notés la sorpresa per aquell nom de ressonàncies àrabs. Desconfiava, perquè dels moros sabia que havien lluitat amb Franco i poca cosa més.

El Mustafa no tenia res a veure amb els mercenaris que havia entrevist a la Fatarella. Era un home alt, fort, amb un cabell negre com l'atzabeja i un bigoti abundant, vestia de manera impecable, amb una elegant americana de tweed, i uns pantalons encabits dins d'unes botes de cuir lluents. Semblava la vestimenta d'aquells primers belgues presumits que havien arribat a la Solvay. Duia el seu propi tac, fet d'una fusta noble que imitava la pell de serp, amb incrustacions d'ivori en forma de llances africanes. El pare va agafar el millor que va trobar, després d'examinar-los tots. Era de fusta d'olivera.

Es va posar en tensió perquè havia de ser un bon jugador. Va respirar fondo i va relaxar les espatlles, com li recomanava el Serafí abans de començar una partida.

—Combien voulez-vous que je vous en donne, a cent? —va preguntar l'home del tac espaterrant.

El pare va trobar pretensiós que li volgués donar avantatge, però va fer com si plogués. Va col·locar les tres boles per començar, i va deixar anar, en el seu millor francès:

—Je vous en prie —va dir oferint-li obrir el joc.

Davant del que devia considerar una mostra d'insolència, Mustafa va somriure. Va fer dotze caramboles a la primera tacada però les seves boles van quedar a mercè del pare, que en va fer vint-i-vuit. A continuació, alterat per com havia començat el desafiament, l'àrab va fallar un cop que estava cantat i en tres jugades, el pare havia arribat a les cinquanta-dues. Quan va sumar les cent, el seu contrincant en duia trenta-set. Acabada la partida, el pare va posar les boles damunt de l'entapissat i va fer una carambola a nou bandes que va deixar el Mustafa garratibat. Era un dels numerets amb què guanyava duros de plata als cafès del Llobregat.

Mustafa Amar el va felicitar i li va oferir una copa. El pare va demanar un Courvoisier, l'únic espirituós que prenia. Amb un francès que encara era escàs per endinsar-se en el món de les emocions, li va explicar el que suposava per a ell el billar. Una oportunitat per posar en tensió els sentits. Un desafiament. Un propòsit que té un principi i un final, com totes les coses importants de la vida. Anar a dormir pensant en el que cal millorar per arribar a la perfecció. Una manera de ferse respectar. La possibilitat de triomfar. Va impressionar el seu interlocutor, que era un algerià descendent de jueus fugits de la Inquisició. Un home ric, conegut i respectat, i propietari, amb tres germans, d'un circ que duia el seu nom: el circ Amar, el més gran de França i un dels més reconeguts d'Europa. Li va oferir treballar-hi com a *régisseur*, fent-se càrrec de la intendència, i li va prometre feina per al seu germà.

Per al pare, el més important era que li donaven autoritat, poder. L'endemà, va rebutjar l'oferta de treball de

Châteauroux, i va anar a París per encarregar unes botes de cama llarga i quatre sivelles a una de les millors sabateries de la ciutat. Com les que duia el Mustafa. En dir-li al seu germà que els havien ofert feina en un circ, el Florenci va marxar a viure a Prada de Conflent. Trobava desassenyada la idea, i volia estar a prop de la frontera. Com més lluny dels alemanys, millor. Amb el que havia estalviat muntaria una fusteria en un lloc on la Montserrat i les seves filles poguessin venir i sentir-se com a casa.

L'encàrrec era enverinat. En una França que s'endinsava en la guerra amb una barreja d'inconsciència i consternació, moure un tren carregat d'homes i feres era arriscat, trobar cada dia trenta quilos de carn per a cadascun dels lleons i els tigres constituïa una odissea, i demanar permisos per actuar depenia de les presses del Tercer Reich per envair tot el país.

La vida del pare tornava a fer un tomb al voltant d'una taula de billar.

El circ Amar

El primer dia que va participar en el muntatge de la carpa del circ, a Lió, el pare es va sentir tan cofoi com si hi hagués treballat tota la vida. Es va fer seva la màgia d'aquella colla bigarrada d'acròbates, equilibristes, dansaires, malabaristes i clowns compromesos a fer riure gent que no estaven per camàndules, i es va implicar de cap a peus en la supervivència de l'Amar.

Buscava sustentació per als animals i la tropa, organitzava el trasllat d'aquella arca de Noè en un comboi de desenes de vagons i negociava permisos amb unes autoritats més preocupades per les amenaces alemanyes que no pas per la felicitat dels seus conciutadans. S'ocupava que la girafa, l'hipopòtam i el rinoceront que els Amar acabaven d'incorporar al seu zoològic ambulant tinguessin cada dia la manduca que necessitaven, així com els sis elefants d'Àsia, que feien les delícies de la canalla. Aviat es va encapritxar del Piccolo, el més petit, que li tornava totes les atencions amb tendresa de paquiderm.

També maldava perquè l'orquestra, el trio de trapezistes, els saltadors àrabs i els ícars russos poguessin fer la seva feina deixant de banda la preocupació per una guerra que es començava a fer present. Alegrar la vida dels francesos en aquell clima de creixent incertesa era un acte gairebé patriòtic.

El circ Amar va començar una gira contra rellotge abans que els alemanys ocupessin França. El pare era l'encarregat que aquella caravana exòtica arribés a les principals ciutats per organitzar-hi vetllades de renom i mostrar-hi els tresors més preuats per la canalla: un bisó, dos bous d'Hongria, un zebú nan, els tigres de Bengala, els lleons africans, una pantera, tres ossos, setze cavalls i quatre mules, les tres foques de madame Wallenda, els sis elefants i les feres que acabaven d'adquirir.

Mentre la guerra ho va permetre, el circ es va desplegar per mig país amb un gerent que era un refugiat català que acabava d'arribar i que de tant en tant encara patia per trobar la paraula justa en francès.

Amb l'ofensiva alemanya, el personal podia ser mobilitzat com la resta de francesos. Allò era un drama per a Mustafa Amar, perquè molts empleats eren immigrants indocumentats. Li ho va comentar al pare, que en va parlar amb monsieur Abraham, i aquest li va recomanar anar a veure Paul Ramadier, un diputat socialista que havia estat ministre de Treball. Era un altre maçó, bon coneixedor de l'administració francesa, que li va aconseguir una exempció parcial de la plantilla. D'aquesta manera, el circ va poder continuar tot i l'enfosquiment del panorama. A partir d'aquell dia, els altres dos germans Amar es van fer seu un fitxatge que havien acceptat amb recances.

Per tal de cobrir les baixes, el pare va proporcionar contractes a amics i coneguts que seguien en camps de refugiats. A Agde, on hi havia el gruix dels exiliats catalanistes, hi va trobar el Pèsol. Aquell camp era una petita Catalunya que la Generalitat a l'exili havia negociat amb el govern francès per a membres d'esquerra, Estat Català i la Unió de Rabassaires, soldats de la columna Macià-Companys i mossos d'esquadra. El va emocionar entrar-hi per l'avinguda Pi i Margall i agafar el carrer Pau Casals fins a arribar a la barraca que el Pèsol compartia amb el seu germà i altres refugiats. En aquell camp, s'hi parlava català, s'hi cantava *L'emigrant* i s'hi ballava *La Santa Espina*, però els refugiats estaven a matadegolla quan feien balanç del que havia passat i es tiraven els plats pel cap quan algú obria un debat sobre si calia aliar-se amb aquests o amb aquells, o sobre si la presidència de la Generalitat havia de canviar o no de mans.

Tot i les polèmiques que havia tingut amb ell, quan el Pèsol va veure el pare a la porta del barracó el va abraçar. Era l'hora de l'amistat, no de seguir discutint si primer calia guanyar la guerra o proclamar la independència.

—Us veig molt bé, Jaume —va dir el pare, dirigint-se a ell pel seu nom de pila.

—Aquí ens tracten bé —va reconèixer el germà.

—Però fora s'està millor, ja ho veureu —va afegir el pare abans de fer-los la proposta—. Necessito dos homes per treballar en un circ.

—Un circ? —van dir tots dos alhora.

—Sí. Per disfressar-se de lleó, i crec que podeu fer-ho.

—De lleó! —va exclamar el Pèsol.

—És un número còmic que surt entre espectacle i espectacle, amb un clown que fa de domador i un lleó que se'l vol cruspir. Vosaltres fareu de lleó.

—Andreu, ja saps que jo tinc poc sentit de l'humor —va adduir el Pèsol.

—No et preocupis, que no se us veurà. Anireu sota la pell de l'animal mentre el clown us fueteja.

—Collons! —va fer el germà.

Tots dos van acceptar. Per obtenir la llibertat, tot s'hi valia.

Durant una de les seves estades a París, el pare va passar per la Laietana Office, la minúscula oficina que la Generalitat havia obert a la capital entre els escarafalls de la dreta francesa. Aquell dia, a més del secretari i de Jaume Miravitlles, hi era el president.

—Home, Claret, m'han dit que us heu fet domador de lleons! —va exclamar Companys en veure'l entrar. Es van abraçar. Era tot ossos—. Com us ho feu? —va insistir.

—Ja sabeu, president, que al català l'habilitat li falla una mica. Doncs jo no m'he acollonit —va contestar ell, sota la mirada reservada de Miravitlles.

Amb Companys, no s'havien vist des de la Vajol. Es trobava davant d'un home revellit abans d'hora, encorbat, amb els cabells grisosos i més desendreçats que mai, i un cos enxiquit que li ballava dins d'un vestit desgastat i arrugat. Veient-lo tan desmillorat, el pare el va convidar a dinar. Ho va fer amb la intenció d'animar-lo amb un bon àpat, però també per poder parlar amb ell a soles. Mai no havia tingut bona relació amb Miravitlles, a qui considerava poc sensible al món pagès, per molt que fos de Figueres.

—Bé, anem-hi, però jo menjo poc —va respondre Companys, content de poder passar una estona amb algú més allunyat de les misèries polítiques—. No tinc gaire temps perquè aquesta tarda marxo a La Baule —va afegir, mencionant el poblet de la Bretanya on vivia amb la dona.

Era un dia més agradable dels que sol oferir la tardor parisenca, i van seure en una tauleta de marbre que ocupava mitja vorera. Amb prou feines hi cabien els dos plats, la cistelleta d'estany amb un pa que tenia gust de glòria, un platet amb mantega salada, un pot de mostassa, la garrafa d'aigua i dos gots d'un vi negre tan aspre com el que el vell Bató treia de les seves vinyes. Tots dos s'havien criat a pagès, on es menjava al voltant de taules desmesurades, i els costava acostumar-se a fer-ho encongits, però eren prims i van poder enquibir-se en aquell espai perfumat per la baguet.

—Com més car, més estret —va ironitzar el pare, captant el pensament de Companys.

—Expliqueu-me això dels lleons —va demanar-li el president, insinuant un somriure que va quedar a mig camí. Va untar un tros de pa amb un encenall de mantega.

Mentre el pare li donava detalls sobre la seva feina, Companys va clavar la forquilla a la primera *andouillete*, sense mostrar cap entusiasme pel plat més destacat del menú. Se'l veia desganat, i semblava com si li costés fer les dues coses alhora, seguir les explicacions del pare i ficar-se a la boca un bocí d'aquell embotit tan aromàtic. El fascinava que un jove surienc hagués assolit tanta responsabilitat en aquell ambient sòrdid del primer exili, on tot eren necessitats i maledicències.

—Com us ho feu? —va tornar a preguntar.

—Allunyant-me del soroll, no fent cas del que diuen, i treballant.

—Ai! Amic meu, si jo pogués fer el mateix.

—Vós sou el president, i mantenir el prestigi de la institució us enalteix —va respondre el pare. Era sincer. Ell també tenia molts retrets a fer-li, però li dolia veure'l sol, abandonat per molts i maltractat pels qui duien temps volent-lo fer fora.

—No ho sé, però us puc ben assegurar que em consumeix. Tot són tafaneries, divisions i maniobres. Com sempre, Claret, com sempre. Els catalans no tenim remei.

Companys es va bolcar en una denúncia atropellada dels contratemps que malmetien l'exili: el reconeixement de Franco per part de França i la Gran Bretanya, l'enterrament definitiu d'un govern d'unitat de les esquerres que havia suposat el pacte entre Hitler i Stalin, i la guerra fratricida entre les diferents ànimes d'Esquerra Republicana.

—I la difamació, amic Claret, la difamació —va exclamar al final d'una llarga tirada; les *andouilletes* havien quedat al fons del plat, atrapades en la salsa de vi.

—És la nostra creu —va murmurar el pare.

—Vós heu vist l'oficina on treballem, oi? Doncs com es pot dir que ens quedem els diners destinats a ajudar els refugiats? Mecàgon l'hòstia!

El destí dels diners era el moll de qualsevol conversa. Tot eren rumors sobre la distribució dels recursos per als refugiats, i molts dels qui exigien la dimissió de Companys l'acusaven de fer-ne mal ús. El pare estava indignat i ningú li podia treure del cap que Josep Tarradellas era el qui movia els fils d'aquesta campanya.

—N'heu parlat amb en Tarra? —va preguntar.

—Ja sabeu com és, aquest. Va a la seva, i des del partit no fa res per evitar el descrèdit de la presidència. Ara posa entrebancs a la creació d'un Consell Nacional que ens permetria recuperar la unitat i el prestigi —va respondre Companys, que gairebé no tenia força per seguir la conversa.

Veient-lo sense esma per continuar, el pare li va preguntar quan pensava marxar de la Bretanya, tenint en compte que els alemanys aviat hi arribarien, i es va quedar esborronat en sentir-li dir que pensava quedar-s'hi mentre el seu fill seguís tancat al sanatori, prop de París.

—La Carme se'n cuida molt —va afegir Companys, referint-se a la seva dona.

El pare no va fer cap comentari. Seguia pensant que la Ballester tenia una influència negativa sobre moltes de les seves decisions. El va acompanyar fins a l'oficina.

Cap dels dos no es va adonar que un home amb gavardina i cobert amb un Borsalino els seguia a distància.

Després d'aquella trobada, el pare encara va tenir menys afany per la política. La feina del circ l'apassionava, perquè hi predominava una solidaritat que no existia entre els polítics. Tots s'ajudaven, i quan el Piccolo tenia un mal dia, el seu domador li demanava que anés a tranquil·litzar-lo. Mai no havia tingut un amic que li fes tant de cas i que el necessités tant.

L'espectacle de l'Amar començava amb un músic cantant «Tout va très bien madame la Marquise», una cançoneta enganxosa que intentava insuflar optimisme a una població decaiguda. El pare en cantava les primeres estrofes, conscient que no tot anava tan bé com pretenia Ray Ventura.

Al maig, la Wehrmacht es va fer pipí a la línia Maginot i va entrar a França sense trobar gairebé resistència. París es va posar a l'hora de Berlín, els negres ja no van poder viatjar en els vagons de primera classe del metro, i als jueus els van prohibir l'entrada a l'òpera. Els gossos i els jueus, deia el cartell. El dia que el pare va veure Hitler fotografiat sota la Torre Eiffel va saber que aquell circ que li havia tornat la vida s'havia acabat. L'Assemblea Nacional francesa va atorgar plens poders al mariscal Pétain per signar un armistici vergonyant que deixava dos terços del país sota l'ocupació alemanya. Només s'hi van negar vuitanta diputats, i ell es va alegrar de saber que un d'ells era Paul Ramadier, el seu amic francmaçó.

Abans de marxar cap al sud, tot just va tenir temps de deixar les feres en una reserva que el circ tenia prop del Loira.

El que li va saber més greu va ser desfer-se del Piccolo, en qui havia bolcat l'afecció acumulada durant anys de posar els sentiments en segon terme. No el va tornar a veure fins al cap de vint anys, quan el circ era de pas a Montpeller i m'hi va dur. Jo no entenia la seva fascinació per aquell elefant, perquè el pare em semblava més aviat esquiu en les seves emocions, fins que vaig veure com el Piccolo s'aixecava en sentir la seva veu, el mirava amb ullets penetrants i li apropava la trompa per rebre un gest de tendresa. El pare li va ordenar que s'ajupís, i així és com vaig pujar per primera vegada dalt d'un elefant, acollonit per l'alçada de la bèstia, tot i ser el més petit de la colla. Em va sobtar la il·lusió que veia a la cara d'un home que solia repartir més prebendes que no pas afecte.

En veure els primers blindats alemanys, el pare va fugir a correcuita, sense poder canviar-se les botes de canya alta que duia. Ho va fer amb el Citroën del circ i tal com anava. Només duia cinc-cents francs a la butxaca, i les gasolineres venien el combustible amb comptagotes.

Es va aturar a Cauçada, el primer poble on se sentia com a casa quan baixava de París, i va anar, com sempre, a l'hotel Larroque. Li van parar la taula per sopar i li van omplir el dipòsit de franc. Havia fet amistat amb el propietari. Al menjador va conèixer un pagès que tenia, segons deia, uns esplèndids boscos de roure. Tot parlant amb ell, va recordar els rabassaires de Fonollosa, que eren tan manyosos cremant llenya al somort per fer-ne carbó, i li va comentar que, del carbó, se'n podia fer gasogen per als automòbils. Un negoci prometedor, degut a la manca de carburant que patia França. A la tercera copa de Courvoisier, el pagès estava d'acord amb cedir-li una part dels seus boscos a canvi de cobrar un tant per cent de la venda del carbó. Cap dels dos semblava veure obstacles per tirar endavant la iniciativa en una part de França governada pels col·laboradors del Reich i que aviat seria ocupada pels alemanys.

Aquella mateixa nit, el pare va decidir no seguir fins a Perpinyà, on l'esperava una d'aquelles reunions polítiques que odiava, marcada pel recel i les divisions. L'endemà s'embarcava en l'aventura més intrigant del seu exili.

Els boscos d'Occitània

En poc més d'un any, el pare s'havia fos amb el país d'acollida. Hi havia fet amistat amb socialistes, comunistes, jueus i francmaçons que li havien obert portes vetades a la majoria dels refugiats. Persones en qui havia confiat i que no l'havien defraudat. De manera que va pensar en aquell poble de Cauçada com un indret de conveniència per al seu projecte, fins i tot sota l'ocupació.

Semblava una insensatesa.

Es va quedar astorat en veure la roureda d'aquell pagès, amb uns arbres nobles i imponents que arribaven als vint metres, fets d'una fusta compacta i rogenca que donaria un carbó excel·lent. Amb ell i un coronel francès que s'avorria perquè el seu país havia decidit abaixar-se els pantalons, es van posar mans a l'obra. L'oficial va aportar un camió de l'exèrcit i diners de la recerca científica, el pagès va posar-hi els seus esplèndids roures, i el pare, refugiats catalans que treia dels camps. Així és com va començar una epopeia que acabaria mobilitzant més de set-cents llenyataires i carboners, tallant arbres a diferents indrets del sud de França i cremant-ne la fusta per alimentar motors de gasogen. Primer, sota el règim de Pétain, i després, quan la Wehrmacht va ocupar Occitània.

No és estrany que alguns refugiats que maldaven per sobreviure el veiessin com l'home dels miracles, mentre que altres manifestaven cobeges i suspicàcies.

Com s'ho va fer per estendre el seu imperi de carbó a nou departaments que havien quedat sota control dels nazis?

Quan es va materialitzar l'ocupació de tot França, va haver de negociar amb l'organització TODT, la sinistra OT que duia el nom d'un enginyer nazi i estava comandada per Albert Speer, l'arquitecte predilecte de Hitler. L'OT reclutava treballadors i exiliats i els esclavitzava al servei de les necessitats defensives alemanyes de tal manera que cap refugiat no podia sortir d'un camp sense la seva autorització. El funcionari de l'OT encarregat dels espanyols era José María Otto Warncke, un personatge tan seductor com sospitós, baix i rodanxó, amb un bigoti que recordava el del Führer i una boina de pagès que no es treia mai, era un ciutadà alemany procedent de Catalunya, on havia viscut. Antic militant de la CNT, havia arribat a comandar un batalló anarquista al front d'Aragó. Internat al camp de Gurs després de la retirada, molts l'assenyalaven com un agent del Tercer Reich, sobretot els comunistes, que eren deportats als camps d'extermini com a *rotspanier*. No obstant, com que elogiava els espanyols i deia penjaments dels francesos, alguns exiliats el tenien en bona consideració.

El pare va anar a veure papà Otto a Bordeus per tancar un tracte, i van acordar que els refugiats que necessitava per als seus boscos anessin primer a obres de l'OT, des d'on ell els podria contractar per a les seves explotacions. A canvi, vendria carbó als alemanys, que també anaven curts de combustible. D'aquesta manera va poder aixecar un petit imperi, fins que la Gestapo va començar a desconfiar de la presència de tants espanyols refugiats a boscos on s'amagava sovint el maquis.

Aviat va poder comprar una masia als afores de Cauçada. Es deia La Bénèche, i estava mig enrunada però, arranjada, acabaria tenint prou notorietat per sortir a les memòries d'Eugeni Xammar i altres exiliats catalans. Allí, la vida del pare hi faria un altre tomb, professional i personal.

Plantada a la falda d'un turonet assolellat, La Bénèche era un somni per a un home que no havia parat mai en un indret que fos seu des que havia marxat de cal Bató. La guerra, l'exili i un matrimoni desgraciat l'havien dut a una vida atrafegada, tot deixant-li la ferida de la solitud. Des que era a França, tampoc havia aconseguit endreçar els seus sentiments. A La Bénèche hi van anar a viure la Trini i el Joan, després de creuar la frontera per camins de la Cerdanya, i quan ella va veure que estava tot per fer, va somiar en una nova vida que els permetés deixar enrere els fracassos del passat. S'hi va abocar, traient les males herbes de l'hort, arreglant la teulada, agençant la cuina. Com si s'acabessin de casar.

La finca necessitava un masover per cuidar les terres i el bestiar mentre el pare no hi era. A Bordeus li van parlar d'un refugiat de Callús, mig manobra i mig pagès, que feia treballs a una base de submarins. Se l'havien endut del camp d'Argelers, deixant-hi la família, i podria restaurar el mas, fer un tancat per als animals, llaurar els camps i sembrar-hi les collites. Es deia Vicenç Serra i era un comunista de cap a peus que passava informació als aliats sobre moviments dels submarins alemanys, però això ni papà Otto ni el pare no ho sabien. Va consultar la proposta amb el seu partit, que el va autoritzar a anar-se'n perquè començava a estar cremat. Si l'enxampaven, anava de cap a Mauthausen.

A canvi de la seva disposició, el pare es va comprometre a buscar la seva família i a dur-los amb ell. Va trigar uns mesos a localitzar-los, però va complir. Així és com la dona del Vicenç, l'Angeleta, es va incorporar a aquella mena de quibuts que esdevindria La Bénèche, amb la Maria i el Vicentó, els seus fills i la seva mare. Tot lligava. La Trini se sentiria menys sola, i el Joan tindria amb qui jugar. Després d'un temps tan incert en què semblava que el món s'acabava, estaven a punt de recobrar una certa normalitat.

Al cap d'un any, l'explotació del qui es presentava, a les cartes que enviava, com a «marchand forestier et fabricant de charbon de bois» ja tenia prop de dos-cents treballadors. Hi havia coneguts seus de Fonollosa, Rajadell, Súria, la Fatarella i altres indrets que el pare havia recorregut, sota les orientacions d'un cap de colla, Gumersind Sanmartí, el fundador de la lògia Triangle Rubricatus, que havia estat tinent d'alcalde de Manresa.

Les relacions del pare amb els seus treballadors no sempre van ser fàcils. Li devien la llibertat, però havien de suportar el tarannà d'un home acostumat a exercir el poder de manera despòtica, amb un temperament histriònic que se li havia accentuat amb la guerra. Tret de l'alleujament que suposava sortir del camp, la vida d'aquells refugiats esdevinguts carboners i llenyataires era feixuga, al menjar hi trobaven més nyàmeres que no pas patates, i la carn només hi feia acte de presència de tant en tant. Treballaven en boscos recòndits i humits, i la seva existència contrastava amb la de l'amo, que passava el temps amb propietaris de boscos i autoritats, anant i venint amb el seu Citroën, o amb una moto sidecar, vestit amb una caçadora de pell que imposava, calçant les botes del circ i polaines, duent gorra amb visera i menjant sovint a l'hotel de Cauçada on tot havia començat.

Un escriptor del Berguedà, Ferran Planes, que coneixia el pare de Súria, deixaria constància de les tensions que es van viure en aquells boscos, en una obra de ficció on un dels seus personatges, amb un nom que recorda massa el del pare, tracta els empleats amb petulància i intransigència.

Al cap d'un temps, va esclatar un conflicte per les condicions de feina i l'escassesa del menjar.

—Amics, estimats, perdoneu-me —els va dir el pare, al final d'una assemblea tempestuosa durant la qual alguns van amenaçar de marxar—. Potser n'he fet un gra massa, de tan capficat com estava amb la feina. A partir d'ara faré tots els possibles per millorar les vostres condicions.

Planes va reconèixer la millora, però va atribuir el conflicte a l'ambició i la vanitat de l'amo. Quan va anunciar que deixava la feina, el pare li va dir, despectiu:

—Mira, noi, que tu te'n vagis tant me fot. Al cap i a la fi no serveixes per a res, ni com a secretari ni com a treballador. Fes el que vulguis.

Ell sempre va atribuir aquella crítica al malestar d'un intel·lectual obligat a fer tasques que considerava humiliants. No obstant, no costa imaginar que existís tibantor entre un personatge donat a exhibir els seus èxits i uns homes que les passaven magres i que vivien en tendes improvisades i aclaparats per la incertesa de l'exili. Altres van recordar la seva tasca en aquells boscos com un primer pas cap a la llibertat, encara que fos a través de papà Otto.

«Le lapin blanc viendra vous voir ce soir». Quan el pare sentia aquest missatge al programa en francès de la BBC, sabia que no es tractava d'un conill blanc, sinó d'avions que sobrevolarien el bosc de La Grésigne aquella mateixa nit. Al principi, ell no tenia relació amb el maquis, però els homes de Karl Matiszyk, resistents francesos, polonesos i espanyols, se sentien segurs en aquell bosc perquè hi treballava gent de fiar, que no dubtarien a posar en un lloc segur els paquets de diners i d'armes que llançaven els avions britànics i que s'extraviaven.

Sempre que els alemanys aturaven el pare, el deixaven seguir en veure els papers que certificaven la seva col·laboració amb l'organització TODT. Era un joc perillós, que va poder mantenir pels voltants de Cauçada però que s'espatllaria en intentar fer el mateix a la Cerdanya, on la Gestapo estava més a l'aguait. Mentre no van descobrir que hi havia una connivència entre aquella explotació i el maquis, la relació del pare amb ells no va ser dolenta. Tot i saber de quin peu calçaven, sempre es va beneficiar del fet que tinguessin més respecte pels qui havien lluitat contra Franco que no pas pels francesos, que havien cedit a la primera. Sempre que no fossin resistents, jueus o comunistes, és clar.

Un dia, mentre travessava en bicicleta el poble de Bruniquel, prop de Montalban, el van aturar. Era un control de la policia militar alemanya que vigilava un grup d'homes emmanillats que se sabien condemnats a una mort segura.

—Ah! Vous êtes espagnol? Vous pouvez passer —li va dir un sergent, amb un marcat accent alemany. Els papers de l'OT seguien fent el seu efecte.

—Qu'est-ce qui se passe? —va preguntar ell, esglaiat per les mirades aterrides però digníssimes d'uns joves que representaven el bo i millor de França. *Raus hier!* L'alemany li va ordenar tocar el dos.

Va córrer a explicar-ho a un pagès vinculat a la resistència, però ja era tard. Al cap d'una setmana, quatre d'aquells resistents que havia vist arraulits a la vorera van morir penjats a les acàcies de la plaça Foch de Montalban. Els seus botxins els hi van deixar uns dies, amb la intenció de fer un escarniment.

Poc després de la batalla de Stalingrad, on la guerra havia fet un gir, la vida personal del pare, aquella que havia menystingut o sacrificat a benefici de les seves gestes, va patir un sotrac.

Ell, que sempre havia dut una vida sentimental més aviat eixorca, va començar a sentir una atracció pregona per la filla del masover que corria pels camps de La Bénèche amb l'Enriqueta, una amiga seva, empaitant gallines i pintades amb una desimboltura insultant. Al principi es va esforçar a pensar que Maria Serra podia ser com una d'aquelles joves de les festes de Navàs amb qui havia mig festejat, o com l'Anita de Puig-reig, per la qual havia perdut més d'un tren, o fins i tot com aquella infermera comunista de Montjuïc que havia amat sota les bombes. Res més.

Al cap i a la fi, aquestes coses passaven, a França, malgrat la guerra, o potser a causa de la guerra, i ningú no s'escandalitzava.

Aviat es va adonar que no era això. No es tractava d'una pulsió que pogués apagar amb una aventura perquè mai una dona no l'havia trastocat d'aquella manera. Mai no l'havia mantingut despert durant tota una nit. Es va preguntar si allò era estar enamorat, un sentiment que desconeixia i que sempre li havia semblat impossible d'encaixar amb una vida com la seva, volgudament borrascosa. No s'ho podia treure del cap.

Un sopar amb Pompeu Fabra

A La Bénèche s'hi menjava d'allò més bé en aquells temps de fretures. Cuinaven l'Angeleta i la Trini, mentre el Vicenç treia el millor d'unes terres negres i abundoses. De tant en tant, el pare duia una llebre, o un parell de coloms roquers, o mig cérvol, tornant de La Grésigne, i ho celebraven. L'olor de les sopes ben nodrides i el xup-xup dels estofats atreien gats i gossos afamats, però també intellectuals catalans presoners de les seves miserables cartes de racionament.

—Xammar, us aprimeu massa. Veniu a passar uns dies amb nosaltres —li va proposar el pare a un dels periodistes de més renom de l'exili català, que malvivia a Perpinyà. Eren davant de l'hotel de França, d'on penjava una esvàstica gegant.

—Des que els alemanys han arribat escassegen els queviures, amic Claret —va respondre Eugeni Xammar, que duia la seva gavardina de sempre però caiguda i arrugada, el cinturó amb un parell de traus més i el corbatí de coloraines ballant-li al voltant d'un coll de camisa que li anava gran. La pipa, la tenia apagada.

—A La Bénèche us revifareu, i quan us en fatigueu podreu endur-vos una dotzena d'ous, patates i una llonganissa que la vostra muller, de ben segur, agrairà —va oferir-li el pare, en el català un xic afectat que utilitzava quan parlava amb un escriptor.

—M'ho pensaré, amic Claret, m'ho pensaré —va respondre Xammar, en el to baix de qui no alimentava prou una carcassa tan poderosa.

—Ja ho veureu, us sorprendrem —va insistir el pare, coneixent la seva reputació de gurmet.

Mentre els colinaps i les nyàmeres envaïen els mercats, a La Bénèche s'hi cultivava de tot.

Per al pare, Xammar era el millor periodista de Catalunya. El mossèn de Rajadell li havia deixat llegir unes cròniques seves, escrites des de Berlín, que l'havien meravellat. Eren les d'un reporter erudit i intuïtiu, capaç d'anticipar com s'estava covant l'ou de la serp amb metàfores suggestives. Ara, s'havia quedat sense feina des que havia perdut el seu lloc d'agregat de premsa de l'ambaixada espanyola a París, i vivia la vida d'exiliat amb una certa indolència, esperant que la guerra acabés, si és que acabava bé. Amb Pétain, havia començat sacrificant la seva vocació de sibarita, i des que els aliats havien desembarcat al nord d'Àfrica i els alemanys havien replicat ocupant França fins als Pirineus, enganyava la gana com podia.

Al cap d'una setmana, arribava a Cauçada en un tren atapeït de *boches*, el malnom que donaven als alemanys aquells francesos que no havien perdut del tot l'honor. En arribar a La Bénèche, el masover li va dir que el pare estava de viatge i que tenia una habitació reservada i pagada a l'hotel Larroque. Es va treure el barret, es va eixugar la suor, es va posar la pipa a la butxaca i va tornar a fer a peu els sis quilòmetres que hi havia fins al poble. S'hi va estar un parell de dies començant la recuperació, amb uns dinars que bé es podien qualificar d'opípars tenint en compte les circumstàncies.

Fins que va aparèixer el pare amb el seu Citroën, on duia Salvador Perarnau, un poeta surienc que passava sovint per La Bénèche.

—Perdoneu, Xammar, però vinc de Bordeus —va dir-li, mostrant-se atrafegat—. Com us ha anat per aquí? —Portava una americana de tall irreprotxable, pantalons amb la ratlla ben planxada i les botes del circ.

—Doncs compartint l'hotel amb jueus que fugen dels alemanys i agents de la Gestapo que tenen per missió, suposo, perseguir-los! —va respondre Xammar, amb la ironia que solia gastar per captar les contradiccions de l'existència humana.

—Així és com sobrevivim, amic meu, en una perpètua ambigüitat —va deixar anar el pare, tot emportant-se'l cap a la masia.

L'endemà va arribar Lluís Capdevila, amb el seu monocle inconfusible, fumant una pipa i amb el cabell més emblanquinat que quan era comissari de la columna Macià-Companys. Abans d'anar al front havia estat director de *La Humanitat*, *L'Esquella de la Torratxa* i *La Campana de Gràcia*.

En canvi, Joan Alavedra, que va aparèixer al cap d'unes hores, duia el corbatí com Déu mana. Era el que menys s'havia aprimat. Anava acompanyat de Josep Fontbernat, un músic d'Estat Català que havia dirigit la Filharmònica de Barcelona. Era el que millor parlava el francès, pels dos anys que havia passat a Bèlgica després dels Fets de Prats de Molló.

El pare els va anunciar que també vindria Pompeu Fabra.

—Podrem fer un govern a l'exili —va deixar anar Capdevila, el més jocós.

No era una broma innocent, perquè des que Josep Irla havia substituït Companys com a president el món nacionalista estava agitat. Ningú no el considerava un home amb prou entitat per liderar la Generalitat en aquells temps de desventura, i sonaven molts noms per substituir-lo. A més del de Tarradellas, corrien els de Fabra i Pau Casals. Fins i tot el de Fontbernat.

Tot eren desacords i malfiances.

L'arribada de Pompeu Fabra va ser un esdeveniment. Per al pare, una victòria. Un reconeixement al seu paper de benefactor. Se sentia com aquell Ernest Solvay que s'havia reunit amb premis Nobel tot i sent un home fet a si mateix.

Es va desfer en atencions i en elogis ditiràmbics.

—Rebeu l'homenatge d'uns patriotes que us estimen, mestre... Vós ens heu refet la llengua. Sense la vostra feina abnegada, Catalunya estaria perduda...

Fabra era un home gran, delicat, que intentava passar desapercebut. També va arribar amb la pipa a la mà, i cobert amb un barret de feltre negre que li devia torrar el cap. Va aprofitar que el pare li presentava la filla del masover per fugir dels afalacs i demanar-li com anava de català. En respondre ella, amb els colors a la cara, que l'havia seguit estudiant al camp d'Argelers, el mestre li va demanar que dugués un quadern.

—Abans de sopar, treballarem una mica —va dir, cosa que li va provocar una pertorbació a la noia que va tenir el pare en alerta fins que Pompeu Fabra va dir-los, a taula, que l'escrivia prou bé—. Coneix bé les regles però s'ha d'esforçar en alguns mots que se li han empeltat del francès. Demà els repassarem —va comentar davant de la jove, esgotada i cofoia.

Així és com Maria Serra va rebre unes classes privilegiades durant els tres dies que l'ordenador de la llengua catalana va estar a La Bénèche.

Mentre la masovera els servia una sopa de farinetes que havia preparat amb civada, el seu home seguia en un racó del menjador, batallant per fixar la sintonia d'una emissora.

—Escolta Ràdio Londres, el masover? —va preguntar Alavedra.

—No. Ràdio Moscou, en castellà.

—Ah...

Entre la distància i l'espurneig de la ràdio, no podien sentir bé les notícies, però al final va tronar un solemne ¡Mueran los invasores alemanes!, que el masover va secundar amb un ¡Mueran!, a peu dret i amb el puny alçat. Es va fer un silenci siberià que va trencar Fontbernat.

—Creia que acabaven amb allò de ¡Proletarios de todos los países uníos! —va comentar en veu baixa.

Des que Stalin havia convertit la resistència contra els nazis en una guerra patriòtica, la consigna havia canviat.

—Deixem-ho córrer —va afegir el pare, mentre el masover s'acostava per sopar amb ells. Era un home de conviccions estrictes i no tenia cap intenció de barallar-s'hi, atès que volia fer-li entendre algun dia que l'interès per la seva filla era genuí. Durant la resta del sopar, van parlar de la botifarra blanca i el bull negre que els havia dut l'Angeleta, del tall rostit que havia preparat la Trini i de la gana que es passava. La teca, més ben dit la seva escassesa, dominava les converses de l'exili, fins i tot entre intel·lectuals.

—Quants quilos heu perdut, Xammar? —va preguntar Fabra.

—Prop de quinze —va dir l'afamat periodista—. I vós?

—Jo ja no en puc perdre gaires!

Era tan prim com el pare, i duia a la cara la marca d'una desfeta que havia truncat la seva tasca i que posava en perill la llengua.

El ressopó els va permetre esbravar-se sobre les polèmiques fratricides que travessaven la diàspora catalanista, tot paladejant unes copes de Cointreau. El món enclaustrat de l'exili era un vesper de murmuracions sobre el repartiment dels diners. Com a president de l'Institut Ramon Llull, Fabra patia més maldecaps que no pas alegries per les crítiques que rebia per la distribució dels fons procedents del govern espanyol a l'exili. Es mostrava dolgut i tots el van animar a superar el que només eren comarejos mal cuats.

Pel que feia al futur polític, hi havia opinions per a tots els gustos, fins i tot la que no hi havia futur. El pare era partidari de la continuïtat estatutària, com Tarradellas, tot i recelar d'ell per les crítiques que havia escampat contra Companys. El revoltaven les pintades «C o Catalunya» que quedaven als carrers de Perpinyà o Montpeller. Tothom sabia a qui es referia aquella «C», i el propòsit d'arrossegar Companys pel llot el posava malalt.

—La dignitat amb què ha mort ha posat les coses al seu lloc —va deixar anar, intervenint en el debat.

Tots van callar, perquè ningú no ho posava en dubte. Ni els seus adversaris. Pocs creien que Irla, el fabricant de taps de suro que l'havia substituït, fos la solució. Coincidien que no tenia el carisma que reclamava una situació tan delicada.

—Vós podríeu refer la unitat —va afirmar Capdevila, traient-se el monocle i dirigint-se a Pompeu Fabra.

—La unitat serà més necessària que mai quan es comenci a ataüllar el final de la guerra, però jo soc gran i no em veig amb cor d'aplegar totes les voluntats —va respondre Fabra, referint-se als diferents grups i grupets que pul·lulaven a la galàxia catalanista.

Amb la mirada perduda i el rostre encartonat, el pare escoltava.

—I vós, Claret, com ho veieu? —li va preguntar Fabra.

—Sense unitat, tornarem a perdre —va respondre—. La unitat de totes les esquerres —va precisar, categòric.

Era el tema més polèmic, i quan el pare va suggerir la possibilitat de publicar un diari per defensar-ne la necessitat, alguns hi van donar suport i altres van arronsar el nas. Des que els alemanys havien fracassat a Stalingrad, els comunistes ja no duien cua, però la major part dels catalanistes eren contraris a incloure'ls en qualsevol proposta de futur.

—I de la presidència de la Generalitat, què en penseu? —va insistir un dels comensals.

El pare no es va pronunciar sobre el ball de noms que animava la tertúlia. Creia que l'únic home capaç de representar a tothom era Pau Casals, però va callar per deferència a Fabra. Faltaven un parell o tres d'anys perquè li ho proposessin a Casals.

Els convidats van anar a dormir a l'hotel Larroque, on l'endemà els esperava un copiós esmorzar abans de visitar els boscos i conversar amb compatriotes que tenien les mans encallides per la destral i l'esquena baldada de carregar troncs i dormir damunt d'una pallissa.

En explicar-los el que significava el conill blanc de la ràdio, Fabra es va alarmar.

—I no és perillós, això, Claret?

—Els meus homes no formen part del maquis —va precisar ell—. A més a més, en un país que no coneixen, els alemanys van a ulls clucs —va afegir.

Xammar, que els coneixia millor que ningú, li va donar la raó.

A tots els costava entendre la vènia de què el pare es beneficiava per part dels ocupants.

—Quant temps podreu seguir amb aquest negoci? —li va preguntar Fontbernat.

—No ho sé, però per si de cas amb el Florenci pensem comprar una serradora a Oceja, a la Cerdanya —va respondre el pare. A mesura que el maquis s'estenia pel sud de França, els alemanys veien enemics darrere de cada arbre.

En les seves memòries, Xammar qualificaria de surrealista aquella curta estada a La Bénèche. «A França», escriuria, «d'automòbil ja no en tenia ningú, fora d'en Claret i el mariscal Pétain». Una *boutade*, perquè Pétain ja estava de capa caiguda des que els alemanys s'havien quedat amb el país sencer, i l'armistici només havia servit per col·laborar en la deportació de milers de jueus i resistents a Alemanya.

Després de tres dies d'estada a La Bénèche, tots feien més bona cara. Atipar-se, especular sobre els tràngols de l'exili i contemplar les cabrioles que feien la Maria i l'Enriqueta els havia reviscolat.

—L'eterna joventut és un mite literari —va comentar Alavedra mentre esperaven el tren a l'estació, sense que vingués a tomb.

—La joventut és llibertat i arrauxament —va replicar Pompeu Fabra, melancòlic.

No havien resolt cap interrogant, però s'havien conjurat per imaginar que Franco tenia els dies comptats, havien caminat per camps assolellats i boscos refrescants, se n'havien fotut dels alemanys, havien escoltat les aventures del pare al circ Amar, i en conèixer l'Angeleta i Vicenç Serra havien reconegut que els comunistes podien ser bellíssimes persones. També s'havien adonat que el pare tenia una relació forçada amb la seva dona, però ho havien atribuït a l'exili, que tot ho trinxava, i quan ell els havia explicat que el seu fill Joan estava intern en un col·legi de capellans no ho havien trobat estrany.

—No oblideu de repassar la llista de falsos amics del català amb el francès —li va dir Fabra a Maria Serra, acomiadant-se d'ella afectuosament.

—Sí, mestre. Ho faré. Ja no li diré al meu germà que mastegui bé la carn abans d'avalar-la.

Tots van riure, menys el pare, que la mirava *ébloui*. Fabra ho hauria traduït per «torbat».

La filla del masover

L'estada al camp d'Argelers, on havia patit unes febres devastadores, amb calfreds i deliris plens dels horrors de la retirada, havia deixat Maria Serra exhausta, amb un emfisema que recomanava un trasllat a un indret sec i solellós. Draguignan, on una família la va acollir amb la mare, el germà petit i l'àvia, era un paradís banyat per la llum de la Provença i acolorit per una vegetació que convidava a gaudir de la vida.

Hi podien haver trobat pau i tranquil·litat, si no fos perquè els alemanys s'havien endut el seu pare del camp i ningú no sabia on era.

La Maria s'hi trobava bé, a Draguignan, on havia conegut l'Enriqueta, una altra filla de refugiats que es convertiria en l'amiga de la seva vida. Les llargues passejades en bicicleta els permetien reviure un final d'adolescència que l'exili els havia intentat robar i compartir una complicitat voluptuosa i despreocupada, on tot eren comentaris càndids, confidències melangioses i quimeres inassolibles. Per a ella, suposava una resurrecció física i espiritual. Tornava a dormir i tornava a riure.

Fins que els alemanys es van fer presents.

Un parell d'anys després d'arribar a Draguignan, els jardins i les pinedes de la Provença es van tacar de fosc. Només el mar aconseguia vèncer les tenebres de la Wehrmacht amb el seu blau turquesa.

De tan múrries com eren, totes dues es van acostumar aviat a l'aturada que feia cada dia l'autobús que les duia al liceu, a un control. Reien per sota del nas quan un jove i tímid soldat alemany pujava per a una revisió de rutina. Intentaven endevinar-ne l'edat, el nom i les febleses mentre ell les mirava, avergonyit. Fins que un dia, en comptes d'ell van pujar dos homes que duien abrics llargs i negres i un braçalet d'un roig llampant amb la creu gammada. Van anar tot d'una fins al darrere, on seia, aclofat, un francès que no havia mogut ni una cella. El van fer aixecar a batzegades, el van arrossegar fora del vehicle i li van colpejar el cap contra la vorera fins que li ho van esberlar.

No van permetre que ningú s'hi acostés fins que va deixar d'espernegar i l'última sang es va escolar pel clavegueram. Mentre l'autobús s'allunyava, els botxins alliçonaven els passavolants. La Maria només va captar una paraula, del poc alemany que els havien ensenyat: *Warnung*. Advertència, alarma, amonestació, amenaça.

S'havia acabat aquella parsimònia amb què molts havien rebut els primers ocupants. La Maria es va penedir de la futilitat dels dies d'esbarjo que havia viscut amb l'Enriqueta, en adonar-se que aquella violència era la mateixa que havia patit mentre la seva mare els protegia de les bombes de la Legió Còndor que destrossaven Figueres. Tot i ser molt jove, l'últim any de la guerra s'havia fet de la JSU perquè somiava amb un món millor. Va jurar que, si podia, els faria mal.

Amb l'ocupació, va saber que els alemanys s'havien endut el seu pare a Bordeus, on el forçaven a treballar en un mur de ciment armat amb el qual pretenien evitar un desembarcament aliat. Li deien el mur de l'Atlàntic. Durant llargs mesos d'incertesa, ella mirava la bústia cada dia, en tornar de l'escola. Fins que va arribar un avís de la prefectura comunicant-los que vivia en un poblet que es deia Cauçada, des d'on les reclamava. Va entrar a casa esvalotada.

—Mare! El pare! El pare! —No podia dir res més. Brandia l'ofici.

—Una carta del Vicenç? —va preguntar l'Angeleta, amb la veu engarrotada.

—No, però ens diuen on és, i anuncien que ens escriurà.

L'Angeleta va agafar el paper. Tremolava. El va mirar com si sabés llegir-ho. Aquell garbuix de lletres i segells li ballava davant dels ulls. Serra! Això sí que ho entenia, i Vincent, també, de tantes vegades que havien anat juntes a emplenar documents per intentar localitzar-lo en què la Maria escrivia «Vincent Serra» amb una lletra rodona i aplicada.

—El Vicenç! —va exclamar, mentre la Maria i el Vicentó l'abraçaven i l'àvia es persignava.

Al cap d'una setmana, van rebre la carta. Només la signatura era seva. Es notava que l'havia ajudat algú que dominava millor l'escriptura, però quan la Maria la va llegir en veu alta era com si el sentissin parlar. Expressava la seva felicitat d'una manera continguda, la d'un comunista que interpretava la conquesta de la llibertat com una victòria sobre l'enemic. Es mostrava ansiós per veure-les i preguntava per l'àvia amb delicadesa, com si temés que no hagués pogut suportar l'infortuni de l'exili. Feia gairebé dos anys que no es veien.

La carta anava acompanyada dels tràmits i les indicacions necessàries per viatjar a Cauçada.

Després de llegir-la-hi dues vegades a la mare, la Maria va agafar la bicicleta i es va precipitar a casa de l'Enriqueta. Abandonar-la era l'única cosa que li sabia greu.

—Diu que treballa de masover a la masia d'un català que té molta influència, Enri —va explicar-li—. Potser aconseguirà que puguis venir tu també —va afegir.

—Ai, Mari! I què faré amb la meva mare? —va preguntar l'Enriqueta.

—Doncs ella també. Que vingui amb tu.

Van agafar un atles i van girar els fulls fins al departament del Tarn i Garona, on van localitzar Cauçada.

—És a prop del camp de Sètfonts, on hi ha el meu pare! —va exclamar l'Enriqueta.

—Us podreu ajuntar tots!

Resseguint el llibre, van començar a somiar. Cauçada i Sètfonts eren dos pobles petits, prop del que semblava ser un bosc immens.

—Qui és aquest home que té tant poder? —va preguntar l'amiga de la Maria.

—Un exiliat de Súria que té refugiats treballant als seus boscos, segons diu el pare.

—Quina sort! També és comunista?

—No ho crec. Si ho fos, no li aniria tan bé. Però ha de ser bona persona per ajudar-nos d'aquesta manera —va respondre la Maria—. La carta la deu haver escrit ell, perquè el nostre pare no té aquesta lletra i fa moltes faltes —va afegir, somrient.

En poques setmanes, la família Serra es va instal·lar a La Bénèche i l'Enriqueta no va trigar a anar a viure a Sètfonts, amb els seus pares. La Maria i la seva amiga acabaven de complir disset anys, havien retrobat els pares i vivien a poc més de vint minuts en bicicleta. De tan felices com eren, gairebé havien oblidat la guerra.

Perarnau, el poeta surienc que passava sovint per La Bénèche, va quedar meravellat pel riure impertinent d'aquelles dues mosses que omplien la masia de vida i sensualitat. Va ser el primer a adonar-se que l'amic Claret no els treia l'ull de sobre, i les va retratar en un llarg poema romàntic, «Cançó de dues amigues», que va escriure per a la Maria.

Dues flors encar donzelles,
carn de rosa i lliri fi;

totes dues sou tan belles
que el meu cor feu estremir.
Rosa i lliri, lliri i rosa,
gràcia fina i dolç perfum;
entorn vostre tota cosa
s'encomana vostra llum.
[...]
Mitat lliri i mitat rosa,
mitat rosa i lliri fi;
un subtil desig d'esposa
ja us comença a posseir.
Lliri blanc i rosa vera,
rosa vera i lliri blanc...
la mateixa primavera
us esclata dins la sang.

Al cap d'un temps, l'Enriqueta es va adonar que la seva amiga es mostrava inquieta, com si l'alegria se li hagués esgarriat. S'irritava per qualsevol fotesa i ja no volia jugar amb el Joan, que les feia empipar els caps de setmana, quan sortia de l'internat. Un dia es va quedar a dormir a casa seva per saber què li passava, però la Maria es va mostrar esquiva fins que ella va mencionar l'amo («amo» era com li deia el masover al pare).

—Que guapo estava ahir l'amo, oi, Mari?, amb aquella camisa nova que duia —va comentar—. Totes les dones el miraven —va afegir.

—Què vols dir? —va preguntar la Maria, sobresaltada.

—Doncs que està per sucar-hi pa. No em diguis que no t'hi has fixat, si et cau la bava.

—Enri! —va exclamar la Maria.

Hauria pogut reconèixer que sí, que l'amo li agradava, amb aquell bronzejat que duia dels boscos, sobre el qual ressaltaven les seves dents blanques, tan blanques com les seves camises, però no tenia ganes de seguir aquella conversa. Es preguntava què era aquell sentiment que l'engarrotava. Amb la vida erma que havia dut, no estava segura de saber identificar els símptomes de l'amor.

—Crec que tu també li agrades —va dir la seva amiga, adonant-se de la seva torbació.

—Calla, Enri. És una bogeria. Una animalada.

—L'amor sempre és una bogeria, Mari —va comentar l'Enriqueta—. Recorda la novel·la que estem llegint juntes. Quins embolics hi ha, mare meva!

—Però jo no soc una duquessa, sinó la filla del masover. A més a més, em duu setze anys i està casat.

—Viu amb la Trini, però no n'està enamorat.

—Para, Enri, si us plau! No saps com es posaria el meu pare si sabés de què estem parlant.

L'Enriqueta va estrènyer la Maria, que estava cada cop més agitada. Ella havia pensat que tot plegat era un joc, una vel·leïtat tardana d'adolescent, però ara s'adonava que la seva amiga estava malalta d'amor, com alguns personatges de Stendhal. Va pensar que se li complicaria molt la vida, però no li ho va dir. L'amor era una atzagaiada.

Per al pare, tot eren excuses per endur-se-les amb el cotxe fins a Sètfonts, on vivia la família de l'Enriqueta. La deixava a ella amb la seva mare i ell seguia amunt, per terres dels càtars, amb la Maria asseguda al costat. Li explicava que si no s'aturessin arribarien a París, i l'embruixava parlant-li d'una ciutat màgica aparellada amb un riu cabalós, on els homes i les dones exhibien la llibertat a la cara.

—M'agradaria veure la Torre Eiffel —li va dir la Maria el primer dia que li'n va parlar.

—No és pas el monument més maco —va dir ell.

—Però a mi m'agrada, perquè és únic.

—Si un dia hi anem, et duré pels voltants del Sena, i pel jardí de les Tulleries. Ja veuràs...

A la Maria li van pujar els colors a la cara i temia que ell sentís com li bategava el cor. Va entreobrir la finestra.

El que més l'embadalia era quan paraven una estona, que no podia ser gaire llarga, a la vora d'un bosc, i ell anomenava els arbres pel seu nom i els parlava com si poguessin entendre'l.

Com que cada cop arribaven més tard i ella sempre explicava la mateixa mentida, dient que havia passat la tarda a casa de l'Enriqueta, el Vicenç va començar a desconfiar. Tenia de la família i de l'honor una idea estricta dominada per la moral proletària que guiava la vida de molts comunistes, i cansat que li prenguessin el pèl, un dia es va presentar a Sètfonts en bicicleta i només hi va trobar l'Enriqueta. Va esbroncar la seva mare per ser còmplice d'aquell joc i va tornar a La Bénèche, encès. Se sentia decebut per la filla i enganyat per l'amo. La mala bava el rosegava per dintre. Què s'havia cregut? Si es pensava que els diners i els cotxes ho podien tot a la vida, estava ben equivocat.

—Esperem-los a fora —li va dir a l'Angeleta en un

to que no admetia rèplica. Ella era partidària d'abordar la situació d'una altra manera.

—Vicenç, la Trini és a Cauçada, amb el Joan, i arribaran aviat —va comentar, espantada en veure'l tan resolt.

—Doncs aleshores ja hi serem tots —va respondre ell.

Tots dos es van plantar a l'entrada de la masia, esperant el Citroën. Ell, amb el gest més adust que de costum, i ella compungida, lamentant no tenir un Déu a qui resar perquè allò no acabés com el rosari de l'aurora. Tampoc veia amb bons ulls que la seva filla estigués encapritxada del senyor Claret, però temia perdre aquella situació privilegiada, la d'una vida nova que ja no era aquella existència basardosa que havien tingut, separats i víctimes de la incertesa.

En veure'ls, el pare va afluixar la marxa i va deixar de cantar una cançó de Charles Trenet amb què intentava fer riure les dues noies sense aconseguir-ho perquè sabien que el Vicenç havia passat per Sètfonts. Es va fer el silenci dins del cotxe. Elles es van arreglar les faldilles i els cabells, que se'ls havien esvalotat amb el vent, i van seure ben rectes, com si fossin estudiants penedides d'arribar tard al liceu.

—Vosaltres dues, cap a dins, a preparar el sopar, i vós feu el favor de quedar-vos aquí, que hem de parlar —va dir el pare de la Maria, assenyalant amb un bastó l'espai que hi havia entre ells i el cotxe. A l'amo sempre li deia de vós.

—Vicenç, no és el que penses —va murmurar el pare. Ell el tractava de tu.

—Jo no penso res. Només sé que l'Enriqueta era amb la seva mare i la Maria no.

—Hem anat a comprar unes quantes coses mentre la seva amiga es quedava a estudiar —va balbucejar el pare, sense acabar.

El Vicenç el va interrompre.

—Mireu, Claret, no ho compliqueu més. Nosaltres som gent senzilla, però si us penseu que som rucs us equivoqueu, i vós sou l'amo, però aquí no estem a l'edat mitjana. O sigui que si no us aparteu de la nostra filla, marxarem. Encara que haguem de tornar als camps!

L'Angeleta es va estremir i el pare va callar. Si s'enduien la Maria, embogiria. Estava disposat a fer el que fos per evitar-ho. D'entrada, acceptar que aquelles excursions secretes s'havien acabat.

La filla dels Serra acabava de fer divuit anys i la majoria d'edat, per a les dones, no era fins als vint-i-un. Tres anys eren una eternitat, però la primera vegada que va aconseguir tornar a veure el pare a soles, després d'aquell escàndol, ella li va demanar paciència. Ell estava enfollit. Acostumat a obtenir sempre el que volia, li va proposar marxar i viure plegats.

—No sé pas què faria el meu pare, Andreu —va advertir la Maria, agafant-li les dues mans i posant serenitat.

Li costava no deixar-se endur pels sentiments, perquè adorava aquell home que havia irromput a la seva vida com els vents intempestius de Draguignan. Res no podia impedir que l'estimés. Ni que estigués casat, ni que tingués un fill, ni que li dugués tants anys. Ni la presència de la Trini, que respectava. Estava seduïda per la seva determinació i la seva força, per aquelles mans vigoroses amb les quals tallava troncs, segava l'herba amb la dalla o enforcava el farratge per acastellar el paller. Li agradava la seva cara torrada pel sol i aquella mirada severa que es tornava afectuosa i ingènua, com la d'un adolescent, quan estaven sols, estirats en un prat.

Passat aquell ensurt, només es podien veure de tard en tard, amb ardits complicadíssims que ordien amb l'encobriment de l'Enriqueta. La Maria li havia reconegut a la seva mare que estava enamorada, i l'Angeleta s'havia mostrat comprensiva però atemorida pels disbarats que pogués fer el seu home.

—Una mica més de dos anys no són res, Maria —li va dir, tot i lamentant una història que no podia acabar bé.

Era petita i modesta, l'Angeleta, gairebé analfabeta, d'esquerres com el marit, i amb una intel·ligència innata per a les coses de la vida. A diferència del Vicenç, havia entès que el comunisme no servia per tractar els capricis de l'amor. En veure-la amoïnada, la seva mare, una àvia que tenia més de vuitanta anys, li va recordar una vella dita pagesa:

—Ai, filla! De sembrar i casar, consells no vulguis donar.

La Maria, que ho havia sentit, la va abraçar. Entre dones, s'entenien.

Tot i que els alemanys sospitaven cada cop més dels seus boscos, el pare va creure que era el moment de comprometre's més amb els qui lluitaven per l'alliberament. No ho podia fer prop de Cauçada, on el tenien molt vigilat, i va tirar endavant la idea de comprar una serradora a Palau de Cerdanya amb el Florenci. També pensava que era l'hora de tornar-se a ficar en la política catalana. La victòria aliada, que tothom donava per segura, no podia enxampar l'exili al mig d'aquell desgavell, amb Esquerra Republicana dividida i paralitzada.

Per a la victòria final, faltaven encara dos anys que per a ell serien arriscats i convulsos, però això no ho podia saber. Com la majoria dels exiliats, somiava. Es veia en una Barcelona alliberada del feixisme, encetant una vida nova amb la Maria, duent-la al Paral·lel un diumenge a fer l'aperitiu.

El va captivar de tal manera la personalitat de Jean Cassou, un escriptor de vocació occitana que capitanejava una xarxa de resistents, que va decidir col·laborar amb el seu maquis. Era un francmaçó que havia dirigit el Museu Nacional d'Art Modern de París fins que el règim de Pétain l'havia destituït, i li recordava aquell general hongarès que havia deixat la direcció del Teatre Maiakovski per morir al front d'Aragó. Cassou havia trencat amb el partit comunista després del pacte Molotov-Ribentropp, però el seu compromís també era a vida o mort.

En aquell ambient de revolta contra l'ocupant, el pare va anar a viure a Oceja, amb la Trini i el Joan, amb la intenció que la serradora de Palau servís de tapadora al maquis de la Cerdanya. Quan li ho va dir a la Maria, ella el va abraçar, commoguda per una decisió arriscada que compartia. Era el moment de comprometre's amb la resistència. Acceptava que la lluita contra l'ocupant fos una prioritat i semblava disposada a llençar la tovallola.

«T'estimo, amor meu, i no puc viure sense tu, però el pare diu que et matarà si sap que ens veiem», li va escriure, en la més intensa i dramàtica de les cartes d'amor que es van enviar, a través de l'Enriqueta.

«Tot el que faig és perquè puguem anar a viure a Barcelona, vida meva. Ja veuràs, t'ensenyaré la Rambla, anirem al Liceu i després a sopar a Can Culleretes», li va contestar ell, com si la caiguda de Franco estigués marcada al calendari de la derrota alemanya.

No era l'únic que ho pensava.

En veure el goig de l'Enriqueta el dia que es va casar amb un aviador de la República, la Maria va pensar que no podia seguir amb aquell engany. Si la seva amiga havia vençut obstacles, per què no tenia dret, ella, a viure amb l'home que estimava? El respecte pel seu pare no podia frustrar el seu amor, i la consideració que tenia per la Trini tampoc. Encara no tenia vint-i-un anys, però la guerra havia robat molts dies del calendari.

En una de les últimes trobades furtives que van mantenir, prop de La Bénèche, el pare li va proposar anar a Oceja.

—He pensat que podries venir amb nosaltres —va dir, i va deixar la Maria bocabadada.

—Jo? Amb la Trini i el Joan?

—Que no vivim junts, aquí? Necessitem una secretària per a la serradora —va afegir ell, insinuant un somriure.

—Estàs boig, Andreu —fa dir ella. No havia dit que no.

Ho va parlar amb l'Enriqueta, que ho trobava un disbarat, i amb la seva mare, que temia la reacció del Vicenç, però no volia que la seva filla es morís de desconsol. Li va recordar que, passés el que passés, s'havia de comprometre a no humiliar la Trini.

—T'ha dit si es pensa divorciar? —li va preguntar.

—No —va respondre la seva filla, compungida.

—Parlaré amb el Vicenç.

La Maria estava confosa. Oceja podia ser un infern. Com s'ho prendria la Trini? Què dirien el Florenci i la seva dona si ell seguia casat? Li semblava injust que no es plantegés el divorci, si deia que estava tan enamorat, però mai no en volia parlar. Com si no volgués afrontar els errors de la seva vida.

Si li deia que no, es consumiria.

Tot i estar atabalat amb la serradora, el maquis i les batalles de l'exili polític català, el pare no imaginava cap altra solució. Sabia que la presència de la Maria a Oceja posaria a prova una vida personal feta de conveniències i enganys, però el seu desig era tenir-la al costat.

Quan ella li va dir que sí, que d'acord, que marxava amb ells encara que el seu pare no volgués, la va abraçar, emocionat.

Ella mai no l'havia vist plorar.

En mans de la Gestapo

Vivien a la sortida d'Oceja, camí de Puigcerdà, a tocar de la frontera. La Trini tenia trenta-tres anys i era la mestressa d'una llar on el pare, que anava pels trenta-sis, només parava quan tornava dels boscos o d'algun viatge. La Maria feia de secretària de la serradora i ajudava amb les feines de la casa. Estava a punt de complir els vint.

Només la guerra encobria la complicada situació que es va crear en aquell casalot, que era gran, però no prou per evitar moments dificultosos. Per fortuna, els embolics quedaven supeditats a la necessitat de fer la vida impossible als ocupants. El pare i el Florenci oferien suport al maquis, posant al seu servei boscos, camins i amagatalls, i la Trini, que feia feines a casa d'un oficial nazi, els passava informació sobre els moviments dels alemanys.

Després de la vergonya, havia arribat l'hora de fer fora els invasors.

El Joan acabava de fer dotze anys, anava a l'escola d'Oceja i esperava amb delit que el seu pare se l'endugués amb el cotxe per les carreteres recargolades de la Cerdanya i el Capcir. Embadalit per les seves proeses, no preguntava què passava, però quan tornaven s'entristia en veure la mare pesarosa. Algunes nits l'havia sentit plorar.

Amb la Maria s'avenien, i durant un temps van teixir moments de companyonia. Com si fossin germans.

Al pare li agradava Oceja. S'hi parlava català, i veia la torre del campanar de Puigcerdà. Tan a prop i tan lluny. Es feia amb alguns exiliats, com l'Ignasi, un antic regidor de Súria que l'informava de la vida al poble des que els franquistes se n'havien apoderat. A través d'ell, s'assabentava de com s'havien comportat els de cal daixonses o els de cal dallonses.

Històries de dignitat però també de misèria humana.

Amb la mosca al nas per la presència de tants espanyols entre els *maquisards*, la Gestapo va posar la serradora de Palau sota la lupa. Amb raó. El bosc de l'Orri d'Andreu, on hi tallaven pins majestuosos, permetia creuar els Pirineus fora de la vista de la Kommandantur de Font-romeu. Hi passava un antic camí de contrabandistes que s'enfilava per Vallcebollera, el pla de l'Ovella Morta, el coll de Maians i la collada de Toses, i baixava fins a Castellar de n'Hug travessant el pla de l'Anyella i el coll de la Creueta.

Els alemanys ho sabien, i intentaven controlar el pas, repartint-se la feina amb la Guàrdia Civil.

El pare tenia d'assistent monsieur Abraham, que era el contacte amb el maquis. Amb papers falsos, sempre tenia una maleta a punt per tocar el dos cap a Espanya. Jueu, comunista, francmaçó, resistent: si l'enxampaven, tenia tots els números per acabar a Auschwitz. Per tal d'estar informats havien establert relacions amb francesos que sovintejaven els alemanys, entre d'altres, un capità de la Gendarmeria de la Guingueta d'Ix que els tenia al corrent de les seves operacions a canvi d'alguna ampolla de xampany. Ho celebrava perquè els ocupants havien acaparat la producció de xampany per als seus oficials i per fer-lo servir de moneda de canvi amb països neutrals.

De francesos, n'hi havia de compromesos, d'altres que es deixaven comprar, i els qui col·laboraven amb l'enemic, com un veí de Sallagosa que treballava a la serradora i que va denunciar el pare i el Florenci. La Trini se'n va assabentar, però quan va voler avisar era tard. Quan es dirigia al cotxe, agents de la Gestapo van detenir el pare i el van ficar dintre d'un Citroën com el seu, però impecable, i se'l van endur a Font-romeu.

A pocs metres, des d'una placeta on jugava amb amics, el Joan va veure uns homes amb uns abrics i barrets inconfusibles i es va malfiar. No era manera de vestir, amb aquell sol que espetegava damunt la collada de Toses. En veure com s'enduien el pare, va córrer amb la bicicleta fins a la serradora a avisar el Florenci, però quan hi va arribar dos soldats alemanys amb metralleta ja l'empenyien fora del taller. Va tornar a casa, on la Trini i la Maria endreçaven tot el que els de la Gestapo havien posat cap per avall.

—També han detingut el Florenci —va dir, abraçant la seva mare.

—Ja ens ho han dit, fill —va explicar la Trini, que no havia perdut la serenitat.

—I on se'ls han endut?

—Sembla que a Font-romeu —va dir la Maria. Ella també intentava mostrar-se tranquil·la, tot i tenir gravada a la memòria la imatge d'aquell home de Draguignan que havien fet baixar de l'autobús.

—Doncs anem-hi —va proposar el Joan.

La seva mare el va mirar i es va adonar que el seu fill s'havia fet gran de cop. En uns instants havia saltat per damunt de l'adolescència.

—Abans, duu aquests tiquets de racionament al mestre —li va demanar la Trini—. Amaga-te'ls als calçotets.

Era la manera que havien convingut d'advertir el maquis, i el Joan va sortir escopetejat, orgullós de la missió que li confiaven, i de saber que el seu mestre, que tant estimava, estava compromès amb la resistència. Mentrestant, la Trini i la Maria van anar fins a la Guingueta d'Ix, a veure el capità de la Gendarmeria.

El pare tornava a tenir sort. El cap de la Gestapo de Font-romeu havia viscut a Barcelona abans de la guerra, com papà Otto. Endut per la nostàlgia, es va embrancar en elogis a Catalunya que resultaven desplaçats. Ell li va seguir el corrent, tot i ser conscient que al Castellet de Perpinyà no els esperava una xerrada surrealista sobre Montserrat i el Sant Greal, sinó un interrogatori amb agents experimentats.

Per tal d'evitar que un comando assaltés el furgó, van endur-se'ls en tren cap a Perpinyà des de la Tor de Querol.

—Sense emmanillar-los! —va ordenar l'oficial alemany, que havia allargat la conversa sobre els misteris de Catalunya tot el que havia pogut.

Minuts abans que el tren arranqués, la Trini, la Maria i el Joan es van presentar a l'andana, amb bitllets. El pare es va emocionar, però va haver de descartar el pla que tenia mig embastat per saltar del vagó en un punt del trajecte que coneixia, de terreny escarpat i boscos intricats on potser no l'haurien atrapat.

Els van deixar pujar al tren, en un altre compartiment. Trigarien temps a tornar-se a veure.

Els de la Gestapo no tenien proves, però estaven convençuts que ningú no comprava una serradora i uns boscos a tocar de la frontera si no era amb propòsits malèvols, i havien descobert que l'assistent del pare era Georges Abraham, un dels comunistes més perseguits, amb una fitxa que havia disparat totes les alarmes. Quan ho va saber, el pare va pensar que tenien mala peça al teler.

Només la mobilització d'amics i coneguts va impedir que la policia alemanya utilitzés amb ells dos tota la seva panòplia de tortures. Al pare no li van aplicar la banyera, ni corrents elèctrics, ni el van penjar de les canonades, com era habitual al Castellet. Ni el van enviar a un camp d'extermini, com feien amb els detinguts que es negaven a delatar camarades. Malgrat això, va passar-hi cinquanta-nou dies fets de pallisses, nits amb una bombeta sinistra que mai no s'apagava, hores i més hores sense beure ni menjar i amenaces de deportar la família si no explicava la veritat.

La veritat que buscaven eren els amagatalls del bosc de l'Orri d'Andreu des d'on operava el maquis, però el pare no els coneixia. Alguns se'ls podia imaginar, però no havia volgut saber-ne res, per si de cas. Els botxins van descobrir el seu punt feble en veure la cicatriu que tenia a l'engonal. S'hi van abonar, amb cops de puny i puntades de peu propinades amb unes botes endurides per la guerra que li van regirar els budells. Els intestins que aquella monja de Manresa li havia burxat es van nuar i va patir una paràlisi intestinal que el duia de cap a la mort. Un fill de l'expresident del Parlament de Catalunya, que va compartir cel·la amb ell durant uns dies, els va advertir que se'ls quedaria a les mans, però els de la Gestapo no es van immutar. No tenien permís per matar-lo, però si decidia morir-se no se'n sentien responsables.

Era divendres, i el més probable era que no arribés a la setmana següent.

La fortuna se li va tornar a aparèixer. Quan estava a les últimes, la guàrdia del cap de setmana va quedar en mans d'un oficial de la Wehrmacht menys cruel que els homes de la Geheime Staatspolizei. En veure'l tan fotut, va ordenar el seu trasllat a l'hospital de Sant Lluís. Era un edifici esborronant, infame, mig esbucat, amb la fusta corroïda per la humitat i el salnitre, però no hi repartien llenya.

Més a prop de la mort que de la vida, va arribar just a temps perquè li desnuessin els budells.

Al cap d'uns dies es va escapar, amb l'ajut d'un jove francès que traficava amb els alemanys, i a qui salvaria la pell un parell d'anys més tard, quan França va passar comptes amb els *collabos*. Es va amagar uns dies a Salses i quan s'havia mig refet va marxar a Cauçada, a casa d'uns amics.

Al poble hi havia tornat a viure la Maria, que s'estava amb els seus pares, mentre que la Trini s'havia quedat a Oceja. Un dia, van avisar-la per anar a un lloc, sense dir-li el què, i quan el va veure va allargar els braços perquè s'hi aclofés, immensament feliç de tornar-lo a tenir amb ella.

—Què t'han fet, amor meu? Què t'han fet aquests desgraciats?

—A mi rai, Mari, a mi rai. Alguns dels que eren amb nosaltres potser han mort de les pallisses que els fotien. A mi no em van fer res.

—Com que res? Si estàs fet una pelleringa!

—Estic bé, no et preocupis, i aquí m'acabaré de refer del tot. —La Maria li va fer un petó. Tenia els llavis mustis i freds.

—Sabeu alguna cosa del Florenci? —va preguntar el pare.

—És a Oceja, amb la seva família —va explicar la Maria, que va afegir que havia parlat amb el capità de la Guingueta perquè hi intervingués. El pare es va alegrar de saber-ho. Des de l'arribada al Castellet no l'havia vist més.

Enfurismats per la fuga, els de la Gestapo van amenaçar d'executar empleats de l'hospital que havien estat en contacte amb ell, i en saber-ho el pare va decidir lliurar-se. Abans, però, va parlar amb alguns coneguts per evitar que l'enviessin a un camp o el torturessin a mort. De totes aquestes gestions, la conversa amb Pau Casals va ser providencial, perquè el músic va contactar amb col·legues que tenien influència a Berlín. Per als alemanys, ell era intocable. El veneraven.

A la Maria li va semblar que la decisió de lliurar-se l'honorava. Només l'orgull li va permetre afrontar el pànic que l'aclaparava.

Mentrestant, Rommel havia perdut la batalla d'Àfrica, tropes aliades havien desembarcat a Nàpols, i faltaven un parell de mesos perquè el mariscal De Lattre de Tassigny fes el mateix a la Provença amb el seu cos d'exèrcit. Tot plegat devia ajudar a aconseguir que, després d'onze hores de preguntes més aviat formals, a la seu de la Gestapo de l'Avenue de la Gare, deixessin el pare en llibertat a canvi que tanquessin la serradora de Palau. També es va comprometre a presentar-se cada setmana a la Kommandantur de Font-romeu.

Els carrers de Perpinyà no semblaven els mateixos. Mentre els francesos hi caminaven amb el cap alçat, els alemanys hi exhibien una desconfiança que aviat es transformaria en terror.

En el primer viatge que va fer a la Cerdanya, va saltar del Tren Groc i es va amagar uns dies a l'hotel Planes de Sallagosa. Era on feien el millor aneguet amb raïm de tot

França, però aviat va marxar cap a Tolosa, amb un bigoti més poblat i uns papers d'identitat nous, per escapar-se dels últims controls. Unes setmanes més tard, els alemanys abandonaven el sud de França i podia recuperar la seva identitat.

Com que la serradora ja no tenia sentit, el pare i el Florenci van decidir vendre-se-la, una decisió que aixecaria un mur de malentesos i suspicàcies entre tots dos. Els diners, els maleïts diners que tot ho embrutaven a l'exili, van enfrontar-los i el germà del pare el va acusar d'haver-se quedat amb el que no li tocava. El que va passar forma part de secrets de família insondables, però el fet és que el Florenci va quedar profundament desmoralitzat. Convençut que la seva vida a França era un fracàs, es va enretirar de nou a Prada de Conflent, amb la dona i les dues filles. Al cap d'un temps van fer venir la Maria, la filla petita, que s'havia quedat a Catalunya. L'exili s'allargava, i molts refugiats van haver de fer un pensament. El Florenci també. Somiava amb tornar. Tornar a Súria.

Una idea que tindria conseqüències fatals.

Mentrestant, el pare seguia sense resoldre la seva vida. Estava enamorat de la Maria, però continuava vivint amb la Trini, i va ser ella, la que va tenir el coratge de dir prou. Eren prop de Montlluís, dins del Tren Groc, camí d'Oceja.

—Andreu, crec que hem de parlar —va dir.

—Parlar de què? —va preguntar ell, incòmode per com li aguantava la mirada.

—De nosaltres.

—Nosaltres?

—Sí. Nosaltres. Tu, jo, el Joan i Maria Serra.

El pare va callar. Ell, que havia estat capaç de parlar amb autoritats, de conversar amb intel·lectuals, d'enredar la Gestapo i el SIM, no sabia què dir-li a la Trini. No estava preparat per prendre cap decisió. Ni tan sols per justificar el fet de no prendre'n cap. Tota la seguretat que mostrava en altres àmbits de la vida quedava en un no res quan es tractava d'abordar la incoherència del seu comportament.

—No podem seguir així, Andreu —va insistir ella, amb la veu tremolosa però ferma.

Al pare el va sorprendre sentir-la tan decidida. No s'adonava que ella, després de la fugida dels alemanys, reclamava deixar de viure en un món de mentides i falsedats. No estava disposada a suportar més vexacions.

—Què vols fer?

—Tu ets qui ha de respondre a aquesta pregunta —li va dir ella, amb una determinació que el va atabalar. No hi estava acostumat.

—No veig motius per canviar —va balbucejar ell, maldestre.

Quan el tren va arribar a l'estació de la Cabanassa, la Trini es va aixecar i va agafar el farcell que duia. Ell va fer un gest per retenir-la que va quedar a mig camí. Abans d'abandonar el compartiment, ella només li va dir:

—Recorda que tens un fill al liceu de Perpinyà.

Acostumat a tenir l'última paraula, el pare no va saber què respondre.

Després de passar una nit sol a Oceja, va abandonar la casa i va anar a Cauçada a parlar amb l'Angeleta i el Vicenç. Sabia que el pare de la Maria havia quedat estovat per la seva fermesa amb la Gestapo i creia que el podria convèncer. Efectivament, l'antic masover va seguir arrufant el nas, perquè la seva filla encara no tenia vint-i-un anys, i li costava oblidar la seva fugida a Oceja, però no va amenaçar de fer cap disbarat si decidia ajuntar-se amb aquell home.

A Saint-Cirq, prop de Cauçada, van viure per fi dies d'amor sense límits, que aviat van ser també dies d'absències perquè ell no parava, i dies de penúries perquè poc cobrava. També van tornar els problemes de salut per a ella, que patia bronquitis, i per a la seva mare, que entrava i sortia dels hospitals. El pare viatjava sovint a Prada, on col·laborava en l'organització de concerts de Pau Casals calats de nostàlgia, i va tornar a implicar-se en els debats sempiterns de l'exili. Molta feina, però ingressos magres en un país on tot esdevenia més car.

La felicitat de la nova parella aviat quedaria enterbolida per la necessitat.

A l'estiu d'aquell any, van fer un viatge per celebrar que ja no s'havien d'amagar. Seguint la recomanació del metge, van anar als Pirineus, i quan van passar per Acs ella va trobar que era un poble encisador, refrescat per un riu sorollós i acolorit per rosers, xicrandes i buguenvíl·lies, de tal manera que quan va quedar encinta van decidir mudar-s'hi. Amb l'embaràs, la bronquitis se li havia aguditzat.

Van llogar-hi una torre. Es deia Villa Le Retour. No era encara la tornada a Catalunya, però eren més a prop.

Director d'«El Poble Català»

Mentre Josep Irla mantenia les aparences des de la presidència de la Generalitat, la diàspora catalanista seguia corcada per mil divergències. Els uns somiaven amb tornar a Catalunya amb l'Estatut sota el braç, i els altres creien que amb la victòria dels aliats sonaria l'hora de la independència. Les diferències s'enquistaven entorn dels noms, però també afectaven les estratègies. Amb qui s'havia de fer la unitat?

Esquerra era un regne de taifes, i una d'aquestes estava integrada per unes desenes de militants partidaris de l'acció amb tots els antifranquistes, com als temps del Front Popular, incloent-hi els comunistes. El pare era un d'ells.

Aviat va esdevenir-ne un dels més actius, i entre uns quants van crear l'anomenada Esquerra Republicana-Renovada. Eren quatre gats, però disposats a fer soroll amb *El Poble Català*, una publicació que es presentava, amb ambigüitat, com el portaveu d'una organització provisional dels republicans a França.

Reinventar el partit de Macià i Companys era un propòsit benintencionat, però depassava les seves possibilitats. No tenien suports, ni diners, ni les idees del tot clares.

Sempre que el pare es ficava en política, ho feia amb una radicalitat que l'esgotava. Al primer número d'*El Poble Català* hi va signar una crítica soterrada de Tarradellas, denunciant els anys d'inactivitat del partit i advocant per no excloure el PSUC de qualsevol front antifranquista. Molts republicans no ho compartien. La Guerra Freda encara no havia començat, però ja se'n notaven els signes precursors.

Al cap de poc temps va assumir la direcció política del diari; Lluís Capdevila, el periodista del monocle, n'era el director periodístic, i Perarnau, el redactor en cap. També hi escrivia Josep Fontbernat. Tots ells havien estat comensals d'aquell cèlebre sopar de La Bénèche. Els animava la defensa d'una Aliança Nacional Catalana que tenia el seu taló d'Aquil·les: era una iniciativa dels comunistes, i per a molts catalanistes aquesta era una supeditació intolerable.

No era fàcil oblidar el pacte germanosoviètic i els processos de Moscou.

L'edició d'*El Poble Català* tenia el pare enfeinassat. Hi desplegava una activitat intensa, aprofitant les coneixences que havia fet. Intentava buscar suports per afrontar un futur que no estava escrit, i quan Paul Ramadier va entrar al govern de De Gaulle, el va anar a veure amb l'equip del diari per demanar-li ajut.

A París van haver d'aguantar un xàfec.

—Amic Claret, no oblideu mai que els comunistes estan manipulats per Stalin —va advertir Ramadier, sense deixar-li acabar l'exposició.

—A Catalunya han jugat un paper en la lluita contra Franco —va intentar argumentar un altre.

—Nosaltres també hem combatut l'ocupació colze a colze amb ells, però el món ha canviat, amics meus, i avui la Unió Soviètica és un perill per a la llibertat —va insistir Ramadier, amb una contundència inapel·lable.

El pare s'havia equivocat creient que tots els francmaçons pensaven com monsieur Abraham. L'un era socialista i l'altre comunista, i veien el món de manera diferent.

Malgrat aquesta dutxa d'aigua freda, van tirar pel dret, intentant compensar la negativa dels socialistes i de la CNT a integrar-se a l'aliança amb el suport de diverses personalitats. Per al pare, van ser uns mesos agraïts que li van permetre conèixer Buñuel, Camus, Victoria Kent, Picasso i altres intel·lectuals d'esquerres. París era un festival de l'art i la cultura, ell era jove, i durant uns mesos va fer la cort a noms universals de la pintura, el cinema i la literatura. Ho vivia com el triomf d'un fill de rabassaire al que convidaven als millors restaurants. Dinant amb Picasso a La Coupole, va demanar-li que li dibuixés un colom de la pau en un tros de paper. Era per a la Maria.

Durant els mesos que va anar i venir de París, en va quedar definitivament encisat. No parava de pensar en la Maria. Quan s'acabés tot, hi anirien junts, seguint per aquella carretera que agafaven quan es veien d'amagat del Vicenç. Farien la mateixa passejada que ell havia fet, en arribar-hi, la primera vegada, i la convidaria a sopar al Maxim's.

La Maria i París eren els dos regals que França li havia fet.

Mentrestant, el Llenguadoc i el Rosselló, acabats d'alliberar, havien quedat enrogits per la presència de guerrillers espanyols que campaven per les principals ciutats, armats i desafiants, desitjosos que algú els donés l'ordre de combatre contra Franco. Impactats per aquesta presència, els promotors d'*El Poble Català* van donar suport a una operació militar contra la dictadura que preparaven els comunistes. Era un secret de domini públic embolicat amb el nom d'*Operación Reconquista de España* i escampat des de Ràdio Tolosa: atacar diversos passos dels Pirineus, envair la Vall d'Aran, fer-s'hi forts, i obligar les democràcies a pronunciar-se.

El pare es va deixar guiar per homes amb qui havia congeniat: el doctor Aguascas, president d'aquella fracció d'Esquerra, que coneixia dels hospitals de Barcelona, i José Riquelme, un general català que s'havia mantingut fidel a la República. Va tornar a fustigar Tarradellas quan aquest va llançar una proposta unitària alternativa. «La Solidaritat Catalana ha estat constituïda sense la col·laboració de la massa obrera, sense les tendències esquerranes del nostre partit, sense la Unió de Rabassaires, i sense el PSU de Catalunya», va escriure. El Poble Català es va convertir en un baluard de l'antifranquisme més abrandat. La figura de Companys hi era exaltada a cada número i no hi faltaven les caricatures de Franco amb les mans ensangonades, com quan una jove republicana d'Alforja va ser afusellada al Camp de la Bota.

Els franquistes mai no li ho perdonarien.

Tot i l'apassionament amb què escrivia, va començar a dubtar sobre la viabilitat d'aquella política durant el primer míting de De Gaulle a Tolosa. Hi va assistir amb la Maria, que no compartia la idea d'intentar una acció armada.

—Els francesos volen passar pàgina, Andreu —li va dir mentre hi anaven.

De Gaulle el va impressionar pel seu caràcter, la seva presència i el magnetisme que desprenia. Havia estat valent, i el seu tarannà quixotesc l'atreia. Quan va prendre la paraula, arrossegant els mots amb la seva veu tronadora, el pare esperava amb ànsia que digués alguna cosa de Franco. Un goig sense alegria. El general va demanar l'alliberament de l'Europa que quedava sota la bota nazi, però del règim franquista, ni piu.

Mentre tornaven a Cauçada, la Maria va insistir amb fermesa, posant-li la mà damunt del braç:

—Andreu, us esteu ficant en una aventura que no té futur.

—És tot molt complicat, Maria —va respondre ell, amb una evasiva.

Ella sabia que l'escoltava, i va seguir. Estava preocupada.

—L'home de l'Enriqueta tampoc en vol saber res.

—Perquè és del POUM i no suporta els del PSUC! Ja t'ho dic, Maria, tot això és un embolic. Deixa-ho córrer.

Ella no va insistir. Li hauria pogut comentar que el seu pare, que seguia escoltant Ràdio Moscou cada dia, tampoc era partidari d'una acció militar. Al Bigotis del Kremlin no li interessava.

El dia que Riquelme va reconèixer que aquella operació era un disbarat des del punt de vista militar, els dubtes van apoderar-se de tots ells i van decidir reunir-se a París amb diplomàtics francesos, nord-americans i britànics i esbandir les incerteses que els afeixugaven. El pare va proposar a la Maria d'acompanyar-los, però no es trobava bé. Probablement s'ensumava que seria una altra galleda d'aigua freda i no volia espatllar un viatge en què feia temps que somiaven.

—No comptin amb cap tipus d'ajut, si fan accions armades a Espanya —els va dir el britànic, amb una intervenció tan breu com contundent. Parlava en nom de tots els qui havien estat convocats en aquell esplèndid saló art-déco de l'ambaixada de Mèxic.

Els catalans van intentar desplegar el repertori d'arguments de l'Aliança: seria una acció en nom de la llibertat, per restablir una república legítima, i els comunistes s'havien compromès a respectar-ho. No hi va haver res a fer. La negativa dels seus interlocutors era part d'un nou joc internacional dominat per dos camps: el de Roosevelt i el de Stalin. Els aliats havien escollit el seu camp i els comunistes formaven part de l'altre.

—Ni ajut, ni tolerància —va insistir el britànic.

—Es queden amb Franco —va comentar el pare en sortir de la reunió, mentre caminaven capcots pels jardins del Trocadero. Va pensar que la Maria havia fet bé quedant-se a Saint-Cirq.

Ell va agafar el primer tren cap a Tolosa, sense passar per casa, emprenyat per haver-se deixat enredar. La Maria tenia raó. La invasió no tenia suports significatius. De res no servia el colom de Picasso, si els aliats s'hi oposaven. Riquelme també tenia raó. Militarment, era un nyap. Es considerava víctima de la mateixa ingenuïtat que havia presidit altres moments de la seva vida política. En arribar-hi va anar de patac al Grand Hotel Balcon, on se celebrava una reunió multitudinària per tractar de la intervenció armada, i els va dir que seria una carnisseria tan absurda com innecessària. Va advertir que intentar ocupar valls del Pirineu en ple hivern era una temeritat, i va afegir que no comptessin amb el suport d'una ciutadania extenuada i anorreada per la repressió.

Va haver de sortir per cames, amb acusacions de traïdoria com les que havia sofert a Sallent el 6 d'octubre.

Uns dies més tard, va escriure un dels últims articles a *El Poble Català*, intuint el que passaria amb tanta divisió. «Què volem, ací a l'exili, amb aquest joc de grupets? Fer que Franco resti indefinidament o que li trobin un successor que ens barri les portes de casa nostra?».

Poc abans del congrés oficial d'Esquerra Republicana, es va entrevistar amb Tarradellas a Montpeller.

Mentre l'un era un home alt i fort, que liderava Esquerra Republicana i tenia el vent a favor, l'altre encara duia al damunt el càstig d'uns anys difícils, ja no era el rei dels boscos, i a *El Poble Català* li quedaven quatre dies. Parlava en nom d'un petit grup de militants que exhibien la bandera de la unitat però no tenien on plantar-la.

Tarradellas va anar al gra, amb el llenguatge descarnat que gastava.

—Com ho arreglem, això, Claret? —li va dir, abans de proposar-li la seva incorporació a la Solidaritat Catalana. La unitat, però sense els comunistes.

—Tranquil, Tarra. Jo em dedicaré a la meva feina, que en tinc molta.

—No seguireu en la política?

—Esquerra seguirà sent el meu partit, però de la política me n'aparto —va respondre el pare.

Li va anunciar que deixava la direcció del diari, i li va desitjar sort. Era sincer.

Tarradellas no era sant de la seva devoció, però creia que era l'únic amb pebrots per salvar la presidència de la Generalitat, en un exili que s'anunciava llarg. Aquell mateix dia, es va acomiadar d'*El Poble Català*.

El silenci de Pau Casals

La primera vegada que va escoltar Pau Casals, al Liceu, poc abans de la caiguda de Barcelona, el pare va quedar embruixat. Hi havia dut alguns ferits de l'hospital de Romania i va descobrir un instrument màgic que omplia el teatre de laments pregons empeltats del drama de la guerra. Li recordava la veu fonda del vell Bató cantant a l'església de Sant Cristòfol.

Va ser el seu últim instant de solaç abans de la desfeta i mai no ho va oblidar.

A la sortida, quan un dels ferits, treballador de Flix, va comentar que no estava segur d'haver apreciat prou bé el concert, li va respondre:

—Sí, noi, la música és difícil, però si se't fica a dins, és per sempre.

A un altre que qüestionava el caràcter burgès de l'espectacle, el pare li hauria pogut contestar que hi havien assistit la Pasionaria i la plana major del partit comunista. Li va recordar que Casals havia denunciat la desigualtat que privava moltes persones de l'accés a la música i s'havia implicat en la creació de l'Associació Obrera de Concerts.

D'aquella nit, el que més el va impressionar va ser el crit desesperat del músic implorant solidaritat amb una República abandonada. Era una mostra d'humanitat que trobava a faltar en la política.

A l'exili, el va conèixer personalment a Prada de Conflent, de la mà del seu germà Florenci, que hi vivia. El primer dia que es van veure, li va recordar el concert del Liceu, però Casals no estava per conrear la nostàlgia.

—Vós que us moveu tant, Claret, expliqueu-me com heu vist els camps —va demanar-li—. Jo vaig anar a Argelers i en vaig sortir esborronat.

—La situació ha millorat un xic, mestre, però els nostres compatriotes encara ho passen malament —va respondre el pare, amb la intenció de no alarmar-lo més del compte.

—I els nens, com estan? Mengen tot el que necessiten? Van ben vestits? Passen fred? Tenen medecines? —Casals el va cosir a preguntes sobre la canalla, els fills de refugiats i els orfes de republicans.

Des d'aquell concert al Liceu, la seva obsessió eren els menuts. Tenia la taula plena de cartes que havia escrit i ensobrat, i li va demanar que les dugués a la *Poste*. Dedicava les seves energies a convèncer personalitats de tot el món que el règim de Franco era una abominació.

A Prada, Casals s'hi trobava com a casa. Els camps, les vinyes i les muntanyes que l'envoltaven li recordaven molts indrets de Catalunya, els monestirs li resultaven familiars, i la gent li era propera, sobretot quan li parlaven en català, encara que fos amb un marcat accent i algunes paraules que va haver de manllevar.

Els primers mesos els va passar al Grand Hotel, en una habitació que donava al Canigó. Aquells dies de contemplació es van acabar de cop quan va descobrir com eren atesos els seus compatriotes d'Argelers. Aleshores va deixar el violoncel de banda i es va tancar a l'habitació a escriure cartes per demanar solidaritat amb els nens de l'exili, primer tot sol, i quan la mà se li va engarrotar, amb la col·laboració d'Alavedra. Obsessionat per l'ajut, de tant en tant anava a comprovar l'alegria de la canalla quan rebien una xocolatina, alguna joguina o medecines per a ells o els seus pares, que també estaven sofrents. Cada cop que passava per Prada, el pare el trobava bolcat en aquesta agitació solidària, mentre deixava de banda les invitacions que rebia per anar a tocar a mig món. L'informava sobre les famílies que havia tret per treballar als boscos, i sobre els camps més allunyats, on les necessitats solien ser més urgents.

—Com has trobat el mestre? —li va preguntar Fontbernat, en tornar d'un dels viatges a Prada.

—Fluixet, perquè treballa molt, però és un exemple de dignitat.

—No seria millor que toqués? —va preguntar ell, que era músic. Alguns pensaven que Casals faria més feina actuant. Al pare, en canvi, aquesta actitud el captivava.

—El seu silenci és la nostra força, Josep —va respondre ell. Va afegir que la seva determinació l'havia ajudat a superar els moments de desesperança.

Quan el Rosselló va quedar sota la bota alemanya, Casals i els Alavedra van intentar anar a Mèxic, com altres refugiats. El pare havia decidit quedar-se. No volia allunyar-se encara més de la seva mare.

Bordeus, on havien d'embarcar, era un caos, amb milers de famílies que somiaven amb Amèrica com a destí. Quan estaven a punt de pujar al *Champlain*, el vaixell va ser enfonsat per l'aviació alemanya, i com que no hi havia cap altra possibilitat de travessar l'Atlàntic i els alemanys s'acostaven, van tornar a Prada, on les habitacions del Grand Hotel ja no estaven disponibles.

—Monsieur Casals est trop connu —li van dir a Alavedra, mirant-lo de cua d'ull, com si no hagués estat el seu hoste durant gairebé un any.

Van haver de llogar una torre i demanar al Florenci que els fes els mobles. Era la Villa Collete, als afores del poble, un xalet modest rodejat de pinassa i algun xiprer on Casals va trobar la pau per seguir tocant el *cello* i alçar la veu. Hi cabien les dues famílies i un piano amb el qual ell, cada matí, quan s'alçava, tocava un preludi i una fuga de Bach abans d'esmorzar. Després, afrontava una de les suites, una cada dia, i el diumenge repetia la sexta, que considerava la més difícil.

Sota el domini alemany, el pare va tornar a Prada, on Casals duia a la cara el solc de les dues guerres. En va sortir colpit per la precarietat amb què vivia. L'havia d'ajudar. A partir d'aquell dia, van intercanviar prop de vuitanta cartes que revelen l'enyorança de Catalunya, el dolor d'un exili fet d'urgències, vides truncades, i la voluntat de no decaure davant la follia que s'escampava per Europa.

La primera que li va enviar Casals, quan les esvàstiques havien començat a envair els carrers de Prada, va ser per agrair-li «el gall dindi majestuós» que el pare li havia fet arribar. Eren temps de fretura a tot el país menys a La Bénèche, d'on havien sortit una cinquantena d'aus gegants per a amics i coneguts del pare. A mesura que la vida es feia més penosa, les cartes mencionaven ajuts més insignificants que prenien valor en aquella França domesticada. Una capsa de *biscottes*, un paquet de sabó o tabac per a la pipa eren motiu del mateix agraïment que si es tractés d'un gall dindi. La indigència dominava la correspondència.

Casals s'havia reclòs. No suportava acotar el cap sota les banderoles dels ocupants.

De tant en tant, agents de la policia militar s'acostaven a casa seva. A cops, per tafanejar en la seva correspondència. D'altres, per escoltar-lo tocar des del jardí, sense que ell se n'adonés. Un coronel melòman li va demanar que actués per als oficials de la Wehrmacht i ell s'hi va negar. Tampoc va acceptar viatjar a Berlín i tocar amb l'orquestra simfònica. Per als alemanys, que seguien cultivant la passió per la música clàssica mentre construïen màquines d'extermini, la seva negativa va suposar una bufetada.

Sempre que algun ocupant passava per casa seva, després d'acomiadar-lo Casals es tancava a l'habitació amb el violoncel. A l'hivern era l'únic moment en què es treia l'abric que duia, del fred que passava.

Al principi, encara va acceptar fer algun concert. Al Royal Albert Hall de Londres, a benefici dels nens víctimes de la guerra, i a París, abans que els alemanys hi arribessin. Després, res. El silenci. Trigaria anys a tocar als països aliats, que considerava culpables de la continuïtat de Franco. Ho va anunciar amb bombo i platerets després de l'últim concert que va oferir a Londres. Al pare li va semblar un gest heroic, dels que faltaven a la política. L'atreia aquesta condició d'home moderat i radical alhora: temperat en les formes, obert al diàleg, però inflexible en els principis i les conviccions. S'hi reconeixia.

Poc després de ser posat en llibertat per la Gestapo, es va precipitar a Prada per agrair-li les gestions, i Casals es va horroritzar en saber com l'havien tractat al Castellet.

—Mai, mai no tocaré per a aquests criminals o per als qui fan la viu-viu amb Franco! —va exclamar.

En canvi, va dir que estava disposat a fer-ho a Montalban. Els nazis ja havien estat foragitats del sud de França, i volia retre homenatge a les seves víctimes i denunciar la precarietat en què seguien els refugiats.

—Vós ens heu d'ajudar —va afegir.

—M'hi posaré, mestre —va respondre el pare, sense pensar-s'ho, endut per la veneració. Estava convençut que

Pau Casals era qui millor podia denunciar la infàmia que havia col·locat Franco del costat bo de la història.

El concert de Montalban va ser un èxit. El cartell, amb la bandera tricolor i la senyera entrellaçades, estava penjat a totes les botigues. Per al pare, era un homenatge a aquells resistents que s'havia trobat anant en bicicleta, i que havien mort penjats. Quan va aparèixer el mestre amb el violoncel, el teatre es va ensorrar, i quan es van sentir les primeres notes de Grieg, el silenci es va apoderar dels qui l'omplien de gom a gom.

A l'entreacte, el pare va prendre la paraula després del comissari de la República.

—Us demano que vulgueu excusar el meu francès, que no serà pas el de Molière o Voltaire —va dir, d'una manera un xic afectada, abans de citar Eça de Queiroz: «Cal parlar orgullosament malament totes les llengües, menys la materna».

En la seva intervenció va equiparar *La marsellesa* amb *Els segadors*, i va ressaltar la decisió de Casals de no tocar mai a l'Alemanya de Hitler o a la Itàlia de Mussolini.

—En totes les èpoques, els més grans artistes, Miquel Àngel, Dante, Cervantes, Beethoven, Victor Hugo, Romain Rolland, s'han aplegat sempre sota les ales de la llibertat —va afegir, arrodonint un discurs que havia hagut d'estudiar, seguint el precepte d'aquell mestre de Súria.

Abans de començar, li havia suggerit a Casals que, en comptes de parlar, clogués el concert amb *El cant dels ocells*. Va ser el deliri. Com si Franco no fos capaç de suportar tanta dignitat.

Amb la Maria embarassada, era tanta la felicitat que les estretors poc importaven. Després d'una dècada d'exili, un naixement seria un senyal de vida. Per a ell, suposaria posar punt final al drama de la mort de la Rosa Maria.

En néixer jo, el pare va córrer a enviar un telegrama a l'home que ho era tot per a ell. L'amic, el músic i la veu que denunciava la vergonya de les democràcies.

—Celebraré moltíssim poder-los fer conèixer aquest petit Claret, tan dolç i tan bonic, ben aviat —li va escriure al cap d'uns dies.

—Rebeu les nostres felicitacions afectuoses per aquest magnífic esdeveniment i els desigs de feliç restabliment de la vostra bona i simpàtica esposa —va contestar Casals.

El pare no estava divorciat. Eren moments d'optimisme i la mare es trobava millor. Però el pare seguia sense una feina que li permetés afrontar el que ja era una família. O dues, perquè la Trini reclamava l'ajut pel fill, que només rebia escadusserament.

Quan la Universitat de Montpeller va fer Casals doctor honoris causa, el pare va convidar-hi els principals dirigents de l'exili i figures de la política francesa. El seu propòsit era presentar-lo com l'única personalitat capaç d'unir l'exili.

—El mestre ha fet el miracle d'aglutinar tots els catalans i acabar amb la discòrdia regnant entre nosaltres —va dir, en una intervenció al Casal Català, entre aplaudiments i algunes cares d'escepticisme.

Era més un desig que no pas una realitat. El seu missatge era que Casals podria refer una unitat que Tarradellas mai no assoliria. Va aconseguir fins i tot que rebés la direcció d'aquella Esquerra renovada. Tot plegat, per comprovar que el mestre no es volia perdre en els laberints polítics de l'exili.

Prop de trenta mil persones van assistir al concert de Besiers.

—Com voleu que toqui al mig d'una plaça de toros? —li va preguntar Casals el dia abans, a l'habitació de l'hotel. Temia que no se sentís el violoncel.

—No us preocupeu que ho arreglaré.

—Com? —va preguntar Casals, atordit.

—Farem una petxina de fusta gegantina que us posarem al darrere, i el so arribarà a tothom —va respondre el pare, sense acabar de convèncer-lo. Va ser un altre èxit.

A l'últim dels concerts, al peu de la tomba de Frederic Mistral, el pare va aguantar el paraigua perquè el mestre pogués tocar mentre diluviava. La presència del general De Lattre de Tassigny va ser exhibida com una victòria per al catalanisme. Mistral havia fet amb el provençal el mateix que Fabra amb el català.

Casals va complir setanta anys amb la convicció que el retorn a Catalunya anava per a llarg, i les felicitacions que va rebre l'atabalaven. El que més el va emocionar va ser la retrospectiva que li va dedicar la BBC.

—Espero que ho escolti aquell maleducat —li va comentar al pare. Es referia a Winston Churchill, que no l'havia volgut rebre.

I va tornar a ser el músic del silenci. Un silenci escruixidor.

Temps d'amor, penúries i enyor

Quan Hitler i Eva Braun es van suïcidar, el pare tenia trenta-set anys i la Maria estava a punt de fer-ne vint-i-dos. Vivien a tocar de Cauçada, complaguts d'estar junts després dels temps intricats d'Oceja. El pare havia deixat la política i estava entregat a organitzar els últims concerts de Pau Casals. Com molts refugiats, encaraven una època d'il·lusions però també de frustració i estretors. Passaven els nadals, i Franco es perpetuava.

«L'any nou ens portarà allò que nosaltres estimem i enyorem. Serà l'any de Catalunya», li va escriure Casals al pare en una nadala.

«Que el 1946 us sigui ben feliç, sota el cel d'una Catalunya ben lliure!», va contestar ell, amb el mateix optimisme voluntariós.

Pau Casals s'havia revifat en veure que l'ONU havia tancat la porta a l'Espanya franquista. Semblava que el món estava disposat a aïllar el règim. El pare era menys optimista des que havia anat a aquella reunió de París i havia copsat el canvi que duria la Guerra Freda.

Per a Franco, tot era qüestió de temps.

En agreujar-se l'emfisema de la Maria, van anar a viure a Acs. Ella estava embarassada, necessitava respirar per dos i estava pendent d'un part que es presentava delicat. Ell estava a punt de quedar-se sense feina i el pessimisme tornava a apoderar-se de l'exili. Casals aviat comprovaria que aquella decisió de l'ONU havia estat una enganyifa i que Franco consolidava el seu poder.

Només el batec d'una nova vida els feia oblidar les dificultats.

Per als exiliats, començava el llarg temps de l'enyor. El pare pensava sovint en la Batona, i quan li queia a les mans algun diari de Barcelona recordava l'Antònia i l'Agnès i intentava imaginar com s'ho feien per viure al mig de tanta carcúndia, elles que havien somiat en un món on la dona ho pogués tot. De Rajadell, es preguntava si les noies del poble seguien acostant-se a la fusteria. Pensant en Fonollosa, imaginava que només hi devia quedar el bar del Serarols. Què passava amb la gent de la Fatarella que tant havien patit? Li costava imaginar Sallent sense l'ateneu, els parcers del Bages sense ningú que els representés, les places sense sardanes, els obrers sense sindicats, i aquell quiosc de Manresa on sempre s'aturava sense el seu diari.

I Súria? No en sabia gran cosa. Li costava afigurar-se la Fonda Vella sense el Cuadrench, el cafè del Fusteret sense el Serafí, l'alcaldia sense el seu germà, i el cor La

Llanterna tancat. Es preguntava si l'havien dissolt per les seves lletres irreverents.

Les imatges de la infància eren les que més el visitaven, com si fos l'única època en què havia estat feliç. Es veia espiant les noies que havien baixat al riu, venent tramussos al cinema, o jugant a billar enfilat dalt d'una caixa de begudes. I els amics? Només havia vist el Pèsol. Del Malcarat, sabia que havia entrat a la Vall d'Aran amb les armes a la mà i res més. Potser l'havien matat i havien llençat el cos a un barranc perquè se'l mengessin gossos assilvestrats. O potser seguia fustigant parelles de la Guàrdia Civil en algun racó del Pirineu, sense obeir les orientacions del partit comunista i fent honor als seus orígens.

Del Quico, preferia no saber-ne res més.

Pel que li havien dit, la Trini seguia a Oceja, on vivia amb un exiliat que havia passat la guerra al front i l'exili al maquis. Era un antic boxejador que duia a la cara i a les mans, poderoses, la marca d'un antic ofici, les tortures dels alemanys i la duresa de la seva feina a una mina del Puymorens. Sota aquesta aparença adusta, Alfonso Alcaraz era tot bondat. Un home sensible i discret que va ajudar la mare del Joan a refer una vida trencada. Els dies que baixava a dormir a casa, impressionava amb els seus silencis, els seus ulls de talp i la seva generositat. El fill de la Trini estava intern en un liceu de Perpinyà, i els caps de setmana tornava a Oceja en bicicleta. Quan el pare l'anava a veure i comprovava la seva situació precària, hi veia la imatge deformada d'un fracàs que no havia sabut gestionar. El d'un home prompte a enlluernar el fill dalt de la moto, però incapaç d'aportar-li l'afecció que necessitava.

Vivia una nova vida i s'ocupava de la sogra, que seguia pendent dels hospitals. L'Angeleta li recordava la seva mare.

«Em cuido personalment d'ella, a totes hores», va explicar-li a Casals en una carta on li anunciava l'enviament d'uns torrons de Xixona i d'una ampolla d'oli de les Borges Blanques que havia comprat a Andorra, on anava sovint.

Casals, murri, li va contestar:

«Molts homes, amic Claret, mentre no dubten a exterioritzar l'amor per llurs mares, són reticents a l'hora d'expressar públicament l'atracció que senten per llurs esposes. Per la meva banda, no tinc cap mena de reticència a fer-ho».

El pare aprenia a viure enamorat. A la seva manera, pudorosa.

L'any de la derrota definitiva de l'Eix va ser el pitjor. El vell Bató va morir sense que ni el pare ni el Florenci poguessin anar al funeral. No van saber que estava greu fins que agonitzava. Havia mort un home bo, que havia transitat la vida escodolant els camps per plantar-hi vinyes, oliveres i ametllers.

«A poc a poc, el dolor es transformarà en un sentiment de dolçor i ben aviat podreu comprendre i acceptar allò tan natural que és perdre els pares», li va escriure Casals, intentant reconfortar-lo.

El pare va caure malalt, i quan duia una setmana allitat, aferrat a records que el perseguien, l'àvia de la Maria es va apagar. Aquella mateixa setmana, van tornar a operar l'Angeleta a vida o mort. En una França que havia retrobat la llibertat i les ganes de viure, tot era patiment, una paradoxa que ell i la Maria vivien amb angoixa.

Casals tampoc estava fi. El seu silenci sorrut tenia un preu, en diners i en salut. Mentre els Estats Units començaven a fer la cort al règim, Churchill preparava el seu cèlebre discurs sobre el Teló d'Acer i Stalin donava voltes a la idea de bloquejar Berlín, ell impartia alguna classe per sobreviure. El vent bufava a favor de Franco.

«És ben veritat allò de caldera vella, bony o forat», li va dir al pare, en una targeta on li agraïa alguns presents.

En néixer jo, el pare va acceptar que havia de baixar dels núvols en què el primer exili l'havia enlairat. Érem tres, les necessitats es multiplicaven, la vida s'encaria, i no podia seguir anant d'aquí cap allà sense rumb. La mare el va ajudar a aterrar, amb paciència. Tolosa semblava un indret indicat per tornar a començar com a fuster, però no tenia diners ni per llogar-hi un local ni per comprar les eines i les fustes necessàries. La mare temia anar-hi a viure, per la humitat de la Garona, però es va sacrificar. Per al pare, Acs era un forat.

Casals havia cobrat unes gravacions i li va fer un préstec.

La felicitació que el pare li va enviar a Casals per Nadal duia un remitent ambiciós amb dues adreces: «Ebenisterie Catalane, 3 rue de la Brasserie et 5 rue de

Poitiers, Toulouse». Un pis i un taller. Acostumat als temps en què tot li havia anat sobre rodes, el pare havia estirat més el braç que la màniga, i aviat es va adonar que no podia mantenir dos lloguers. La solució va ser extrema: habilitar una estança dins del taller per viure-hi tots tres. En unes condicions que no eren les millors per als pulmons de la mare. Ella feia de necessitat virtut i em duia a un parc proper on el sol, de tant en tant, treia el cap.

Cap dels dos estava disposat a renunciar a allò que tant els havia costat, però la feina del pare no acabava d'arrencar, i amb la mullena que banyava Tolosa durant l'hivern, la bronquitis de la mare va empitjorar. A més a més, Pau Casals necessitava els diners.

«Passo moltes estretors, amic Claret. He venut tot el poc que em quedava a França, i al pas que van les coses, altra vegada em trobaré penjat», li va escriure, reclamant el retorn del manlleu.

«No podeu pas fer-vos una idea de com sofreixo, en trobar-me enmig de tantes dificultats i contrarietats», li va respondre el pare, enviant-li una petita part del que li devia.

Per fortuna, només faltava un any perquè Casals organitzés el Festival de Prada, que remataria la seva fama i li permetria tornar a viure dignament. El mateix temps que el pare trigaria a tornar-li la resta del préstec.

A principis del 1949, li va proposar a la mare anar a viure a Andorra. A Acs, ella havia sentit a dir que era una vall endarrerida i confinada entre muntanyes, però va acceptar. Tolosa els robava la salut i la felicitat.

—Estàs segur de trobar-hi feina, Andreu? —és l'única pregunta que li va fer.

—Està tot per fer —va respondre ell.

Ella no va dir res més, però li va semblar que els ulls li centellejaven com feia temps que no passava. Tots dos somiaven tenir una altra criatura, però prop de la Garona ella no s'hi veia amb cor. Es van abraçar, confiats. Feia deu anys que havien creuat la ratlla, fugint de les tropes de Franco. S'havien conegut, estimat, i havien vençut mil obstacles. Havien sobreviscut. Jo era un marrec i no entenia el perquè de tota aquella agitació. Només recordo que temia no veure més l'àvia si anàvem a viure a un altre indret.

Vam emprendre un viatge que duria el pare a tocar el cel, però això ningú no ho podia saber.

Hotel Mirador

Dalt del port d'Envalira, el pare va aturar el Peugeot on anàvem tots tres, va baixar i es va quedar una estona mirant al fons de la vall, amb la silueta fuetejada per l'aire de primavera i els ulls mig aclucats. Des del cotxe, mentre em feia carantoines, la mare l'observava. Li va semblar que tenia la mateixa eufòria a la cara que quan l'havia conegut a La Bénèche, en els seus millors anys.

Ell va tornar al cotxe embriagat pel blau esclatant del cel, va posar la marxa i va tirar avall a tot gas, per una carretera que encara no estava enquitranada, com si l'esperessin per participar en un campionat de billar.

En passar pel primer poble, la mare va arrufar el nas. Tot eren parets de pedra fosca, teulades de pissarra i balcons fets d'una fusta que semblava mineralitzada. Un parell d'avis de pell apergaminada prenien el sol amb les mans damunt del pom del bastó, absorts sota la boina. Una pagesa tota de negre i amb el cap cobert traginava un feix de llenya. Un nen camacurt vigilava uns quants corders, i tres noietes més primes que un fideu saltaven a peu coix damunt d'una xarranca.

—Valga'm Déu! Què hi farem aquí? —va exclamar la mare, recordant els poblets endreçats i vistosos que havia conegut a França.

—Tot està per fer, mama! —va repetir el pare, abaixant el vidre per fondre's amb el paisatge. D'un temps ençà, li deia mama.

—Apuja el vidre, Andreu, que al nen li agafarà una galipàndria.

S'acabava una dècada horripilant i l'esperança era l'aliment dels supervivents.

Al pare, aquelles cases antigues li recordaven les del Poble Vell. Suggerien un passat misteriós, fet de vides dificultoses i llegendes antigues, però estava segur que l'estampa aviat quedaria com la postal d'un temps petrificat a disposició dels turistes. Andorra també tenia mines, com Súria, però havien quedat exhaurides feia temps i els seus mítics homes del ferro eren història. D'on podia venir el canvi? Dels qui, com ell, es negaven a veure el país condemnat a dedicar-se al cultiu del tabac i el contraban.

Acabava de complir quaranta anys, i es disposava a ser un dels protagonistes del canvi.

Tot baixant, apareixien signes d'una vida més avisada. El pare volia aturar-se per fer un mos, però fins que no vam arribar a Encamp no va aparèixer un lloc amb cara i ulls, el Rosaleda, un hotel granític davant del qual havia aparcat un autocar de línia.

A la barra hi havia un home baix i rabassut, amb un vestit botonat damunt d'una panxeta prominent, una boina de pagès i unes ulleres rodones que li anaven grans. Estava parlotejant amb dos forasters en un francès de pa sucat amb oli. El pare va preguntar qui era.

—El síndic, el senyor Cairat —va dir-li la mestressa, amb un tarannà més aviat elogiós.

Quan els dos interlocutors del síndic es van acomiadar, el pare s'hi va abalançar i es va presentar, amb prou encís perquè aquell home, a qui tothom saludava, acceptés seure una estona amb nosaltres. Francesc Cairat va escoltar sense parpellejar una intervenció llarga i atropellada del pare, on hi va sortir tot: la guerra, l'exili, la FAI, els boscos, la Gestapo i els desastres de la política, que l'havien empès a marxar de França. Fins més endavant, la mare no va saber per què li havia parat tanta atenció al seu home. La seva vida també havia estat singular i agitada, però des de l'altre bàndol. Era la d'un catòlic andorrà proper als franquistes, que les havia passat morades, però que havia aconseguit salvar la pell i blindar el Principat de les ingerències forasteres. Un home decidit i amb sort, com el pare.

Des d'aquell dia, el va tenir com a aliat.

—Així que veniu a Andorra la Vella per fer-hi mobles? —va preguntar Cairat quan va poder parlar.

—Mobles i botigues —va precisar el pare.

—Ui, de botigues en tenim unes quantes.

—Però no com les de Barcelona o París.

—Caram! —va fer el síndic—. Si em necessiteu, em teniu a la vostra disposició.

Va acomiadar-se de la mare amb maneres de senyor un xic exagerades.

Tornant al cotxe, el pare taral·lejava una cançó d'Édith Piaf sobre París, la ciutat que només havia entrevist però que associava a la cultura i la llibertat. Una ciutat per a dones com l'Agnès o Irene Polo. La d'aquella infermera comunista. No ho va dir a la mare però el primer que faria quan tornés a tenir feina seria anar-hi amb ella.

Abans d'arribar a les Escaldes, uns operaris enquitranaven un primer tram de carretera, i la mare es va amansir en veure un primer senyal de canvi. Ell els va preguntar qui es feia càrrec d'aquelles obres.

—Los de la electricidad —va respondre un obrer amb accent andalús i la cara torrada.

Era un empleat de FHASA, la companyia espanyola que duia l'electricitat al Principat amb treballadors que semblaven de l'organització TODT, de tan desguarnits com se'ls veia. A les Escaldes, les aigües sulfuroses hi havien dut signes d'una modernitat que encara no havia arribat a Andorra la Vella, on els carrers recordaven els de molts pobles catalans d'abans de la guerra.

Arribant-hi des de França, les valls andorranes eren un xoc.

El nostre destí era l'hotel Mirador i el pare va aparcar entre l'església i una casa pairal, en una plaça on s'obria pas una vida un xic més cosmopolita. Amb una carnisseria de bon veure amb xais esquarterats, una farmàcia que semblava tenir de tot, un estanc amb cigarretes i caliquenyos, i una botiga de records amb postals en blanc i negre i carrets de màquines fotogràfiques. Davant, s'hi amuntegaven dues dotzenes de turistes francesos a la recerca del temps perdut, arribats en un estrambòtic autocar descapotable. Encuriosits, alguns andorrans observaven els vestits empolsinats dels homes i els barrets estrafolaris de les dones. Un grumet ajudava a baixar els més grans, vestit de vint-i-un botons i cobert amb una gorra de plat, com si fos a les portes del Folies Bergère.

Vam enfilar un carrer empedrat que duia a l'hotel, passant per davant d'una botiga que exhibia arengades salades, espardenyes i formatges del Serrat. Li deien Ca la Cisqueta, i la mare es va preguntar si els establiments mencionats pel Cairat eren tots com aquest. Mentre ell caminava amb el cap ben alçat, portant dues maletes, ella em duia en braços i jo sentia com respirava. Molt millor. Començava a entendre per què havíem fet un viatge tan llarg.

D'aquesta manera, com si fóssim turistes arribats d'un altre continent, vam entrar al Mirador, que es convertiria en el meu món durant prop d'un any. Era propietat d'un exiliat.

L'arribada d'una nova família de refugiats va ser acollida amb el mateix reguard amb què els andorrans havien admès els que ja hi vivien. Amb les recances pròpies d'un país petit i fràgil, amenaçat per dues guerres que li havien suposat un trasbals.

Alguns se n'havien beneficiat, enriquint-se amb el negoci del pas per les muntanyes dels que fugien de Franco, o dels nazis, mentre la majoria resaven a la mare de Déu de Meritxell perquè preservés la independència del Principat. Encara que fos deixant-lo atrapat, durant l'hivern, entre un port d'Envalira infranquejable i un règim despòtic.

Les advocacions a la verge havien evitat que Andorra se n'anés en orris, però les petjades de les guerres encara es feien evidents. També al Mirador.

Era un d'aquests hotels de la fi del món que il·luminen relats de misteri. Els andorrans benestants hi coincidien, els vespres, amb exiliats, guàrdies civils, gendarmes i espies d'aquí o d'allà, o de tots dos llocs alhora, que buscaven informació sobre conspiracions reals o imaginàries, mentre aventurers sense escrúpols s'oferien per comprar o vendre el que fos, fins i tot alguna vida humana. El Mirador era el destí d'éssers rescatats pel destí que buscaven una segona oportunitat. Personatges que havien contribuït a escriure la història d'aquella primera meitat del segle, víctimes d'una dècada execrable que havia triturat vides, amors i projectes.

Aquell ambient de frontera semblava fet per a un home com el pare, habituat a obrir-se camí en situacions extremes. Andorra no era un país per a acoquinats.

Des del primer dia, els agents franquistes el van tenir vigilat perquè no es creien que hagués vingut a guanyar-s'hi la vida d'ebenista. Se'n va adonar perquè quan va dur-hi el banc i algunes fustes que encara tenia a Tolosa, va descobrir que li havien remenat la caixa del camió. Creien que muntava una tapadora com la de Palau de Cerdanya per ajudar enemics del règim. La fitxa que tenien d'ell era la d'un feroç enemic del Caudillo, amic de Companys, defensor de la unitat amb els comunistes i que havia flirtejat amb partidaris de l'acció armada, xacres que en feien un refugiat perillós. Els gendarmes també observaven de reüll les activitats dels exiliats, i si havien col·laborat amb els enemics d'Occident encara més, des que França formava part de l'OTAN. Per vèncer la resistència del veguer francès a normalitzar la seva situació, el pare va haver de telefonar a Paul Ramadier i deixar-li clar que l'època d'*El Poble Català* havia quedat enrere. De totes maneres, no va poder evitar que tots els serveis que actuaven al Principat el tinguessin controlat durant els primers dos o tres anys.

Ell no semblava immutar-se quan la mare li deia que els seguien si sortien a fer un tomb fins al riu, empenyent el cotxet des del qual jo descobria el país.

—Veus fantasmes, mama —li deia ell. Un dia, per tranquil·litzar-la, va afegir que Andorra no era com Draguignan, i ella va haver d'aturar-se. Un calfred esgarrifós li havia recorregut l'espinada.

Els espies anaven equivocats. La decisió del pare de reincorporar-se a la vida privada no tenia retop. Com li havia explicat al síndic, ell estava fastiguejat pel galimaties de l'exili catalanista i arribava a Andorra amb l'afany de superar una etapa negativa de l'exili. Des que s'havia instal·lat al país, amb Esquerra Republicana només hi mantenia un vincle sentimental, tot i ser-ne el militant més destacat fins que va anar-hi a viure Josep Fontbernat.

Aviat es van acabar els diners que havia arreplegat a Tolosa, i si el deute amb el Mirador no creixia més era gràcies als pòquers amb què escurava alguns dels andorrans més adinerats.

—Jo puc fer alguna feina, Andreu —va dir-li la mare un dia. Escrivia bé el català, en un país on les normes de Fabra encara no havien arribat.

—No et preocupis, que la setmana vinent cobraré per la primera botiga —va respondre ell.

La inauguració va ser un èxit. Hi va passar tothom, i les comandes es van multiplicar. A Andorra, efectivament, hi havia moltes coses a fer.

El primer hivern encara vivíem al Mirador i per a un infant allò era xauxa. Els capvespres, mentre jo gatejava, la mare xerrava amb altres dones prop de l'estufa, i una bigarrada munió de personatges inversemblants s'aplegaven a les taules, on el pare feia amistats i buscava parella de ball per a la partida. A tothom li feia gràcia la meva presència, als qui eren amics del pare i als seus enemics, que eren més dels que ell creia.

Els andorrans de soca-rel seien al voltant del síndic i del més ric de tots ells, un que gestionava el primer banc del país, oferint crèdits als pagesos que plantaven tabac i que ell els comprava a bon preu. Gaudia d'una fortuna que ningú no s'explicava, ni per aquest enginyós negoci ni pels tractes que havia tingut amb el Tercer Reich. Eren homes de gest adust, amb cares del temps del ferro i mirades desconfiades, que sempre bevien whisky i havien començat a jugar al pòquer.

La taula més animada era la dels qui havien trobat refugi en un país que era una mica el seu perquè s'hi parlava català. La majoria eren professionals amb iniciativa, virtut que s'agraïa en un país reclòs en les seves valls carolíngies. Prou somiadors per imaginar una Andorra diferent, oberta al món. Molts patien per pagar la pensió a finals de mes, sobretot els tres o quatre intel·lectuals que hi havien anat a parar, però la vida al Mirador era esperançada. S'hi menjava bé, s'hi respirava un aire cristal·lí, els adults gaudien d'una pau que era glòria després de tants anys de guerra, i les rialles de la canalla anticipaven un futur millor. Els exiliats s'estimaven més una copa de vi, francès de preferència.

Els qui ocupaven la tercera taula, més apartada, parlaven castellà, prenien Soberano i no amagaven la seva condició de guàrdies civils o espies de Franco. Tothom els coneixia. Solien jugar al dominó, o en feien semblant, mentre al darrere del paperet on anotava els resultats, un d'ells apuntava el nom dels nouvinguts, de qui entrava i sortia, de qui seia amb qui, i de què parlaven. Entenia el català i llegia els llavis.

—Tanca la porta, collons, que ens gelarem! —va cridar un dels andorrans en veure entrar el pare un dels darrers dies del primer hivern.

El pare va espolsar-se la borrufa de l'anorac. Anava tot de negre, i duia la gorra d'astracan que li havia regalat monsieur Abraham, exhibint la imatge que l'acompanyaria durant anys com a Home de les Neus. A la taula dels espanyols un va apuntar el seu nom, així com l'hora, que no era l'habitual, perquè el pòquer feia estona que havia començat. Entre parèntesis va escriure: «Claret de Suria». La hi tenien jurada. Les seves responsabilitats durant la República, la guerra i l'exili no ho justificaven, però es guiaven per una fitxa que començava amb les acusacions fabricades a Fonollosa i acabava recordant que havia tractat Franco d'assassí. La seva vocació de fuster no encaixava amb el perfil de roig maligne que es desprenia de la Causa General, i algú va arribar a la conclusió que convenia actuar abans que fos massa tard.

El bosc de la Rabassa era transitat per contrabandistes que pujaven farcells de tabac fins al pic de Monturull, des d'on descendien fins al primer poble espanyol. A Estamariu esperaven que passés la ronda de la Guàrdia Civil per creuar el Cadí i baixar a l'estació de Guardiola de Berga. Era un camí de bosc, pedra i tartera, que havia estat utilitzat pels passadors per introduir a Espanya fugitius de la Segona Guerra Mundial. Entre d'altres, dones jueves amb joies i diners que no sempre havien arribat al seu destí.

El pare no hi havia pujat mai, a la Rabassa, i quan un exiliat li ho va proposar li va fer gràcia. Era un client seu que pagava al comptat i amb qui havia fet una certa amistat jugant al billar.

—M'ha convidat a una cacera d'isards —va dir-li a la mare.

—Aquest home no m'agrada, Andreu —li va respondre ella. Les seves amigues el consideraven un bocamoll que sempre es feia el graciós, i un calent de mirada libidinosa.

Ell va arronsar les espatlles. Va menystenir el fet que mentre alguns passadors de fugitius havien excel·lit en la seva tasca, altres els havien tractat com fardots que es podien abandonar damunt la neu. Alguns s'hi havien fet rics, i el pare no s'adonava que, entre aquests desaprensius, també hi havia exiliats, tot i que Fontbernat li ho havia dit.

—Aneu amb compte, Claret, que alguns refugiats s'han convertit en agents benèvols de la policia franquista per tal que els deixin fer contraban.

El Principat no era l'oasi bucòlic que alguns havien imaginat. Dels temps de la Gestapo i els agents de Franco, hi havien quedat individus sense escrúpols, i mentre que els més astuts s'havien adaptat, fent fructificar el diner fosc amassat amb els tripijocs de la guerra, altres seguien actuant des de la foscor.

Al cap d'uns dies, aquell català llenguallarg el va invitar a prendre una copa a casa seva, a les Escaldes, amb uns amics de la Seu d'Urgell que també havia convidat a la cacera. Perquè es coneguessin, va dir. Els va oferir un jabugo del que no es trobava a Andorra, i xampany Roderer, que el pare sempre associava a París. Tot era excel·lent, però la companyia li va resultar sospitosa. Mostraven somriures forçats, i de caça en sabien menys que no pas ell. No hi va donar més importància.

En saber-ho, la mare es va enfurismar.

—No m'agrada que et facis amb ell, Andreu! —va exclamar—. I la Rabassa és a tocar d'Espanya!

—Per trobar isards no hem pas de traspassar la frontera, mama —va insistir ell.

—N'estàs segur, d'aquest paio?

—Què vols dir?

—Saps quants secrets s'hi amaguen, aquí dalt? —va deixar anar ella, recelosa, assenyalant les muntanyes que empetitien l'horitzó de la terrassa on érem tots tres.

Algunes amigues li havien contat històries d'allò més tèrboles. Una li havia explicat que, durant la guerra mundial, de tanta gent que creuava els boscos d'Andorra, els camins quedaven marcats com si hi hagués passat bestiar. Jo només tenia quatre anys però em va sorprendre veure'ls discutir d'aquella manera, ells que mai no es deien que no l'un a l'altre.

—Hi anem demà. Sortirem de matinada i tornarem a l'hora de sopar —va insistir ell—. I no et preocupis tant, dona —va afegir el pare, amb el gest taciturn que feia quan donava una discussió per tancada.

La mare es va aixecar, em va treure de la cadireta d'una batzegada i em va arrossegar fins a l'habitació. Mai no l'havia vist tan enrabiada.

Ell va marxar al taller, on es va matar treballant tota la tarda. Quan va tornar per sopar, ella li va dir que no baixava perquè no es trobava bé. El pare va insistir, però no hi va haver res a fer, i jo em vaig quedar sense jugar. Abans de marxar cap a la Rabassa, el pare havia quedat per fer un pòquer que era dels compromesos. Si s'allargava, empalmaria amb la pujada al bosc. Estava acostumat a no dormir.

Durant un recés, mentre feien un cafè, va comentar l'anada a la cacera.

—M'han dit que al Pla de l'Estany n'hi ha molts aquest any —va dir un dels andorrans afeccionats a la caça.

—Des que s'ha acabat la guerra estan més tranquils —va afegir un altre, atribuint-ho a l'absència de fugitius i passadors.

—Nosaltres anem a la Rabassa —va explicar el pare.

—A la Rabassa? No n'hi trobareu pas, d'isards, allà dalt! Entre els muflons i els espanyols que hi pugen a disparar contra tot el que troben, els han espantat —va dir el qui semblava entendre-hi més. No va mencionar els contrabandistes.

El pare no va contestar, però el comentari no li havia agradat. El va anguniejar. No podia deixar de pensar en les preguntes de la mare i en aquella sospitosa colla de les Escaldes. Desconcentrat, va perdre tot el que havia guanyat i més. Passades les cinc de la matinada, va pujar a l'habitació de mala llet, però descansat per la decisió presa, i es va ficar al llit sense fer soroll. La mare estava desperta. No havia aclucat els ulls.

—A quina hora marxeu? —va murmurar.

—No hi vaig —va respondre ell, secament. Es va quedar mirant el sostre i no va explicar el perquè.

Ella el va abraçar. Tenia la respiració entretallada.

—Avui he perdut molts calés —va revelar ell.

—No importa, amor meu. No importa.

El dia començava a clarejar damunt del Comapedrosa.

«Sous le ciel de Paris»

El pare va voler celebrar que havia tornat a néixer amb un viatge a París. Era una idea insensata, perquè encara tenien deutes amb l'hotel Mirador i un pis aparaulat, però feia prop d'un any que eren a Andorra i els mancava l'aire. Ell en tenia una imatge fugissera, de París, dominada per les urgències de la política, i per a la mare era la ciutat mítica que sempre quedava nord enllà quan eren amants i agafaven aquella carretera prohibida.

—Marxem d'aquí tres dies —va dir ell.

Ella li anava a dir que si estava boig, que necessitava temps, que s'havia de comprar un vestit amb cara i ulls i unes sabates noves perquè a París no s'hi podia anar de qualsevol manera. També volia advertir-lo que els de l'hotel s'enfadarien si no pagaven abans els deutes, i que no podien deixar el fill en mans d'una mainadera durant tants dies, però ell estava embalat.

—Deixarem el nen amb els teus pares —va dir el pare. Era un argument de pes per convèncer-la. Feia més d'un any que no els veia.

—La mare està delicada, Andreu —va dir ella, mig vençuda.

—L'Enriqueta la pot ajudar, viu prop de Cauçada —va suggerir el pare, que tenia arguments per a tot. Amb la menció de l'amiga, la mare es va entendrir. Tenien tantes coses per explicar-se!

—Anirem a dinar a aquell restaurant on Picasso et va pintar aquell colom que vas perdre? —va preguntar ella, abraçant-lo. Era un sí definitiu.

Tenia una altra raó per anar-hi, però no la hi volia dir.

Quan van entrar a França els va atrapar la història d'amor que hi havien viscut, i en arribar a Acs la mare va quedar amarada per la malenconia. Va demanar al pare que parés uns minuts per banyar-se els peus a la bassa d'aigua sulfurosa que hi havia a l'entrada del poble. Ho feia cada dia quan estava embarassada i les cames se li inflaven. Mentre ella seia a la vora del toll, s'alçava la faldilla i introduïa els peus en aquella aigua pudent però reparadora, ell la mirava des del cotxe, embadalit. Tenia les cames més boniques que havia vist mai.

La mare estava a punt de fer vint-i-sis anys. La meitat els havia passat en temps de guerra, d'incertesa i de desgràcies. No acabava de creure's que hagués arribat l'hora de la llibertat.

Van seguir després de donar un cop d'ull a la Villa Le Retour. El jardí estava descuidat i les roses pansides. No semblava que hi visqués ningú. Tolosa la van passar de llarg, sense aturar-s'hi. Hi havien patit massa i tenien pressa per arribar a Cauçada. Els poblets per on travessaven eren tots del rosa dels maons i les teules, i els camps mostraven una abundància que havien oblidat.

—Mai no m'havia sentit tan francesa —va dir la mare.

—Hi has passat mitja vida —va respondre el pare, sense sentir-se del tot interpel·lat.

Ell era de Súria, del Bages, del Llobregat. Hi havia viscut la infància, l'esperança de la República i el desafiament de la guerra. A França li devia molt. Li agradava sentir cantar Juliette Gréco, veure les pel·lícules de Jean Marais, i perdia el cap pel xampany rosat, però Catalunya ho havia estat tot per a ell, i ho seguia sent.

El primer que van veure en arribar a Cauçada va ser l'àvia Angeleta que treia aigua davant de casa seva, amb una bomba de mà. Feia estona que m'havia despertat, com si reconegués el paisatge, i en veure-la vaig fer un crit i vaig obrir la porta abans que el cotxe acabés de parar. Em va agafar en braços, però era tan menuda i s'havia enxiquit tant que la mare va córrer a ajudar-la. Mentre s'abraçaven, vaig quedar atrapat entre les dues dones de la meva vida, la que m'havia dut al món i la que m'estimava amb bogeria.

El pare havia aparcat damunt la vorera i sota d'un cartell on un pop gegantí intentava apoderar-se d'Europa. Duia la bandera nord-americana a la bossa i els ulls tapats per dos bitllets de dòlar. En llegir la signatura del partit comunista va pensar en l'avi Vicenç. La Guerra Freda començava a fer estralls i jo, que anava pels cinc anys, me'n vaig assabentar l'endemà quan l'àvia em va servir un bol de llet calenta i el seu home va posar el crit al cel.

—Càgon Déu! Com si a França no hi hagués vaques —va exclamar. Era la llet del Pla Marshall, que, per cert, era molt bona.

En veure el cartell, la mare també va copsar que l'ambient polític s'havia enrarit, i abans d'entrar a casa va dir al pare:

—Que no se t'escapi cap comentari, Andreu.

—No et preocupis, dona —va respondre ell. Estava disposat a anar amb compte per no espatllar allò que tant els havia costat.

Els avis vivien en una planta baixa diminuta amb el menjador i la cuina en entrar i dues habitacions petites separades per cortines. A mi m'agradava que fos així, perquè podia fer-ho tot meu amb un parell de corredisses. Podia robar un bunyol a l'àvia mentre els estava fent, i menjar-me'l darrere d'un llit sense que em veiés.

En arribar l'Enriqueta, la mare es va posar a plorar com una Magdalena. De contenta, s'entén. Després van entrar el Vicenç i el seu fill tan emblanquinats que no els reconeixia. Feien de guixaires, una feina dura però deien que ben pagada. L'avi duia al sarró uns papers que va amagar sota del matalàs abans que arribés ningú més. Alguns duien la falç i el martell estampats. Inquiet, com sempre, el pare va dir que anava una estona fins a aquell hotel on havia començat la seva aventura dels boscos, mentre la mare i l'Enriqueta van marxar a fer un tomb pels marges del riu, on tantes vegades s'havien fet confidències.

Ella li volia explicar un secret.

Per sopar vam seure al voltant d'una taula que amb prou feines hi cabia quan van obrir les ales. Al pare se'l veia content. Pels formatges que havia comprat, i perquè se sentia reconegut pels avis. Era la millor resposta a tots els que l'havien criticat pels seus negocis durant la guerra.

No vam començar a menjar fins que l'avi no va acabar d'escoltar Ràdio Moscou en una de les estances. Les notícies dels diaris el confonien. Tenia clares alguns coses, poques però decisives, i les altres l'atabalaven. Què suposava la revolució que hi havia hagut a la Xina? La guerra de Corea també l'inquietava, i la traïció de Tito l'indignava. Vivia en un món en què dominava el desordre i on tot ja no era blanc o negre. A França, comunistes de tota la vida havien estat expulsats del partit i el PSUC havia fet fora el seu secretari general perquè deien que feia el joc a Tito. Per navegar en un univers que considerava dominat per la propaganda burgesa, necessitava convèncer-se, cada dia, que la Unió Soviètica seguia sent l'única font de veritat.

L'escalivada feta amb albergínies i pebrots que havia dut de l'hort era dolça com la mel, i la truita de patates amb ceba que havia preparat l'àvia era mitja vida, de tan suculenta i alimentosa com era. Quan els pares van explicar que l'endemà marxaven a París, tothom ho va lamentar, menys jo. Tindria l'Angeleta per a mi tot el dia, l'avi em duria a veure els pollets que havien nascut i em deixarien fer tot allò que no podia fer amb els pares.

L'endemà al matí, quan van marxar, no me'n vaig alegrar, però tampoc vaig plorar.

Quan feia mitja hora que eren a la carreta, van arribar a una roureda majestuosa que la mare va recordar de seguida, emocionada. Era aquella en què s'havien aturat durant una de les seves escapades clandestines i on havia vist el pare parlant amb els arbres. Només havien passat set anys, però era una eternitat. Ella ja no era una noia, tenien un fill i potser havia arribat el moment de viure sense patir.

—Mare meva, sembla que faci un segle —va dir, mirant els roures—. Ara estem millor, oi? —va afegir.

Podria haver estat una afirmació, però li havia sortit una pregunta. No estava segura que ell fos més feliç ara que quan explotava aquells boscos. Temia que a Andorra s'ofegués. Sabia que el seu home es creixia en les conjectures endiablades i s'arronsava quan la vida quedava dominada per la rutina. Mai no l'havia vist tan dedicat a la família, i ho agraïa, però creia que podia acabar marcint-se.

—Sí, estem millor. Els alemanys ja no hi són, els avions no sobrevolen els boscos i a les acàcies no hi pengen els resistents —va deixar anar ell, críptic. Era més una descripció que no pas una resposta.

—No t'acabaràs avorrint a Andorra? —va afegir la mare.

El pare va aturar el cotxe al costat del bosc i la va mirar. Ja no era la mossa esbojarrada que corria pels prats de La Bénèche amb la seva amiga. Era una dona madura, intel·ligent, valenta, que l'entenia com mai ningú no l'havia entès. El contrallum realçava la subtilesa dels seus trets i una bellesa clapejada per les dificultats de la vida que el seguia enlluernant. Sempre la feia enrogir quan es vantava, davant dels amics, que tenia una tirada a la Bergman. Aquell dia, entremig dels roures que els havien vist estimar-se, va pensar que era més cert que mai.

—Ja saps què penso, que tot està per fer. O sigui que no m'acabaré la feina —va dir, per tranquil·litzar-la.

—Fent botigues? —va insistir ella, que no el veia treballant tota la vida a la fusteria.

—Les botigues són per sortir del pou, Maria. El que jo vull és canviar el país, aconseguir que la muntanya no sigui un contratemps sinó una oportunitat.

Era la primera vegada que insinuava la seva intenció d'implicar-se en l'obertura del port d'Envalira a l'hivern. Encara haurien de passar alguns anys perquè fos realitat, però la mare li va veure a la cara la mateixa resolució que quan treia carbó d'aquells arbres. No va respondre. Ell va tornar a posar el cotxe en marxa i ella va entreobrir la finestra i va cantar un parell d'estrofes d'una cançó:

Sous le ciel de Paris
S'envole une chanson
Elle est née d'aujourd'hui
Dans le coeur d'un garçon.
Sous le ciel de Paris
Marchent les amoureux
Leur bonheur se construit
Sur un air fait pour eux.

—On l'has sentit? —va preguntar el pare, sorprès.

—Me la va cantar ahir l'Enriqueta, quan li vaig dir que anàvem a París.

Encara no era la versió de Juliette Gréco, ni la d'Edith Piaf, però al pare li va agradar.

París era una festa per gaudir i oblidar. Georges Abraham els havia reservat un hotel prop del mercat de Les Halles i els va convidar a sopar a un restaurant que acabava d'obrir. Ja no era hora per menjar, però Au Pied de Cochon no tancava mai. El pare va demanar una dotzena d'ostres, que recordaria tota la vida, i la mare una sopa de ceba. Després es van partir uns peus de porc a la graella, que ella va trobar excel·lents i ell complicats de menjar sense embrutar-se les mans. No ho suportava. De petit sempre potinejava el plat amb els coberts mentre els seus germans es llepaven els dits.

—Pour Paris, Georges! —va dir la mare, brindant amb un xampany rosat de bombolles imperceptibles que Abraham havia triat. Coneixia les debilitats del pare.

—Pour notre camaraderie! —va respondre ell.

—Pour une Catalogne libre! —va exclamar el pare.

Gairebé no van parlar de política. Abraham havia fet com els cargols, havia tornat a la closca posant sordina a les seves idees, dedicant-se als negocis i esperant temps més favorables. La mare també seguia tenint les mateixes conviccions però creia que l'estalinisme havia embrutat els ideals que havia fet seus de jove. Prou complicada era la vida per voler arreglar el món, pensava.

L'endemà va ser només per a ells. Van mandrejar tot el matí i van fer un mos en un bistrot prop del mercat, on el pare solia anar quan treballava al circ Amar.

—Aquest vespre sopem al Maxim's —li va anunciar, mentre feien un tomb pels voltants de Notre-Dame. Era una de les seves dèries. Com si la conquesta de la ciutat passés per tenir taula al restaurant més afamat. Era la primera cosa que Göring havia fet quan els alemanys havien ocupat París.

—Em posaré el vestit de lluentons que em vaig fer dur de Barcelona —va dir ella.

El Maxim's va ser un espectacle. L'amic Abraham els havia reservat una taula prop de la porta i cada parella que entrava semblava sortida del setmanari de varietats que la mare rebia a casa. Quan els flaixos els van alertar que arribava alguna vedet de primera, estava segura que eren els del fotògraf del *Paris Match*. Van entrar Lauren Bacall i Humphrey Bogart. Ella semblava que no toqués a terra i ell feia cara de pocs amics. Els pares acabaven de veure *Cayo Largo* al cinema Principat i van quedar encegats. Ell perquè frisava amb les pel·lícules de suspens i ella perquè estava fascinada per la història d'amor d'una parella que es duien més de vint anys.

Van tornar caminant, travessant el jardí de les Tulleries i vagarejant per la ribera del Sena. Era una nit de lluna plena i el cel de París semblava inabastable. Tot era tan grandiós, monumental i polit, que la guerra quedava lluny, i quan ell li va explicar que els parisencs havien cultivat horts en aquells jardins, de la gana que passaven, ella no s'ho podia creure. Quan el pare li va mostrar on havia estat l'antiga seu dels alemanys, a la Place de la Concorde, li va semblar impossible, i li costava imaginar fanàtics com els de Draguignan arrossegant l'ombra de la Gestapo per la Rue de Rivoli. Si no fos perquè tenia presents les fotos dels nazis desfilant pels Camps Elisis, hauria pensat que l'ocupació havia estat un d'aquells malsons que la martiritzaven al camp d'Argelers.

Als voltants del mercat de Les Halles tot era agitació. París no dormia. Entremig d'un trasteig infernal de viandes, fruites i hortalisses, un home tocava l'acordió. Assajava la cançó que havia cantat la mare, però encara no li sortia del tot bé. Aviat seria la de tots els acordionistes de París.

L'habitació era a les golfes d'un hotel antic on encara quedava un bri del sol que havia fet durant el dia. Ho van agrair, perquè havia refrescat. El pare li va treure l'abric i ella li va desbotonar el coll de la camisa i li va desfer el nus de la corbata. Es van abraçar.

—Andreu... —va murmurar ella. Li sentia el batec del cor—. Torno a estar embarassada.

La fi del malson

La mare havia tingut bessonada, el taller rutllava a tot tren i el pare havia pogut pagar els deutes que tenia amb Pau Casals i l'hotel Mirador. Era la fi d'un malson durant el qual les penúries i la mort havien rondat la família. Amb el naixement dels dos fills, el pare s'havia ablanit. Tenia una vida intensa però asserenada, i no era estrany trobar-se'ls tots dos passejant per l'avinguda Meritxell, orgullosos d'empènyer un cotxet de dues places.

Semblàvem condemnats a ser una família d'homes, però ell s'hi havia avingut, com si la il·lusió que els havien aportat dues noves vides hagués difuminat el record de la mort de la Maria Rosa, que tant l'havia traumatitzat.

Algunes nits encara tenia el pòquer del Mirador, de tant en tant feia alguna partida de billar a les Escaldes, i els caps de setmana que jugava l'Andorra feia d'àrbitre. Fundat per un monjo de Montserrat, el club es beneficiava de la manera inapel·lable amb què ell xiulava les faltes. Vestit de negre, amb pantalons curts, mitjons de mitja cama i sabates de cuir, gaudia d'un paper que li procurava autoritat en el nou país d'acollida.

No havia estat fàcil arribar fins allà, i l'ensurt de la Rabassa, que no havia finalitzat aquella nit, l'havia acabat de convèncer que li convenia fer creu i ratlla amb el passat.

L'endemà d'haver renunciat a l'excursió, el Quico, aquell que havia estat el seu amic d'infància, havia pujat fins dalt del Poble Vell per comunicar a cal Bató que tenien el fill a la comissaria de la Seu d'Urgell.

—¡No se saldrá con la suya! —havia exclamat. Provocador, els havia amenaçat de fer-li pagar per tot el que havia fet durant la guerra—. ¡Como el hijo de puta del Malcarat! —havia afegit, confirmant la mort d'un dels membres de la colla.

—Aquí va salvar gent, i tu bé que ho saps —li havia dit el Pere, el més gran dels germans, en català.

—No es lo que dice la Causa General —havia insistit el Quico.

—Veig que ja no saps ni parlar català —li havia llençat a la cara la Batona, furiosa. La cosa no havia empitjorat perquè el Bató havia agafat la seva dona pel braç i se l'havia endut a dins.

El Quico havia marxat cap a la plaça dels Papes, que havia recuperat el seu nom, caminant pels carrers per on baixaven tots quatre amb el cotxe de rodetes quan eren amics. El règim ho havia aniquilat tot: l'amistat, els records i la moral.

Desesperats, la Batona i el Pere no sabien a quina

porta trucar, i no volien telefonar a l'hotel Mirador per no comprometre a ningú. Desconeixien com l'havien enxampat, ni què havia passat amb la Maria i el fill. Finalment havien localitzat l'antic capellà de Rajadell, que era rector de Sant Vicenç de Castellet. Davant d'ells, mossèn Joan havia parlat amb un amic del bisbat de la Seu i en poca estona havia aclarit que tot era una abominable mentida. No havien detingut el seu fill, que seguia a Andorra, i quan havien trucat al Mirador s'hi havia posat ell mateix.

—Andreuet, estàs bé? —havia preguntat la Batona, neguitosa.

—Sí, mare. Estem tots bé. Tenim molta feina, la Maria està molt millor i el nen és un dimoni —havia respost ell, preocupat en notar-li la respiració entretallada.

—Soc el Pere, Andreu. Estàs bé, oi? —havia tornat a preguntar el germà gran, posant-se al telèfon.

—Sí, sí. Què passa, Pere?

—No, res. La mare ha passat una nit d'angúnies.

—Vinga. Tranquils, i digues-li que aviat la farem pujar.

L'endemà, quan uns amics de la Seu li havien trucat per explicar-li què havia passat, el pare havia amenaçat de fotre-li una pallissa al fals caçador, però la mare li ho havia impedit. L'individu que havia volgut atrapar-lo amb aquell parany descurat seguia vivint a les Escaldes sense que ningú el molestés. En van deduir que l'única cosa que no es podia fer, a Andorra, era involucrar-se en activitats polítiques que molestessin els coprínceps. La resta, mentre no fos pública, no existia.

El comportament del Quico era el que més li dolia al pare. Havien estat com germans, i ell sempre l'havia defensat quan els altres dos l'agafaven de pim-pam-pum. Com era possible que un xiquet tímid i retret com ell hagués pujat al Poble Vell a fer patir la Batona? No recordava les llesques de pa amb vi i sucre que ella li preparava quan deia que es trobava fluixet? Dels més febles, Franco en feia monstres.

Exasperat per tanta roïnesa, el pare s'havia capficat a tirar endavant la fusteria.

A les valls hi havia una vella tradició de domini de la fusta per fer mobles, armaris, escons i fins i tot esclops buidats amb el trivi, la barrina i l'aixol, de manera que quan el negoci va començar a créixer no va tenir dificultats per contractar un parell d'operaris.

Va fer pujar dos dels seus germans de Súria. El Mauro, que havia treballat a la fusteria del Florenci, un conco taciturn castigat per la vida que no suportava creuar-se als porxos del Poble Vell amb la dona que l'havia abandonat, i la Maria, la més petita, que no trobava feina en un poble on dir-se Claret suposava un estigma. També va venir la Batona, ja molt vella, doblegada per una existència coriàcia però disposada a arribar als cent anys. El dia que va arribar, amb el cotxe d'uns amics, la casa d'Andorra la Vella semblava cal Bató.

En aquells temps de vida més reposada, la mare va intentar resoldre el conflicte amb la família del Florenci, però no se'n va sortir. El mal era profund i s'havia empeltat amb la tragèdia de Figueres. La filla més petita va anar a Andorra en alguna ocasió, però les altres dues no volien saber res del pare, a qui consideraven responsable de les seves desgràcies.

Mentrestant, la Trini seguia treballant de valent perquè el Joan entrés a la universitat. Feia feines en algunes cases ceretanes i contraban per pagar-li els estudis, perquè el pare no ajudava prou. Ell seguia entestat a negar una part de la seva biografia en què no es reconeixia, com si no suportés que la seva vida, com la de tothom, no havia estat d'una sola peça. Van ser anys difícils per al Joan, que veia com creixia una família feliç i benestant a Andorra mentre la seva mare i ell patien per sortir-se'n.

Va ser quan jo el vaig conèixer, perquè m'havien enviat a viure a Cauçada, amb els avis, per seguir els meus estudis a França.

Me'n vaig enamorar.

Aquell nen maldestre i esquerp que havia vist en alguna foto s'havia tornat un jove ben plantat, guapo com ell sol, que jugava de tres quarts en un equip de rugbi i emulava el pare fent proeses amb una Vespa. Tot l'indignava: que Franco seguís al poder, que els algerians encara visquessin sota el domini francès i que l'Àfrica encara fos una colònia. Es va fer comunista, no com Vicenç Serra, sinó d'un comunisme empeltat del millor que havia tingut l'anarquisme, i va haver de suportar la persecució de la policia francesa per un activisme que no estava permès als fills de refugiats. Era el meu heroi.

Amb fustes exòtiques importades, el pare va enlluernar alguns propietaris de baixos. Els feia somiar amb una avinguda Meritxell plena d'establiments lluminosos, com un gran magatzem a l'aire lliure, amb preus que farien embogir els turistes procedents d'un país condemnat a l'autarquia i els d'un altre on el Pernod i el tabac eren molt cars. Va començar reformant establiments antics com el de la Cisqueta, i després en va moblar altres de nous, propietat d'andorrans. Al cap d'un parell d'anys es va inaugurar la primera galeria, amb tota mena de novetats. Aviat en faria una segona, i també va moblar un hotel, que va administrar, més per caprici que per vocació. En poc temps, va estar a punt de perdre tot el que havia guanyat, de tants amics que hi convidava.

La feina de fuster no va arraconar del tot la seva passió per la política. La proximitat mantenia viva l'angoixa dels exiliats per les condicions de vida i la manca de llibertat que patia l'Espanya de Franco. Encara faltava un any perquè s'acabessin el racionament i les restriccions elèctriques, es cuinava amb carbó, l'estraperlo era el rei i el dictador se sentia més fort que mai. La llengua catalana continuava perseguida i només se n'autoritzava l'ús en cenacles reduïts i sense les normes que Fabra havia ensenyat a la mare.

El pare va dur Pau Casals a Andorra i es va comprometre amb un últim intent de promoure la seva candidatura a la presidència de la Generalitat. Seguia convençut que el músic podia donar dignitat i prestigi a una institució delmada per les renyines i l'havia animat que un casal català d'Amèrica el proposés per considerar-lo aliè a les lluites partidistes. Era allò pel que ell sempre havia advocat. Ho va fer coneixent la negativa del mestre. Per què s'hi va ficar? Probablement buscava debilitar Tarradellas. Les sòrdides batalles dels anys quaranta havien deixat una petja que resistia el pas del temps.

Tarradellas va ser l'elegit.

—Si ningú no vol ser-ho, és normal que ho sigui ell —comentaria Casals, sibil·lí.

Després d'aquesta última derrota política, el pare va començar a guanyar diners a mans plenes i s'hauria pogut fer milionari, com tants altres, quedant-se algunes botigues i llogant-les, però això l'avorria. La seva dèria era transformar un país que li havia robat el cor.

Quan va anunciar que estava disposat a obrir el port d'Envalira, la majoria el van prendre per un il·luminat. Intentar vèncer els mals humors de la muntanya era contra natura. Només li van fer cas dos homes, però eren els més importants: el síndic mig franquista i aquell banquer que havia fet amistat i diners amb els alemanys. Ells li van garantir el vistiplau del Consell i els recursos inicials per emprendre l'obertura del port més alt d'Europa.

Començava el seu idil·li amb la neu.

El drama del Florenci

L'any que iniciàvem una nova vida, amb el pare il·lusionat per les possibilitats que intuïa a les valls d'Andorra, el seu germà Florenci va fer un pensament: tornar a Catalunya. Preferia malviure a Súria, vigilat, que no pas morir-se de pena en un país que no era el seu. Estava disposat, fins i tot, a passar un temps en un camp de concentració, si li feien pagar la decisió d'haver-se exiliat.

Era una temeritat.

En llegir que el règim havia aprovat un indult, va creure que era el moment de provar-ho. No estava compromès amb fets com els que feien impensable el retorn del pare, i tampoc havia tingut cap paper destacat a França. Per al règim, havia estat un alcalde roig i separatista, però havia salvat vides de suriencs perseguits per la FAI, i això tothom ho sabia.

Es va equivocar. L'indult no era per als batlles d'Esquerra Republicana. Franco n'afusellaria més de quaranta.

Veient el seu estat d'ànim, la seva dona va decidir anar a Súria per obtenir avals que garantissin el retorn del seu marit. Va preparar el pas de la frontera amb una de les filles amb papers falsos, sense saber que havia triat la pitjor data.

Des de la venda de la serradora de Palau, ell vivia a Prada, amb la roba a l'esquena i allunyat del seu germà. La mala relació entre tots dos venia de lluny. Mentre el pare havia estat un adolescent rebel i endimoniat, ell sempre havia assumit un paper més convencional. Mentre l'un es casava i es feia càrrec de cal Bató, l'altre recorria els cafès del Llobregat i tenia un amor a cada poble. En comptes d'apropar-los, el compromís amb la República els havia allunyat encara més. Així com el Florenci havia contribuït, des del círcol de Súria, a organitzar Esquerra Republicana, el seu germà sempre havia considerat que el poble i el partit li quedaven petits. Amb la guerra, la relació s'havia acabat d'espatllar. Durant els pocs dies que va passar al poble, el pare va mortificar l'alcalde des del Comitè Antifeixista.

Fins a la retirada es van veure poc, i els primers anys de l'exili, mentre l'un triomfava, l'altre maldava per sobreviure.

Quan el Florenci va arribar a Prada, moltes coses havien canviat. Molts amics ja no hi eren, alguns havien tornat a Catalunya, i els francesos desconfiaven dels refugiats. Ell maldava per tirar endavant amb la dona i les tres filles, en unes terres on ja no se sentia tan benvingut.

Abatut, va acceptar que la Montserrat anés a buscar avals acompanyada de la seva filla, la Maria Claret, que tenia disset anys.

A les sis de la tarda del 6 de juny de 1949, totes dues van arribar a Palau de Cerdanya en autobús, procedents de Prada, i van dormir a casa d'uns amics. Passar la frontera caminant per corriols de la Cerdanya era habitual, aprofitant la permissivitat que solia haver-hi per traginar un contraban d'estar per casa amb el qual els guàrdies es feien un sobresou. Va ser una nit curta, perquè els van recomanar sortir a primera hora. La primera ronda, deien, era a les nou.

L'endemà, quan la llum començava a perfilar la serralada, van agafar un camí estret que duia a Vilallobent, creuant el riu de la Vanera per un pontet de fusta. Totes dues el coneixien perquè l'havien fet a l'inrevés per retrobar-se amb el Florenci. Poc després, es van endinsar en una zona boscosa, per un sender de contrabandistes.

No sabien que els controls s'havien intensificat. Uns dies abans, el Caudillo havia visitat Barcelona, en plena batalla diplomàtica per entrar a l'ONU. Preocupats perquè no hi hagués una acció del maquis que contradigués la imatge d'una Espanya pacificada, els governadors havien reforçat tots els passos amb dispositius que encara es mantenien vigents. Era el pitjor moment per passar d'estranquis.

A les set i deu minuts del matí, una patrulla de la Guàrdia Civil les va interceptar. Mentre un número les apuntava amb la metralleta, un altre les va escorcollar.

Duien uns salconduits poc convincents i van donar una explicació que encara ho era menys, així que les van emmanillar i les van conduir fins al post de la Guàrdia Civil d'Aja, que és com en deien d'Age. Un caporal va fer seure la Montserrat damunt d'una cadira mig desballestada, per prendre-li declaració, mentre duien la seva filla a l'estança contigua. Ella es va queixar que les separessin però no li van fer cas. Va començar l'interrogatori.

Com era preceptiu, el sotsoficial va preguntar-li on era quan havia començat la Guerra Civil, tot i que no va dir «guerra» i encara menys «Guerra Civil», sinó «Gran Movimiento Nacional». El mecanògraf va anotar la resposta amb la terminologia pròpia d'aquells temps de victòria: «Le sorprendió el G.M.N. en el pueblo de su naturaleza, no habiendo pertenecido a ningún partido político». La formalitat per complir «los generales de la ley» semblava indicar que no donaven gaire importància a la detenció. El número seguia teclejant, amb faltes que el caporal no corregia, si és que les identificava: «La individua de referencia vive en la vecina nación desde la retirada del ejército rojo y ba acompañada de su hija menor, Maria Claret Fabrega». Segons l'atestat, totes dues havien estat detingudes a les coordenades 1064 i 883 del terme municipal de «Vilallovent».

En aquest primer interrogatori, la Montserrat va explicar la veritat, tal com havien convingut amb el Florenci si passava alguna cosa. El seu propòsit era aconseguir que el marit pogués tornar a Súria, i ell els havia proporcionat els documents, «Ignorando de qué medios se valió para conseguirlos», va escriure el guàrdia. Va reconèixer que vivia amb ell a França des de l'any 1942, però no va revelar que hagués estat alcalde, ni que pertanyés a Esquerra Republicana. El caporal no li va preguntar a què es dedicava, per estrany que pugui semblar, segons la declaració que n'ha quedat.

Cap crit, cap amenaça. La Montserrat va signar a peu de pàgina, al costat del caporal i els dos guàrdies que les havien detingut, amb una lletra entenedora i endreçada que revelava domini de la situació.

Tot anava bé fins que va sonar el telèfon.

—Sí, por supuesto, mi coronel, esperamos que llegue la conducción —va dir el caporal.

Li havien manat posar-les a disposició de la policia de Puigcerdà, «con los interrogatorios instruidos al respecto» —en plural, tot i que només havien interrogat la Montserrat. Se les van endur de Puigcerdà a Figueres, «en una conducción extraordinaria por ferrocarril, con las seguridades convenientes». Algú havia descobert que eren l'esposa i la filla d'un alcalde roig.

El 10 de juny, tres dies després de ser detingudes, el cap de policia de Figueres va informar el governador civil de Girona de la seva presència a la comissaria. «Los salvoconductos que traen son procurados por su esposo en Francia y tienen apariencia de haber sido borrados por algún líquido al efecto de su verdadero titular y empleados por las indicadas, razón por la cual convendría comprobarlos».

Poc més. Un lacònic «Carecen de antecedentes en archivo».

Des que van arribar en aquella ominosa comissaria fins que en van sortir, només elles van saber què va passar.

La Montserrat mai no va poder explicar-ho, i la Maria mai no en va voler parlar.

El 15 de juny, vuit dies després de la detenció i cinc dies després de l'arribada a Figueres, el comissari li va comunicar al governador civil de Girona que la Montserrat havia estat ingressada en una clínica el dia 12, i que urgia traslladar-la a un manicomi. «Tengo el honor de participar a V. E. que la madre, Montserrat, por hallarse enferma, fue ingresada en la Clínica Santa Cruz de esta Ciudad, el día 12 del actual, y habiendo certificado posteriormente el Doctor Brusés que padece perturbación mental, siendo peligroso para ella y los que la rodean su estancia en dicha Clínica, por lo que ha de ser ingresada en un Establecimiento de Dementes».

L'estat real o suposat de la Montserrat se sustentava en un diagnòstic manuscrit i malgirbat emès pel doctor Brusés i datat el mateix 15 de juny. «Pongo en conocimiento de V. S. que la detenida Montserrat Fábrega Balaguer, ingresada en esta clínica por la Comisaría de Policía, al parecer bajo los efectos de una crisis histérica prolongada, se ha podido comprobar en el transcurso de su estancia en la misma de que dicho cuadro se ha complicado con una crisis aguda de perturbación mental rebelde a cualquier tratamiento [...] lo que traslado a V. S. para que se sirva dar las oportunas órdenes de traslado e ingreso en un Manicomio».

Què va passar entre el 7 i el 10 de juny, durant la conducció, i entre el 10 i el 12 a la comissaria? I a la clínica, entre el 12 i el 15?

El mateix dia 11, el governador civil de Girona ja havia comunicat al cap superior de policia de Barcelona que: «Por hallarse demente, Montserrat Fàbrega ha sido ingresada en el Manicomio Provincial de Salt de esta provincia».

Quan va ingressar la Montserrat al manicomi? L'11, com diu el governador, o el 12, com suggereix el comissari? Quants dies va estar a la comissaria? I a la clínica?

El dia 15, amb el mateix llenguatge insuportable i amb unes faltes d'ortografia que denoten deixadesa, a més de maldat, el president de la Diputació de Girona, de qui depenia el manicomi, va informar al director del centre que li enviava «la enferma mental Montserrat Fabrega Balague». Ell mateix es va queixar al governador civil de Girona, uns dies més tard, que encara no havia rebut els certificats mèdics que acreditessin la malaltia de «la presunta demente». O sigui que va ser ingressada al manicomi, probablement, sense els documents preceptius.

Malalta mental. Presumpta dement. Crisi histèrica. Crisi aguda de pertorbació mental. Sembla ser. «Tengo el honor». «Dios guarde a V. E. muchos años». Mitges veritats i moltes mentides. Mescla criminal de formalitats i negligència, al servei de la implacable lògica que Franco havia desfermat.

En quin moment es van adonar que l'estat de la Montserrat recomanava l'ingrés? Què li va provocar la crisi aguda de pertorbació mental de què parla el doctor Brugués, si quan va ingressar a la clínica només patia una crisi d'histèria, i si quatre dies abans havia signat una declaració pròpia d'una persona amb el seny a lloc? Com van determinar, a la clínica, que la seva suposada crisi era rebel a qualsevol tractament? Quines proves li van fer? Quins medicaments li van administrar?

Preguntes que duen a més preguntes. Què li va passar a la Maria Claret que mai més en volgués parlar? Per què la seva declaració, a Figueres, el dia 15, és calcada de la de la seva mare? Per què la signa amb plomí, i amb una incerta lletra de criatura, si tenia disset anys? Donant per bo que la Montserrat patís un atac, tot i no tenir antecedents, què l'hi va produir? El tracte que li van infligir? Assabentar-se del que li passava a la seva filla? O totes dues coses alhora?

Com va ser la seva vida a l'hospital psiquiàtric fins que va morir? De què va morir? Com tots els manicomis del franquisme, el de Salt era un indret on maltractaven i castigaven els homes i les dones que havien estat exclosos de la normalitat del règim.

Un jove estudiant de Salt que el va visitar alguns anys més tard, acompanyat d'un professor de filosofia amant de la provocació pedagògica, va veure com hi tractaven una dona.

«A la sala de conferències, van muntar-nos un espectacle horripilant, el d'una dona que se sentia atacada per unes serps que se li entortolligaven al coll i volien escanyar-la. Davant de tots nosaltres, se li aplicà un electroxoc. Li posaren com una mena de tub a la boca perquè no es mossegués la llengua, i seguí la descàrrega elèctrica. La dona va fer un crit espaterrant en rebre-la, i tots poguérem observar la crisi convulsiva similar a les epilèptiques que va provocar-li».

Montserrat Fàbrega va morir al manicomi de Salt al cap d'uns mesos d'ingressar-hi.

Maria Claret va sortir de la presó de Girona gràcies a les gestions d'una carmelita. Poc temps després, va marxar a França i mai més no va tornar a Catalunya.

Florenci Claret va morir a Prada, als cinquanta-un anys, després de patir una profunda depressió.

El pare va assistir a l'enterrament, amb un reduït grup de republicans exiliats. La mort del germà l'havia trasbalsat. També el va pertorbar que les filles del Florenci presents al funeral no el saludessin. L'afer de la serradora cuejava. Pau Casals va quedar colpit per la mort d'un home que apreciava. Li va escriure al pare: «Arribo de Suïssa i em donen la notícia del traspàs del vostre germà, que ens afecta molt, pobret. Feia temps que el seu estat ens donava inquietud. Una abraçada a tots vosaltres. El vostre amic».

El pare li va contestar referint-se a les circumstàncies, que feien encara més dramàtiques la mort de molts refugiats: «Pobret germà meu, no vàreig poder-lo veure per a donar-li el bes d'adeu d'aquesta mare nostra tan estimada que ni tan sols ha pogut assistir, en el darrer moment, el seu primer fill perdut, per culpa d'aquestes lleis maleïdes d'un món d'injustícia i de maldat», va escriure.

La policia espanyola no havia deixat viatjar la Batona.

L'Home de les Neus

Era una nit fosca d'hivern, amb ventejades que escombraven els cims. La màquina llevaneu que conduïa el pare havia quedat clavada en una congesta gegantesca que amenaçava d'engolir-nos, i quan va obrir la porta, el torb va fer tremolar la cabina d'aquell enginy monstruós, com si la volgués arrencar. Ell es va botonar les orelleres de la gorra, em va fer baixar d'una estrebada i em va ordenar que caminés darrere seu, amunt, aprofitant les seves petjades. Jo tot just si el sentia, i no el veia.

Em seguia un dels seus homes, mirant que no se m'endugués una ràfega. El vent era endimoniat, com el que castigava cal Bató quan baixava acanalat per la vall del Cardener alguns dies d'hivern.

Els dards de glaç em crivellaven la cara i se'm ficaven pertot arreu. No anava preparat. No me'n sortiria. Em passaria com a aquell personatge dissortat d'un conte de Jack London que m'agradava i que moria en un sotabosc nevat, a foc lent, davant del seu gos.

Tot d'una, quan semblava que el món s'acabava, el vent va amainar, el cel es va esquerdar i una claror providencial va insinuar-se dalt de la serra. Convençut que era la llum del refugi de Fra Miquel, vaig tenir forces per fer unes passes més amb els ulls tancats. Quan els vaig obrir, vaig veure la lluna. No era la llum del refugi. Era una lluna plena, grandiosa, més freda que els meus peus. Vaig mirar el pare, però no li veia els ulls del gebre que li cobria la cara.

No recordo res més. Acabava de complir deu anys.

Em vaig despertar amb els peus ficats dins d'un perol d'aigua tèbia, i el primer que vaig sentir va ser una veu que deia, amb l'accent tancat de les muntanyes andorranes, que no perdria cap dit. Agulles d'aigua o d'acer se'm clavaven als turmells, i jo premia les mandíbules per no plorar. En aquell refugi atapeït d'éssers avesats a les tempestes, ple de fum i olors masculines, m'havia de comportar. El grog que em van donar em va tornar al món dels vius i vaig veure el pare amb el bigoti i les celles xops. Somreia. Vaig intentar dir-li que ens havíem salvat, però no podia moure els músculs de la cara.

Ell s'havia jugat la meva vida, la seva i la d'uns quants treballadors seus perquè pogués abraçar la mare la nit de Cap d'Any. Jo venia de França, on vivia amb els avis, però l'autocar no havia pogut passar del Pas de la Casa perquè nevava com ho feia abans. Per al pare, tenir el fill bloquejat per la neu era un insult. Va decidir que havíem de tirar amunt fos com fos, amb les seves màquines al davant, desafiant el torb. Per fortuna, un cop a dalt, la carretera fins a Andorra la Vella estava oberta.

Aquella nit vaig entendre que els capricis de la muntanya són infinits i que tota llum pot ser enganyosa.

—Pare, per què es diu allò de la lluna en un cove? —li vaig preguntar, mentre conduïa com una exhalació. La mare sempre em feia enrabiar llençant-m'ho a la cara quan no volia cedir a un dels meus capricis.

—Per les coses que són impossibles, o que ho semblen —va respondre.

Crec que li va agradar la pregunta perquè encara va prémer més l'accelerador del Citroën tauró que s'acabava de comprar.

En arribar a casa, vaig descarregar el pànic silenciós que havia patit mentre el fred se m'enduia cap a aquell lloc secret de la muntanya on viuen tots els qui han mort a la neu.

—Hem vist la lluna en un cove, mare! —vaig dir, abraçant-la. Crec que se'm va escapar una llàgrima.

Durant uns quants hiverns, el port d'Envalira va ser el *far west*, amb un xèrif que era el meu pare.

El síndic Cairat li havia concedit l'obertura del pas, autoritzant-lo a cobrar un peatge. La idea suscitava l'entusiasme dels botiguers i dels esquiadors, però aixecava suspicàcies entre els qui criticaven que es deixés el país en mans d'un foraster durant quatre o cinc mesos l'any. No podia ser bo per a Andorra, sobretot si qui tenia aquesta concessió ho aprofitava per convertir-se en l'home més famós del Principat. L'Home de les

Neus! Què s'havia cregut? Què en sabia ell, de neu, si havia nascut a Súria? D'on sortia aquest aventurer amb un periple difícil de resseguir? Eren certs els rumors que corrien sobre ell?

Tot i els avisos de la mare, el pare estava tan cofoi fent realitat somnis d'adolescent que no s'adonava del rum-rum que provocaven els seus èxits. Com en altres moments de la seva vida, aconseguir l'impossible li va procurar amics i no pocs enemics.

El dia que va anunciar la seva intenció d'obrir el port d'Envalira, molts es van fer un fart de riure. El torb era un geni de la muntanya que ningú podia preveure ni dominar. Ho va aconseguir amb una colla d'andorrans prou insensats per seguir-lo en l'aventura: el Jan, lo Conxa, lo Telerany, el Jacki, el Poca-Roba, l'Agustí, el Silven i uns quants més. Coneixedors de la muntanya, que alguns havien desafiat fent de contrabandistes, van acceptar una feina que es va convertir en una epopeia. Quan arribaven al Pas de la Casa, després d'obrir el port i de dos dies sense dormir, i entraven a l'Hôtel des Cimes per sopar, semblaven aquells facinerosos que perseguia Henry Fonda pels salons de l'Oest americà en una pel·lícula que feien al cinema Principat. Ells treien la neu fins al Pas de la Casa, però els francesos es mostraven renuents a fer el mateix. Un cop més, Paul Ramadier va ser providencial per al pare, en ordenar que s'obrís el Puymorens. Els francmaçons mai no li havien fallat.

El primer any, ell i els seus homes van vèncer la neu amb un esforç titànic, però aviat es va adonar que aquella tenacitat no era suficient. Li calia estudiar, com li havia recomanat el Cuadrench. S'hi va posar tal com havia fet amb el billar, observant els que sabien fer-ho. Va anar a Suïssa, on també li van dir que mantenir oberta una carretera tan alta era una temeritat. Quan va tornar a Andorra i va declarar que perfeccionaria el mètode dels suïssos, el van prendre per boig. A alguns enginyers de camins vinguts d'Espanya els va dir que s'havia de donar llibertat al vent. El van titllar de poeta errat. A un conseller andorrà li va explicar que havia descobert la manera de fer-ho escoltant el torb. Creien que la muntanya l'havia trastocat. Ell va seguir endavant, convençut que la clau era modificar el traçat dels revolts.

Així és com va començar la llegenda de l'Home de les Neus que ell va esprémer a fons, per a satisfacció dels periodistes de mig món que van descobrir un ieti als Pirineus. Durant uns anys, Andorra va quedar associada al seu nom i a la seva gesta.

A molts andorrans els va fer rics. A alguns no els va fer cap gràcia.

Els set anys que va durar la concessió van ser un reconeixement a aquell *fusteret* que volia fer una carretera de Rajadell fins al molí de Boixeda i que mai no va poder veure-la acabada. Andorra li oferia l'oportunitat de rescabalar-se.

La vida de la família va canviar. Es van acabar les passejades al capvespre i els viatges a París. A casa, el pare hi parava poc i la mare vivia pendent del cel. El primer que feia, en aixecar-se, era mirar el baròmetre per saber fins quan li tocaria patir. Es feia càrrec de dues criatures i cuidava la Batona, que seia davant la finestra mirant les muntanyes que desafiava el seu fill. Sofria per com m'anava a mi a França, on jo vivia a pagès amb els avis, més feliç que un gínjol, i on vaig conèixer un germà que durant anys m'havien amagat.

Els bessons van tenir la sort que al pare se li hagués ficat la música al cos escoltant Pau Casals. D'ell i només d'ell va ser la decisió de comprar-li un violí a un d'ells i un *cello* a l'altre. Així és com van arribar a ser músics en un país on dedicar-hi la vida semblava una excentricitat. Amb la mateixa tossudesa que feia caramboles i obria el port d'Envalira, els va empènyer cap a un món que també havia estat el seu, el d'*Els pastorets*, les caramelles i les exhibicions del Bató a l'església de Sant Cristòfol. Només ell podia tenir l'atreviment de durlos un dia a Prada, a tocar davant del mestre, quan tot just tenien deu anys.

El pare passava l'hivern al port, i quan la neu s'havia fos rodava per mig món.

En un congrés de carreteres d'Itàlia van nomenar-lo «principe della neve». A Grenoble, un diari va dir que era «le surhomme des neiges», mentre un altre el va ascendir a «empereur». Un diari de Barcelona que duia el jou i les fletxes a la manxeta en va parlar com «el catalán que conquistó el Puerto de Envalira», i el portaveu de Falange Española va presentar-lo com un «benemérito compatriota nuestro», obviant la seva condició de roig exiliat que havia insultat el Generalísimo.

El dia que *Newsweek* va publicar una foto seva atalaiant l'horitzó des de Fra Miquel i qualificant-lo com «the indomitable snowman», va pensar que la vida valia la pena de ser viscuda. Com sempre, els amics van aplaudir, mentre que alguns adversaris malxinats el van posar en el seu punt de mira, com si fos un isard que s'ha apartat del ramat. A un reporter alemany que intentava entendre la trajectòria d'aquell home sorgit de les entranyes de la Guerra Civil, li va dir que ell havia viscut mil anys.

Mentre el pare gaudia de la seva popularitat, la mare estava pendent dels andorrans que encongien el rostre en llegir aquesta lletania d'elogis.

—Mira què m'han donat! —va dir-li un dia esverada, mostrant-li un pasquí rudimentari fet amb còpies de paper carbó.

Duia per títol «El desvergonyit» i, reinterpretant la seva trajectòria, l'acusaven de tot, sobretot de pretendre ser «el prohom més eminent que jamai ha tingut el poble andorrà».

—Són una pobra gent —va dir el pare, desdenyant llegir-lo sencer.

—M'han dit que hi ha alguns homes influents al darrere —va afegir la mare.

Sabia més coses, que li havia explicat una amiga, però no va voler explicar-les-hi. Temia que embogís. El signava un anomenat Grup d'Andorrans. Eren els convençuts que el país s'havia fet sempre en el secret de les seves bordes i que s'havia de seguir gestionant en l'opacitat dels bancs i dels domicilis luxosos on vivien les famílies de sempre. Sense escarafalls ni titulars. Sense el soroll que el pare generava.

—Sempre parlo dels andorrans que treballen amb mi. Aquests sí que valen! —va dir el pare, arrugant el pamflet i llençant-lo a la llar de foc.

Estava convençut que els seus èxits el feien invencible, i no es va adonar que li preparaven una *vendetta* silenciosa, típicament andorrana.

Venjança poètica

Era el dia de Sant Esteve, i el primer que va fer la mare, en aixecar-se, com sempre, va ser donar un cop d'ull al baròmetre. Durant la nit, l'agulla havia seguit pujant. El frare del temps també indicava estabilitat. Tot feia pensar que tindríem uns dies plàcids, i que el pare podria passar el Cap d'Any del 1962 a casa. Contenta, va sortir a comprar ous i farina per fer els canelons. Fins i tot va trobar ostres, amb les quals li faria una sorpresa. Res no li recordava tant els millors moments de París.

A l'hora de sopar érem tots a taula. No passava sovint.

Va sonar el telèfon i m'hi vaig abraonar pensant que podien ser els avis de França. Em mancava la veu dolça de l'Angeleta i la serenitat que em procurava viure amb ells. A Andorra, tot estava condicionat per l'agitació del pare.

—Papa, és l'alcalde de Barcelona —vaig dir, mirant-lo.

—Au va! Que encara no són els Sants Innocents —va exclamar la mare. Se li havia crispat mitja cara.

—Diuen que el senyor Porcioles vol parlar amb tu —vaig insistir, brandint-li l'auricular.

Es va aixecar i la mare es va quedar amb el cullerot a la mà. Va tenir un mal pressentiment. La ràdio havia parlat d'una nevada monumental a Barcelona, la nit de Nadal, però els andorrans s'ho havien pres amb un cert desdeny. Arran de mar, la neu es fondria en un dir Jesús, i els barcelonins pujarien, com sempre, a comprar els Reis per a la canalla, vaixelles de Duralex i teixits de niló.

En efecte, era l'alcalde. No havia parat de nevar i la ciutat estava col·lapsada. Porcioles implorava que el pare baixés amb les seves màquines llevaneu per salvar la ciutat. No puc assegurar que digués «salvar», però va ser el verb que va utilitzar després de penjar.

Salvar Barcelona.

No només no tenia passaport, sinó que el pare seguia sent un refugiat reclamat per la policia franquista. Amb una ordre de recerca i captura «por lo militar», segons li havien explicat agents de la duana als quals solia regalar alguna ampolla de whisky quan pujaven a Andorra. Va intentar recordar-li-ho a l'alcalde, però aquest devia estar molt decidit, o molt fumut, perquè en menys d'un minut el pare va dir d'acord, d'acord, dues vegades, deixant la mare consternada. Tornaríem a passar les festes sense ell.

—El govern d'Andorra n'està assabentat i he parlat amb el comissari en cap de la Seu d'Urgell perquè us faciliti el pas de la frontera —li havia precisat Porcioles, convincent.

Ja no va seure. Va trucar a Jan Puigcernal, el cap de colla del port, i li va demanar que convoqués tots els homes i que baixessin les màquines de Soldeu. Sortirien de matinada per arribar a Barcelona el mateix dia. El va sorprendre que tot s'hagués resolt en tan poc temps, però ho va atribuir a la influència de l'alcalde. Mentrestant, la teranyina del règim s'havia activat.

—¡Hasta aquí podíamos llegar! —va exclamar un agent de duanes de la Seu que era dels serveis d'informació. Considerava un escàndol que *Andrés Claret Casadesús, el Negro*, passés la frontera sense papers—. ¡Solo faltaría que tuviéramos que cuadrarnos! —va afegir, abans de fer una trucada discreta a Madrid.

A casa, la nit va ser curta però febril. Mentre els treballadors del port anaven arribant, entre emprenyats per haver de deixar la família i distrets per la idea de passar el Cap d'Any a Barcelona, el pare anava donant copets al baròmetre per comprovar que l'agulla seguia movent-se amunt. Es volia assegurar que les seves màquines no serien necessàries a Andorra.

—Sortirem a les cinc —li va dir al Jan, el primer a arribar.

L'únic document oficial que tenia era un salconduit que li havia fet el veguer episcopal per passar la frontera fins a la Seu d'Urgell. Mentrestant, la mare, resignada, feia entrepans. Mentre ella vivia aquell enrenou amb preocupació, els tres germans estàvem excitadíssims. El nostre pare anava a salvar Barcelona! Poc abans de les cinc, el comboi va arrancar, precedit per dos automòbils on anaven ell, un càrrec públic andorrà i alguns operaris. Els altres duien les set màquines de l'expedició.

—Claret —li va dir un d'ells quan encara no eren a Sant Julià—, és possible que a mi no em deixin passar.

—A mi tampoc —va respondre ell, mig en broma—. No tens passaport? —va preguntar.

—Sí, però em van citar per contraban i no m'hi vaig presentar —va deixar anar l'home, que havia de dur una de les dues turbines.

—Collons! —va fer el pare, sense dir res més. El cap li bullia. Intuïa que a la Seu no seria tan fàcil com havia dit Porcioles, però estava segur que arribarien a Barcelona. N'estava segur.

Havien passat molts anys des que n'havia sortit, per cames i de mala manera, i ja s'hi veia.

Els homes amb causes pendents per contraban eren dos, però això no era el que més preocupava Luis Hervé, el comissari de la Seu. Des que Porcioles li havia trucat, el telèfon no havia parat i el tèlex repicava tota l'estona. El ministre encarregat de les fronteres era Camilo Alonso Vega, un home que ho era tot al règim: falangista, cap de la Quarta Divisió de Navarra, director general de la Guàrdia Civil, i contrari al que representaven polítics com Porcioles, massa tous amb els enemics del Caudillo. Don Camulo, com li deien els seus enemics, era un dels pocs seguidors de Franco que havia estat «exaltat» a la condició de capità general. «Exaltat» era la paraula amb què el BOE havia comunicat el seu ascens.

Alonso Vega no estava per romanços, ni per nevades, i Barcelona no li importava una merda. Les seves preocupacions eren unes altres. Els seus sicaris acabaven de detenir el comunista Julián Grimau, i mig món s'oposava que l'afusellessin. Hasta el Papa, ¡me cago en la leche!

A la frontera els van deixar passar, però quan van arribar a la Seu allò semblava el *checkpoint* Charlie: fanals encesos, cotxes de policia entravessats i guàrdies civils convocats com si anessin a defensar una vall pirinenca d'una nova invasió.

El funcionari andorrà que acompanyava el pare va arronsar les celles.

—Collons, Claret! Ho veig fotut, això. Que no teníem permís?

—Tranquils. Quedem en aquell bar del davant —va dir el pare. Hervé l'esperava fumant una cigarreta sota la llinda de la porta. El va fer entrar i es va tancar amb ell al despatx.

—El alcalde necesita que lleguemos a Barcelona hoy mismo y la nieve empieza en Oliana —va explicar el pare, amb la intenció d'accelerar els tràmits.

—¡A mí la nieve me la suda, Claret! Yo no puedo dejarte pasar.

—Pues llamo a Porcioles —va respondre ell, agafant el telèfon.

—¡Tú no llamas a nadie, coño! —va cridar Hervé, fora de si i penjant l'auricular.

—Pero Porcioles... —va insistir el pare, sense poder acabar, perquè Hervé el va tallar.

—Ni Porcioles ni hostias, las llamadas que cuentan son las de Madrid.

—¿Quién te ha llamado?

—Esto no te lo puedo decir, pero me han dado una solución...

—...?

—Firmas este papel y os dejo pasar. Incluso a los contrabandistas.

Era una carta on el pare es retractava de les acusacions («insultos», deia el text) que havia proferit contra Franco a *El Poble Català*. Ho va trobar una proposta surrealista, a aquella hora de la matinada, destinada a salvar la cara d'algú. Forassenyada i inacceptable.

—Mira, Hervé, aquest paper ja te'l pots guardar. Jo he sortit sense sopar ni esmorzar, o sigui que vaig al bar d'aquí davant a fer un cafè amb llet —va respondre el pare, en català.

—¿Qué coño te importa firmar esto, hombre, si nadie se va a enterar?

El comissari sabia que, si signava, Don Camilo ho presentaria com una victòria. Algú s'havia d'abaixar els pantalons, i pretenien que fos ell.

—Me da lo mismo que Don Camulo lo haga público o no. No voy a firmar —va insistir el pare, obrint la porta del despatx.

—No me jodas, Claret. ¡No me jodas! —va exclamar Hervé mirant les parets, com si tinguessin orelles.

Hervé era del milloret que hi havia a la Seu, un policia *bon vivant* que els pares havien conegut quan encara érem al Mirador. Menjava i bevia amb luxúria, i es feia un fart de riure quan jo m'arrossegava fins a la seva taula, de quatre grapes, li deia «Malparit» i tornava amb la mare, esperitat.

El pare intuïa què havia passat. Porcioles devia haver trucat a Fraga Iribarne, el ministre encarregat de millorar una imatge d'Espanya que no s'adeia amb una Barcelona col·lapsada. A Don Camulo segur que no, i algú ho havia xerrat. Al bar hi havia el mateix ambient de gresca que quan el Jan i els seus homes arribaven al Pas de la Casa i celebraven la victòria sobre la neu. Als cafès els havien seguit unes copes servides amb l'ampolla que algun d'ells duia sota de l'anorac.

—Cal esperar una mica, nois —va anunciar-los el pare.

Des d'allà mateix va aconseguir parlar amb Porcioles, que estava despert i frenètic.

—Ho arreglo en dos minuts! —va dir l'alcalde.

No van ser dos minuts sinó tres hores. Quan Hervé va tornar a cridar-lo, eren gairebé les nou.

—Podéis bajar —li va comunicar, amb cara de pomes agres—. ¿Cuántos días estaréis?

—Hasta el partido de Copa del miércoles —va respondre ell. Es creia Déu—. Aprofitarem per veure el nen de Linyola —va afegir.

Aquell dia, el Barça jugava un partit decisiu de la Copa de Fires amb l'Estrella Roja de Belgrad, i alineava Josep Maria Fusté, un fill de les terres de Lleida que era el seu centrecampista preferit.

—No me jodas, Claret. No me jodas, ¡hombre! —va repetir el comissari—. Os pondremos un coche de la Guardia Civil que irá delante.

—Davant hi vaig jo amb les màquines —va precisar el pare.

—Vale, pues el coche irá detrás. Pero alguien tiene que vigilaros, ¡coño! —va exclamar Hervé, donant-li un copet a l'espatlla.

El pare estava convençut que Porcioles havia parlat amb Franco, l'únic que podia saltar-se Don Camulo, i el més probable era que volgués evitar una altra catàstrofe. Feia tres mesos que una riuada devastadora havia provocat prop de mil víctimes al Vallès. A més a més, el dictador no havia entès per què li amargaven la nit amb el tal Andrés Claret Casadesús de qui mai no havia sentit a parlar, tot i que els informes de la Brigada Politicosocial l'arrosseguessin pel fang.

Sortint de la Seu, algú va posar la ràdio. Espinàs cantava «La presó de Lleida».

A la ciutat de Lleida
n'hi ha una presó;
de presos mai n'hi manquen,
petita, bonica,
prou n'hi porta el baró,
lircta, liró.

La primera neu va aparèixer a Coll de Nargó, però el pare estava pendent del pantà que veia a la seva esquerra. Recordava que se n'havia parlat molt abans de la guerra i li sabia greu que s'hagués fet amb Franco. Ara entenia per què un dels franquistes que corrien per Andorra li deia *Don Paco El Pantanos*. A Oliana ja hi havia un pam de neu i set graus sota zero. Van posar al davant un dels Dodge amb la pala per seguir fins a Ponts, on ja no passava cap vehicle privat. Calaf estava bloquejat, i quan van enfilar la Panadella tot es va complicar, pels automòbils atrapats que trobaven a tort i a dret, uns ocupats per gent mig congelada, i altres abandonats i coberts de neu. Ni els vehicles de l'exèrcit que havien baixat de Talarn per ajudar podien obrir-se pas.

Allò era un desgavell, i es convertiria en un drama si no hi havia una veu que s'imposés sobre les altres. La seva. Ell ho decidia tot. Quin cotxe podia seguir al darrere, i quin havia de quedar al voral. Quan valia la pena engegar-ne un amb les bateries que duien, i quan no. Actuava com en el moment de la retirada, però fent via cap a Barcelona.

—A la carretera mano jo! —deia quan algun conductor li plantava cara, com solia fer al port d'Envalira.

Arribar a la capital catalana al capdavant d'una caravana de més de dos quilòmetres havia deixat de ser una quimera. Passant per la Panadella, va tornar a telefonar a Porcioles.

—A quina hora penseu arribar, Claret?

—Si tot va bé, sobre les set.

—Us esperarem a la plaça de Sant Jaume.

La plaça de la República, va pensar ell, instintivament.

Es va posar al volant d'un Berliet que obria el pas i no en va baixar fins a arribar-hi. La carretera era més ampla, i van davallar del Bruc a tot drap, seguits per la caravana.

En veure el massís de Montserrat, el pare es va emocionar. Era prop de Súria i aviat veuria el Llobregat. Tornava a ser al seu món, a pobles que no havia trepitjat des de feia prop d'un quart de segle. Li hauria agradat alliberar Súria de la neu per fer-los saber a tots que ell seguia sent un noi del Poble Vell, però havia de seguir fins a Barcelona, una ciutat de la qual sempre havia buscat la gratitud. El cel s'havia aclarit, i quan van arribar a la plana la misèria de l'Espanya de Franco se li va fer més palesa: proliferaven les cases a mig fer, i les barraques aixecades per nouvinguts s'enfilaven pels turons.

Què feia Don Paco El Pantanos per tota aquella gent?

A la pujada d'Esplugues li va començar a batre el cor, i en arribar dalt i albirar Barcelona, blanca com mai ningú no l'havia vist, va aturar el Berliet en el qual anava i es va posar dret damunt l'estrep. Va demanar que apaguessin tots els motors. Tenia la ciutat als seus peus, silenciosa, amb la neu que s'estenia fins a la ratlla del mar. Era com si fos ahir. Mirant cap a Montjuïc, va recordar un ferit que s'havia quedat al seu llit, plorant als braços d'una infermera, perquè els seus pares eren massa grans per fugir.

—Som-hi, nois! Us convido a una escudella a Can Culleretes —va dir als seus homes, tornant a posar en marxa el llevaneu. Havia assaborit el que per a ell era una victòria.

L'escudella va haver d'esperar tres dies, perquè la ciutat estava aturada, l'aeroport tancat, el port bloquejat, els grans hospitals aïllats. La baixada per la Diagonal va ser una festa. L'última vegada que l'havia transitat, encara era l'avinguda del 14 d'Abril i s'acabava al Palau de Pedralbes. Quan va travessar Calvo Sotelo, va pensar que aquella plaça no tenia sort, perquè durant la guerra li havien posat el nom dels germans Badia, aquells que ell detestava.

Tenia ganes de cantar, però duia al costat un oficial de la Guàrdia Urbana amb bigotet que li anava dient noms de carrers i places, per tocar els collons: Avenida del Generalísimo, Calvo Sotelo, General Goded, Plaza de la Victoria, General Mola, José Antonio Primo de Rivera, Víctor Pradera, Martínez Anido. Res no palesava tant el canvi com aquella cantarella. El pare estava convençut que li feia fer un tomb per no perdre-se'n cap, en comptes de baixar per la Via Laietana, que tornava a dir-se com abans de la guerra. Per no sentir-lo, feia sonar el clàxon per respondre als qui aplaudien, i saludava els vianants més atrevits amb la finestra ben oberta. Encara estaven sota zero i el franquista de la urbana es pelava de fred.

Al mig de la plaça Sant Jaume, entre l'ajuntament i la diputació, l'esperava Porcioles, que destacava per la seva planta. El va sorprendre que també hi fos un general. Diria que li va agradar.

A la instantània de Pérez de Rozas hi van sortir tots tres, malgrat que durant les primeres hores el seu nom es va silenciar. El governador civil preferia que tot quedés com el resultat d'un acord de Barcelona amb el govern d'Andorra que no pas com el resultat d'un tracte amb un roig. No obstant, la seva presència, tot de negre, amb aquella gorra soviètica que no es va treure mai, va atreure fotògrafs i periodistes. L'endemà, corredisses i entrevistes. Com si fos un apàtrida, perquè no podien dir que era andorrà i no estava permès mencionar la seva condició de refugiat. Seguia sent l'Home de les Neus, com si hagués arribat del Tibet. O Andrés Claret a seques, a la columna de Del Arco. «Entrada triunfal», va escriure el *Noti*, fent el titular que més li va agradar. No havien pretès que l'entrada dels franquistes a Barcelona per la Diagonal ho havia estat, de triomfal? Doncs la seva també, però ell hi duia l'esperança.

Vivia un dia desbordant, sense pensar en cap moment que tots aquells diaris que l'elogiaven també es llegien al Principat, on aquell «Grup d'Andorrans» conspirava perquè no li renovessin la concessió del port d'Envalira. Poc després aconseguirien fer realitat la *vendetta* andorrana per la qual tant havien maldat.

Porcioles el va rebre efusivament.

—Bienvenido, amigo Claret —li va dir. Eren dos quarts de nou.

—Ho sento, alcalde, no hem pogut arribar abans —va respondre ell, en català, l'idioma que parlaven quan es veien a Andorra.

El general li va allargar el braç, prement les barres, i ell el va saludar amb posat marcial. Era el cap de l'Estat Major de la IV Regió Militar.

Quan li vaig comentar a la mare, alguns anys més tard, que aquesta deferència m'havia sorprès, ella tenia una explicació. Em va recordar que *El pont del riu Kwai*, aquella pel·lícula del 1957 en la qual els japonesos obliguen uns presoners britànics a construir un pont, era la preferida del pare. D'alguna manera ell es veia com el coronel britànic que interpreta Alec Guinness. Obsessionat per acabar el pont, encara que fos un encàrrec de l'enemic, i convençut que en aquell racó perdut de Tailàndia saludar marcialment l'oficial japonès era l'única manera de fer valer la seva condició.

Feia vint-i-tres anys que el pare havia deixat Barcelona com a comissari de la República.

A mode d'epíleg

Aquest epíleg podria servir per insistir sobre l'encimbellament del pare com a expert en muntanyes i nevades. També podria ser la crònica del seu ensuperbiment. Com quan la policia militar el va detenir, quinze dies després d'aquella nevada del 1962. Havia tornat a baixar a Barcelona, sense papers, valent-se d'una altra trucada de Porcioles, i era a l'hotel Moderno després de veure el Barça, que no havia passat de l'empat amb el Mallorca. La policia militar el va anar a buscar i el va interrogar durant quatre hores, amb el propòsit d'obrir-li un procés.

—Por lo que dice usted, el tribunal lo presidirá un teniente coronel, pero mi rango de comisario equivale al de comandante, o sea que hace falta un general para juzgarme —els va dir.

Atordiment dels militars. Més trucades de Porcioles a Franco, advertint-lo que era una bogeria engarjolar el personatge que els havia permès evitar una altra catàstrofe. Fanfarronades del pare sobre què passaria si el jutjaven. Llibertat condicional. Ell se sentia protegit per l'alcalde i els militars n'estaven fins als collons.

—¡Vuelva a Andorra! —va exclamar l'oficial que duia el cas.

—Antes me gustaría pasar por La Fatarella —va respondre el pare. Ningú no sabia on era la Fatarella.

Sopar sorpresa a la mateixa fonda de la Terra Alta on s'havia instal·lat feia vint-i-sis anys. Amb un oficial que el vigilava assegut a la taula i amb qui va compartir records de la República i la batalla de l'Ebre.

Així és com podríem seguir, fins a la seva presència, uns anys més tard, a la inauguració del túnel del Guadarrama, quan va fer uns passos enrere, discretament, per no haver de saludar Don Paco El Pantanos. Però aquest relat, que va començar el 1908, s'acaba el 1962. No pas perquè ell es jubilés, perquè això no va passar mai, ja s'ho poden imaginar. Més aviat perquè la seva trajectòria posterior no parla dels anys que jo volia il·luminar novel·lant la seva vida: la primera meitat del segle XX, que, de tan excepcional com va ser, explica biografies com la seva.

Diuen que escriure sobre el pare és fer-ho sobre un mateix. Capítol rere capítol, he fet les paus amb un home que no coneixia prou bé. No em refereixo a l'Home de les Neus, el comissari de la República, el rei dels boscos d'Occitània, el promotor del túnel del Cadí o l'assessor en carreteres i nevades de Pujol i Maragall. Parlo de l'ésser humà que es parapetava darrere de totes aquestes gestes. De l'home que es va enfrontar, amb contradiccions i silencis, amb les seves pors i els seus límits. Durant aquest viatge que hem fet junts ens hem conegut millor. Si pogués llegir-me, crec que ho compartiria. A ell, abordar segons quines coses l'avergonyia. Era d'una època en què els homes no estaven fets per mostrar-se tal com són. Pensaven que treure's la cuirassa els faria vulnerables, com els havia passat a alguns déus de l'Olimp.

Quan el Joan va morir, el pare encara vivia, i el va acompanyar durant els seus últims dies a l'hospital de Sant Pau, on l'havia ingressat. Patia, per una mort que no podia evitar i per una vida que no havia sabut gestionar. Vam anar plegats al seu funeral, a una masia de Salses, al límit de les terres de parla catalana, on el Joan va voler morir. El seu final precipitat, el d'un home fort, generós i somiador, va ser injust, com injusta havia estat la vida amb ell.

Ni el pare ni nosaltres no l'havíem tractat com es mereixia. No tenia cap culpa de ser fill d'un matrimoni fallit, ni del fet que la seva germana, tan desitjada, morís de mort sobtada. Mai no va trobar el lloc que li corresponia quan el pare i la Trini es van separar, i crec que no el vam saber ajudar. Es va fer adult en la radicalitat de la política, en la solidaritat despresa amb els altres, i en totes les lluites culturals que prefiguraven el maig francès. Va agafar el relleu del pare en l'acció dels exiliats catalans contra Franco. Inquiet, arrauxat, àvid d'afecte, va quedar presoner d'un exili que el duia sovint a la nostàlgia i la malenconia. Per les seves idees, França li va limitar els moviments durant anys. La seva condició de comunista i d'exiliat irredempt en feien un perill.

La Trini el va estimar amb passió de mare, i el va intentar protegir, però ell també buscava la tendresa del pare.

Per a mi, l'absència del Joan, durant anys, va ser un misteri i la seva presència un estímul. El d'un germà gran amb una vida entregada, misteriosa, difícil. Va ser ell qui em va empènyer cap a Barcelona, una ciutat en la qual somiava i a la qual ell no podia anar perquè l'haurien enxampat. També el buscaven *por lo militar*, com al pare, perquè en la seva radicalitat va arribar a fantasiar que es podia combatre Franco per les armes.

Encara tinc les notes del parlament que em va tocar fer al seu funeral. «Je ne sais pas si nous l'avons suffisamment aimé, ou si nous avons su l'aimer comme il le méritait», vaig dir. En aquesta narració ha ocupat un lloc discret, que no fa honor a l'activitat d'un home compromès amb totes les causes justes i a la influència que va tenir en mi.

Va deixar tres fills i una filla, la Melina. Quan li vaig comentar que estava escrivint sobre el meu pare i que volia entendre millor la relació que havia tingut amb el Joan, ens vam entendre de seguida. Sabia que la ruptura barroera del pare amb la Trini havia determinat la vida del Joan, tan coherent com erràtica. Ens vam trobar a Narbona, i durant una inesborrable tarda d'estiu vam recordar-lo i vam descobrir en alguns àlbums antics que no ens coneixíem prou. Em va parlar del seu pare, de la Trini i de l'Alfonso amb un gran coneixement de la naturalesa humana i amb una dolçor infinita. Van ser hores reparadores, il·luminades per la saviesa d'una dona, que m'han ajudat a donar-li a aquesta història un sentit, el de restaurar allò que l'exili havia esguerrat.

Quan vam arribar a Salses per al funeral del Joan, hi havia la Trini. Amb el pare, feia cinquanta-set anys que no es veien. Es van abraçar.

Ho vaig viure com una reparació sense la qual mai no hauria pogut començar a escriure.

M'hi vaig posar sense saber gairebé res de Florenci Claret. A casa mai no en parlàvem. Sabia que havia estat alcalde, que havia mort a l'exili, i poc més. Un bon amic surienc em va proporcionar el telèfon d'una neta seva que viu a França, advertint-me: no serà una conversa fàcil. No ho va ser, efectivament, perquè la seva família no havia paït el que va passar amb la venda de la maleïda serradora. La neta es diu Montserrat, com l'àvia que va morir al manicomi de Salt. La trucada em va dur a casa seva, prop de Niça, a un poblet encaixat en una vall calcària. M'hi vaig quedar a dormir després d'hores de records entranyables i abraçades colpidores a mesura que ens anàvem acostant. Em va parlar de l'agonia del seu avi quan la Guàrdia Civil va detenir la Montserrat i la Maria. En unes hores d'una intensitat pètria, com les muntanyes que ens envoltaven, vam refer antics vincles de sang que l'exili havia malmès.

Em va aconsellar que parlés amb la Mercedes, la filla petita del Florenci, que viu als afores de Tours, en una caseta enjardinada prop dels castells del Loira. Nascuda a Súria, es notava que duia tota la vida a França, per les copinyes de pelegrí que ens va oferir, cuinades com només saben fer-ho els francesos.

Vam compartir records i fotografies d'un oncle que no havia vist mai. Em vaig sentir alleugerit i en saber que ella m'havia conegut a Andorra, quan jo era un nen, i que la meva mare l'havia atès amb el cor obert. Els ponts no s'havien trencat mai del tot.

Quan em va dir, corpresa, que el Florenci havia perdonat el meu pare abans de morir, em va fer plorar.

Amb aquella confessió, podia acabar el llibre.

Agraïments

El primer agraïment va a la meva família. Al pare, que va acceptar gravar els seus records amb una memòria prodigiosa, poc abans de morir, i a la mare, que postil·lava algunes de les respostes en què ell afrontava els seus fantasmes. Als meus germans, Gerard i Lluís, que van ser els primers a llegir el manuscrit. Quan em van dir que els havia commogut, vaig pensar que el viatge havia pagat la pena. A la meva cunyada Anna Mora, per la seva feina de recuperació de les setanta-vuit cartes entre Casals i el pare, tan útils per comprendre la relació entre ells dos i l'estat d'ànim dels primers anys de l'exili. A la Mercedes, filla de Florenci Claret, i a la Montserrat, la neta, pels moments inoblidables i reparadors que vam passar plegats a França, amb la Patrizia, la meva dona. Haver-les retrobat i abraçat és el millor que m'ha passat escrivint aquesta novel·la. A Melina Claret, la filla del meu germà Joan, amb qui vam repassar episodis difícils i delicats de la relació entre el seu pare i el meu. Joan Claret va tenir tres fills més, Joan, Boris i Adrián, la mare del qual m'ha ajudat a entendre millor la digníssima vida de Trini Solé, la primera dona del meu pare.

L'altre agraïment és per a alguns historiadors locals sense els quals la novel·la hauria quedat coixa. Amb una passió contagiosa, l'amic Josep Peramiquel, de Súria, em va facilitar informació, bibliografia i entrevistes decisives per comprendre millor els primers anys del pare, i per confegir un retrat novel·lat d'alguns personatges. Un dinar amb Agnès Cuadrench i familiars seus i una trobada amb Albert Roca em van apropar a la personalitat d'homes com Josep Cuadrench i Serafí Giró, que van ser decisius en la primera formació del pare. Dels llibres consultats, destaquen l'estudi sobre les mines de Súria, d'Albert Fàbrega, que em va permetre entendre l'impacte del descobriment de la potassa, i un treball de Jordi Algué sobre l'epidèmia de còlera que va marcar la vida de cal Bató. Amadeu Olives em va guiar fins als descendents de Florenci Claret que viuen a França i em va proporcionar documents sobre la detenció de la dona i la filla i el tracte abjecte que van patir a mans de la policia franquista. La detalladíssima història de Fonollosa publicada per Ernest Molins m'ha permès il·lustrar la participació del pare en el conflicte entre rabassaires i propietaris, i amb l'historiador manresà Quim Aloy he pogut contrastar aspectes de la història del Bages i de la relació conflictiva que el pare va mantenir amb l'escriptor baganès Ferran Planes. Des de Tolosa, Xavier Claret, que no és familiar nostre, em va parlar dels records positius que el seu pare tenia dels boscos d'Occitània en què havia treballat, i em va proporcionar informació sobre «papà

Otto». Marc Forné, que fou síndic d'Andorra i amic de col·legi, em va permetre contrastar alguns aspectes de la història recent del Principat que havia llegit a l'excel·lent llibre de Claude Benet *Guies, fugitius i espies*. També ha estat de gran interès consultar la fonoteca Jaume Font, a l'Arxiu Nacional de Catalunya, on vaig descobrir una llarguíssima entrevista amb el pare, així com la història del republicanisme a Sallent escrita per Josep Carles Robert. La biografia de Josep Tarradellas publicada per Joan Escúlies mentre escrivia la novel·la m'ha ajudat a afinar en la significació dels debats que va conèixer l'exili catalanista.

Finalment, el meu agraïment a la directora editorial de Columna, Glòria Gasch, per haver confiat en mi en les novel·les que van precedir *París érem nosaltres*, i al Batuffo, el gat que sempre m'acompanya en els llargs moments de solitud que comporta l'escriptura.